星河

诗丛

·秋

主编
骆寒超
黄纪云

西泠印社 出版社

图书在版编目（CIP）数据

　　星河·秋 / 骆寒超，黄纪云主编. -- 杭州 ：西泠
印社出版社，2021.11
　　ISBN 978-7-5508-3572-6

　　Ⅰ. ①星… Ⅱ. ①骆… ②黄… Ⅲ. ①诗集－中国－
当代 Ⅳ. ①I227

　　中国版本图书馆CIP数据核字(2021)第229931号

星河·秋

骆寒超　黄纪云　主编

责任编辑	伍　佳
责任出版	李　兵
责任校对	徐　岫
封面设计	武克非
出版发行	西泠印社出版社

（杭州市西湖文化广场32号5楼　邮政编码310014）

经　　销	全国新华书店
制　　版	杭州广育多莉印刷有限公司
印　　刷	杭州广育多莉印刷有限公司
开　　本	787毫米×1092毫米　1/16
印　　张	13.5
字　　数	329千字
版　　次	2021年11月第1版　2021年11月第1次印刷
印　　数	1000册
书　　号	ISBN 978-7-5508-3572-6
定　　价	59.00元

卷首语

金秋十月，我们推出了《星河》秋季卷。

《星河》诗丛的选稿原则一以贯之：百花齐放，风格多元。所谓英雄不问出处，唯有作品本身说话。当然，这并不是说《星河》没有自己的价值取向，没有独特的审美意趣。我们始终认为：诗歌最主要的特色，也是区别于其他文学样式最显明之处是它的抒情性。所以，我们倡导诗人在诗歌创作时，抒情性要始终牢记于心。而抒发感情、感染读者，首先要真——发自肺腑的心声才有可能唤起人们的共鸣。但仅仅只有真，还远远不够！作为一门用语言抒情的艺术，必然涉及美。好的诗歌语言必然是美的，也必定是凝练的。要做到这一点，除了诗人的才华，其文学修养同样不可或缺。为此，在风格多样的当下诗坛，我们有意识地推出一批具有学院背景的诗人和他们的作品，用意就在于让诗带上些许"书卷气"。当然，这样做并不是要让诗歌创作彻底脱离社会，脱离火热的生活，回到象牙塔中去无病呻吟，也不是要否定其他流派的诗歌创作，而是期望通过这些作品的发表，让广大诗人和诗歌爱好者在创作与欣赏诗歌时，能较自觉地留意诗歌的典雅、诗歌语言的精炼和诗歌背后所蕴含的诸多学养。

让我们乘着诗歌的翅膀尽情飞翔。

主　编

骆寒超　黄纪云

执行主编

骆　苡

诗歌编辑

菡　萏　刘　翔　袁丹丹
萧　风　贝　尔　顾奕俊

理论编辑

安　操

封面题签：黄纪云
封面设计：武克非
篆　　刻：姚伟荣
内文插图：老　猪

目录

085 XINGHE　　　　　　　　　　　　繁星满天

目录

王东东的诗

给菩萨的献诗

当菩萨低头,对我开口说话
我如何对答而不显得痴傻?
仿若天穹霎然裂开一个阙口
伸出霹雳的爪子,将我紧抓

盲目于观看,否则世人
又该如何承受沉默的菩萨?
用眼光敬拜吧,犹如后世
情种大胆地盯着画中人

她看似娇小,却隐藏着宏大
每次被看都仿佛再一次出生
她的脸也由小变大,由短变长
在那永恒的三小时中完成汉化

你低头时,飘逸的秀骨清像
映出魏晋南北朝的菩萨造像
你抬头眼望远方,广额丰颐
又浮现出了丰满圆润的盛唐

当你回到我们的时代,哪怕
你急匆匆的一瞥也宁静安详
我愿饮尽你黑夜的泪水,如甘露
并珍藏你偶尔转身的悲伤

灯光下研究维纳斯雕像的青年男女

在白日,在旷野,多么令人惊奇
当看到维纳斯消融于阿波罗的天空
像桅杆,闪光于众神出没的云翳

而现在,它变得如此之小,像玩具
在白天,他们只能触及它的部分,比如脚
而现在,却可以掌握它的全部

然而却不能说是残骸,而是更形完美
连天神也遭贬为人。他们激动地谛视
对方,因认出遭贬的天神而心中窃喜

众神悄然隐匿,只有爱神留了下来
因而异常珍贵,让人们夜以继日学习
但柏拉图说,爱神不是神,而是精灵

当他们小心翼翼地捏住雕像的脚
它的身影投在纸上,仿佛在教导
像光一样准确,绘画才会完美

当他们接吻,它就有了呼吸
当他们拥抱,它就有了体温
那石膏再一次变软,成为历史的黏土

他们也许会生出一个神,但
一个新的神,要长大需要很久
足以让它们变老。虽然如此

他们也将遭到后世的嫉妒,为他们
曾这么近地目睹过神:像擎着一个魔法
把他们突然照亮,而又凝聚了启蒙时代

长春十四行

从一开始,我的时间就比别人慢了许多
火车穿过原野,犹如一个负重的矿工
只有儿童和野人才不爱旅游,但这
不是旅游,我盘算着忘记装进行李的笔记

仿佛只有阅读,才能满足对自我的兴趣
而风景实在普通,回忆中,也似乎只有树
细节和种类都已模糊。我时刻拿着一本书
而现在似乎只有深夜才会涌起苦读的欲望

如果待在那里,我会不会成为另一个人?
或者,我依然是我。让魔鬼的金融学
进入浮士德的日常生活,再沿着但丁上升

善和恶一样多,即使在教育中也是如此
但最终善也许能胜出一点点,就如一个人
可以原谅他乡的乡愿,却不能原谅故乡的
　乡愿

环形铁道

雨后,公交车推开了污水
像辛勤的农夫垦出良田
绿色充气泵打满郊区的天空
我的焦急也上升为欣喜

绿色渴望着夸大,殊不知
生命之树长青,但也会蒙上灰色
灰色的眼睛骨碌转动,暗示
人群中偶尔会出现一两个老人

大厅里在录像,今天的任务
一个谈话节目,由未来剪辑

在轮到我们之前,我们被允许
压低声音说话,仿佛谈论秘密

三个人走动,手势也丧失了生气
谁开口,谁就惊愕成墙上的面具
以这样的形象留在别人的脑海里
恶作剧获得满足,构成一段历史

导演开恩,提议我们去二楼交谈
他脚下的摄影机就摆在楼梯口
书房盛开在空中,悬浮着听力,犹如
露台。我们只好打开那玻璃的门

却不想这间屋子里摆放一张大床
还吊着蚊帐,像一本侦探小说
还没有怎样谈话,我们有人已感到
燥热,却寻不到立式空调的遥控器

三个人闯入了主人的卧室中
你作为女性提出了一个疑问
我的心灵啊,就像星辰中的城堡
坚不可摧,除非它自愿流露光辉

我说出了一个心事,并承认
由于故事,我差点失去信仰
桃肉包裹着桃核,留下红色伤口
我们也是如此居住在整个星球

我端详一幅画:西风中,妖魔
威胁着诗人的茅屋,黑色大鳌
遮盖宫殿。而廊柱就此弯曲
仿佛米开朗琪罗逃离了罗马

常常,我沉醉于一场对话,为了
理智的清明。又有什么能将我们打断?
一个人的突然转身离开,让我们
不得不跟随出去,留下一个神圣的空间

过郁达夫故居

偶尔闯入别人的生命之谜中
产生的歉意,也会被新绿覆盖
主人最为得意的日子,和新婚妻子
从二楼的窗户对着富春江凝望

这也许会让你的歉意减轻
主人的自白,即使催开全部花朵
也不会让江水逆流,更不能够
让祖国愣怔或窘红,只是让故乡惊心

一个人,总是比一群人,更适合
拜访一个人;即使你只是他偶尔
从二楼看到的一个人。你不再想说
在众多省份中,你和浙江缘分最深

当所谓"画舫",抵达江心的沙洲
有人挺立在紧追上来的快艇上
只要能从滔滔江水中看到一条游鱼
主人也许就不会后悔早年到过日本

从革命后退的目光到南洋启蒙
他已厌倦了无望的地图的拓扑
当我们游玩,困倦,匆匆宣布
一个人生前认识的草木,死后

都可以带走;即使骨殖难以找到
依然是口音,泄露一个人的身份
他看见的一棵枯树,将成为沉香
当沙洲成为卵石,在手中摩挲

明代中叶的一个梦

天,怎样塌下来?压住我的身体
四周哭声一片,像极了一个广场
等待救赎。这时,有人被定在原地
仿佛出于自愿,另外的人向外冲撞

仿佛天塌下来还有一个阙口
他们要登上天外天;抑或,天不能
像磨石磨碎地,地也有一个阙口
一片空白,要覆盖,连天也不能

我奋力张开臂膀,将天托了起来
这我怎么能做到?我也不知道
还好我没有俯卧,那天我仰睡
可以仔细将乱晃的星辰端详,一一摆好

时间足够,我还可以梦见未来
我乘坐蒲轮赶往京城上奏,车子
却被同门藏了起来,连阳明也来信
斥责。这不是能让孔子漫游的时代

时间足够,我梦见山水中的讲堂
从一位樵夫歌唱中我听见了道
而他也被我的讲道吸引,进入讲堂
和我一起投入庶民命运的改造

我梦见,我成了士大夫的叛徒
宋代以来,他们已是贵族中的贵族
但我怎样和庶民站到了一起?
这仍然是一个谜。就如李贽之死

他就是他自己送给庶民的礼物
头脑属于士大夫,双脚属于庶民
我梦见了游侠:那革命者终将被污
蔑;下马,不是书生,就是农民

时间足够,我还可以做一个比杞人的梦
更悠久的梦。我梦见了杞人,还是
他梦见了我?我们在做同一个梦
这一切出自典籍,却不幸成为了现实

我梦见了启蒙,一个新的词
时间足够,让我将乱晃的星辰仔细端详
它们不断摇落,砸碎在大地
和我身上,而我要将它们再一次整布在
　　天上

拟鲁迅诗意

年青时我读但丁,目光总落在炼狱
灵魂在石头下受苦,却并不气馁
因而吸引住我,宛如机械的魔力
一种回力,并让我再次凝视魔鬼

而我本以为已走远,疲乏的缘故
我在这地方停住,没有能够走到天国
我常常疑惑,在哪一个地方安置他们?
我的爱人和仇人,毕竟我分别为他们而活

可我也并未返回,再次踏进地狱
那里的灵魂多半并不可憎,而是可敬;
可在我之后,读者的目光总是停留在地狱
这是多么可怜,尤其在出版了我的全集之
　　后。哦,但丁!

我的贝雅特丽齐,使我流亡到上海的租界
而在北京的狭长胡同里,依然留着一个
　　牺牲
"土壤派"陀思妥耶夫斯基,钟情于大地的
　　养分
扯什么穷人有资格上天堂,因为"忍耐顺
　　从"……

但我却不得不同意他,而忘记了我的阿Q
尤其,如果为了祥林嫂的话。不用说
中庸的国民性更适合炼狱;我熟悉的李伯
　　元也不是
维吉尔。而我们早就忘记了,从地狱中可
　　以带回什么

注:此诗主要依据鲁迅的《陀思妥夫斯基
的事》。

复　仇

薄暮中,十几匹马,站在台下了

我疑惑着自己,该不该出场
忽然就看见一个蓝面鳞纹的鬼王
擦亮黑夜,闪电般占据世界中央

人群噤声,出现一条沉重的道路
我从容跟上,看穿他狰狞的面相
缺少一颗恐怖的心!甚至他的左心室
还在嬉笑,匮乏一种游戏的端庄

然而就这样他吸引了一群孩子
跟随他,跃上马狂奔,驾临坟场
乱石匍匐股骨头,杂草蔓生毛发尖
一时全消失。只磷火在闪烁、躲藏!

下马大叫,将钢叉信号般掷刺在坟上
他们不知道害怕,我却看着脚下
防止他们跌倒(我绝不会给孩子们使绊)
又信仰一样收回,上马回到台下

那掷钢叉的情节就又预演了一回
钉在台板生根,那孩子一脸红窘
他们终于完成了什么,仿佛没了魂
坐在大人的板凳边,充当观众

他们带来的鬼也夹杂在观众中
痴迷看戏,而并不害人。他出场
引起一片紧张,将梁上飘下的白布
绕在身上乱舞,末了却只缠在脖子上

眼看他就要跳下高凳,铙钹声突停
于人们嗓子眼,仿佛一对蚂蚁在出征
他跳下,却一下挣脱了白布包裹的牺牲
他自己之死之圈套高悬之独眼之愣怔

一旦他忘情于表演,忘了板凳的高低
那白布在身上越缠越短,宛如他的生命
就有台下的鬼瞅准机会,秘密地上台
将白布系紧,打一个死结在生命的脖颈

这回吊死的是谁?是人还是鬼?

是那演员,还是他演的吊死鬼?
霎时间台上乱作一团,恍惚难以认清
一人冲出后台,那一鞭打了谁救了谁?

一面镜子高悬在后台,正好照见悬在
大梁的白布,也照鉴那演员,那人,那鬼
当镜中空空,不见一只孤鸾,只剩白布
表明了安全,鬼的求爱,终于被人击败

他于是奔向台下,一条沉重的道路
和小孩子一样奔向河边,洗去粉墨
为此哪怕染上泥污;挤在人丛里看戏
慢慢回家,仿佛擎在手里的"曲院风荷"

我永远不会出现在后台火热的镜子里
那人拿着鞭子念念有词,穿着我的缁衣
干着我的活计:镜的确会映出两个
但只要不映出我,就不会让我白白惊骇

我的身影隔离着幽冥,如珠玉环绕
舞台。如此亲密,却不会被他们讹诈
那粉面朱唇的她,也只能妄想孩童
觊觎一根青葱的生殖器,犹如哪吒

红色的鬼很是可爱,如红色的细蜡
不用点燃已令人陶醉。你立在暗夜
两肩微耸,四顾,倾听,似惊,似喜
似怒,慢慢唱道:"奴家本是良家女……"

可为何你不能唱:"哪怕你铜墙铁壁
哪怕你皇亲国戚!"你本来是要做厉鬼
无奈换成还阳的红妆。我怜爱着红妆
将男吊赶跑了,忍心去让你讨替代

人们怕你来,年末的锅煤绝不会落成
愚昧的黑圈子。你的怨恨得不到原宥
我怜爱着你,可是你如此迷信;既然不想
讨替代,为何你不到世间向人类复仇?

注:此诗改写自鲁迅的《女吊》。

兴福寺

一阵风带来福分,吹拂着你我
也带来经咒声,在半空飞旋着
像在驱逐一个淘气的妖魔
又渗透桂花香,凑近了鼻息

你站在桂树前悚然一惊
仿佛忆起了童年的冷香
我伸手想要折去一枝珍藏
却被一个鲁莽的游客制止

我绕佛三匝,听到十八罗汉们嘀咕
你为何不来,一日多日,一月多月?
"他们是你的朋友。"忍住嬉笑
和拥挤,对香客瞪大眼睛恐吓

宛如你在寺庙长大,你的脸
倔强而稚嫩,永远像一个孩童
那小和尚,我在佛堂诵经累了
醒来,发现手捧着惊喜的舍利

我突然看到你抖擞身子,展露
二十四种真身,从殿门鱼贯而入
霎时一阵金雨落下,你看着我
疑惑自己是一棵金桂还是银桂?

为何你徘徊寺外,久久不来
你不来,寺门都在想你的脚步
在湖里荡漾,犹如莲花结籽
而钟声,想你的理解和倾听……

运 河

一艘船疾驶在运河,船帮上
一位妇女舀起运河濯洗她的头发
那一刻,我的眼睛因惊讶而湿润……

另一位妇女在她身旁择菜

但却是在另一条船上。我在岸上
观察着来往的船只，久久站立

我仿佛看见她们同时撩水，水
以不同速度下落，从她们的指尖
落入运河，就像一条幸福的鱼

也会变得不幸福。水就在身边
仿佛生活就在身边，如此轻易
那一刻，她们又一次感到满足

她们都采取跪着的姿势，仿佛
这就是生活的姿势，偶尔挺立上身
她甩动头发，而她走去船尾的厨房

我不禁好奇这些船负重的理由
缓慢的理由，煤，沙子，还有落日
映进天空，就如消失在一幅渔隐图

可船上什物齐全，生活被填得很满
甚至将一盆盆花草运到我的窗前
运河，漫过了我的门窗和纸页

我仿佛看到，在驾驶室的眼眶里
那船主拉着他的一船的哀伤
不在任一岸停留，驶向长江口

伊斯坦布尔的两个咖啡馆

一个下午，我们去了两个相邻的咖啡馆
在道路同一侧，犹如欧洲和亚洲
亚洲咖啡馆像冬天一般空旷
装修风格怪异，像浴场，但冷冷清清
你尤其不喜欢那过分排场的柜台
灯光集中打向它，仿佛一个伟人站在那儿
对大众演讲，他们只分得一些微光
我注意到，它还为楼上住宿的客人
提供膳食，有人提着行李箱到来
这样也好，万能的亚洲咖啡馆万岁！

另一个咖啡馆狭小，幽暗，如欧洲
再次出门时我们决定选择它试试
店员躲在一张不起眼的扇形小桌后
有时他就坐在厨房的门槛下
隐身于墙缝。在穿过房间时
给桌子下冒出的一条听话的狗指路
不经意时，的确会有流浪狗光临
（但它是怎么推门？）这里适合辩论
和喁喁细语，我们激烈的亲密劲儿
空间被切分成了无限多的部分

每一部分都有一盏属于它的晦暗的灯
让一面桌子后的个体陷入被遗忘的寂静

眼泪之柱

眼泪之柱在空气中发光，怀孕
诞下了黑海、马尔马拉海和爱琴海
向地下水宫汇聚，伊斯坦布尔
痛饮眼泪的眼泪，眼泪的女儿

眼泪之柱升起，在眼泪的瞳孔
生长在眼泪的大地，眼泪的核心
缀满眼泪的矿石，眼泪的星辰
在眼泪之柱面前，我仔细辨认

眼泪的脸，眼泪的眼睛，眼泪的嘴巴
可为何将拇指插进眼泪的洞里
许愿，旋转一圈就能试一试运气？
为了要用眼泪的钥匙，打开眼泪的锁？

谁也无法跨过眼泪之柱，回顾
眼泪的深渊。眼泪的太阳，在头顶闪耀
在眼泪的火山，眼泪的米诺陶洛斯瞪视
眼泪的男人，眼泪的女人，眼泪的儿童

在眼泪的伊斯坦布尔，我们徜徉在
眼泪的宫殿，眼泪的街道
从眼泪之柱传来奴隶们的喊叫
奴隶主的鞭子在眼泪的糖果里抽打

眼泪的信仰、基督和安拉,眼泪的穹顶
刺破眼泪的晴空,眼泪的伊斯坦布尔
偶尔有眼泪的云朵飘过
眼泪的海峡,眼泪的欧洲和亚洲

注:眼泪之柱,在伊斯坦布尔地下水宫之
内,由奴隶建造。

威海十四行

友人们坐船离去,我耽留在刘公岛
仿佛要发现更多,听到海中歌声
错过了熊猫和鲸,就仍然错过

从潜艇出来,人人出一口气
博物馆只剩下锚和桅杆,济远舰
右舷观察口,玻璃和铁的眼睛漂浮着
瞪视着对岸与昨晚,沙滩好细软

如同棋子深陷,哨兵在笼子里

那一刻连岛民也患上了忧郁症
由历史赠给,一个士兵的忧郁

从炮台返回,我们坐在游览车
面向反向——与行驶方向相反——的最后
　　一排
竖起身子,四个历史的天使
交谈着,如黄帝占据了四个方向

作者简介:王东东,1983年生于河南
杞县,北京大学文学博士,现为山东大学
文化传播学院副研究员。作品入选《中国
新诗百年大典》《北大百年新诗》等。曾获
北京大学未名诗歌奖(2006年)、汉江·安
康诗歌奖(2013年)、DJS诗集奖(2013年)、
诗东西青年批评奖(2017年)、后天批评奖
(2018年)、徐玉诺诗歌奖(2018年)、周梦
蝶诗奖(2018年)、《扬子江评论》奖(2019
年)。正式出版的诗集有《空椅子》《云》
《世纪》等。

一个世纪的忧郁：
王东东的寓言诗学与历史意识

◉ 刘　奎

艾略特（Thomas Stearns Eliot）曾说，"对于任何一个超过二十五岁仍想继续写诗的人来说"，都应该具有历史意识，"这种历史意识包括一种感觉，即不仅感觉到过去的过去性，而且也感觉到它的现在性"。（艾略特著，李赋宁译《传统与个人才能》）这话我们已经足够熟悉了，但真正能做到的却寥寥。不过艾略特所说的历史意识有些过于侧重文学史传统，对更广阔的历史事件则有所回避。王东东很早就对艾略特此话做出了自己的解读，或者说表达了他的异见。于王东东而言，诗人的历史意识应该是指诗人走向成熟，这当然有多重意涵，修辞技术上的复杂，语言的圆滑与从容，结构上的创新等均是，但这远远不够，还需要诗人意识到自己在时代中的位置，意识到自己所处的历史序列，并勇敢地做出决断，走向对历史责任的承担，这当然已超出了艾略特所说历史意识的范围。

读王东东近作集《世纪》，让人觉得安慰，虽然这种安慰中还带着忧虑，但他已通过诗歌告诉我们，他走向了成熟。他的成熟并非是对青年时期的决然反叛，而是将青年时期的思辨（从这个角度而言，东东的青春写作形态也颇为独特）与对时代的热忱，糅进了他对历史与现实的认知结构中，他不再像以前那样，当现实激起他的热望，又在原初激情消失后，便精心将

现实修辞化，现在他勇敢地去承受现实所带来的冲击，并将修辞注入他与现实的搏斗之中。通过诗歌的形式，他找准了自己的社会位置，对文化、社会和政治问题做出诊断，并以隐喻或寓言的形式，瞄准问题的靶心。

这个过程描述起来，很有些后羿射日的英姿，不过，实际上并无目送归鸿的潇洒，反倒是像大战风车的堂吉诃德。堂吉诃德我们也不陌生，他已经见证我们一个世纪"丰富的痛苦"（钱理群《丰富的痛苦：堂吉诃德与哈姆雷特的东移》）。这点诗人早有体会：

> 你将冒犯这个时代，由于你
> 孤独的爱，共同体一样的爱
> 再也无力发起一次远征
> 你思念的英雄终归失败

记得北岛写过"在没有英雄的时代，我只想做一个人"，北岛那代人看到了"高大全"背后的空洞阴影，只想找回个人的尊严，在那个时代颇有振聋发聩之效。不过经历20世纪90年代的世俗化，个人的欲望得到了充分的释放，这个理想看似完成，但实际上我们背负了更多的枷锁。不过，我们现在是连这样的呼声都近乎遗忘了。但从东东身上可以隐约看到另一种可能，他居然在这个碎片化的时代，再度将个人

的想象切入了历史,他几乎是纵横古今中外,召唤一切在他看来值得对话的资源,作为观察、分析、理解现实的方法,并试图找到新的历史前景。

就他涉猎的资源而言,从孔子、嵇康、亚里士多德、但丁、王艮到陀思妥耶夫斯基、鲁迅,一个世纪是显得太短了;但就他要解决的问题而言,1912年我们已建立亚洲第一个共和国,那么,一个世纪又太长了。我们本以为我们再也不必经历前人的命运,再也不必扛起如此沉重的历史重负,而是可以继续沉溺于市场经济所带来的欲望个体,继续认为这是一个"小时代"。但东东已然明白,小时代只是自欺欺人的面纱,于是,在他笔下,一个世纪以前老残在东海边看到的历史景象又重现了:

> 可有一位爱上望远镜的惊讶的幕友
> 伫立崖岸,搜寻到一艘将沉的巨船
> 船上人正在争论,几至动手
> 末了又看到一只匆匆赶来施救的小舟

《在海上》一诗是东东诸多历史诗歌中的一首,写的是1906年梁启超为人代笔改革官制的文章的事。这一年,清政府颁布预备立宪的诏书,梁启超对此颇为乐观,认为"从此政治革命问题,可告一段落"(《致蒋观云先生书》)。不过该诗并非对这一事件的实录,而是在稽考史实的基础上重新想象。诗中,梁启超书写的场景是茫茫海上,他在舟中吮墨挥毫,意气风发,虽有为大陆送去一部大海宪法这样的豪情,实际上却无革命告一段落的轻松,反倒是从风雨飘摇的舟中,看到了老残所见的一幕。据《老残游记》首章叙述,老残与友人相约到东海观日出,见有艘帆船出没于惊涛骇浪中,岌岌可危,但船上人不急于救难却忙着内讧,几个高呼口号者也只为敛财,老残等去施救却被打落海里。不过到

第二章,读者会发现这只是老残的南柯一梦。老残幸而无事,中国的命运却更让人忧虑。这个经典的开头,已被论者指出是晚清士大夫对国族命运的寓言书写,研究现代文学出身的东东,对此当然不陌生。但他在21世纪初,却回到19世纪末,在大国崛起的一片兴奋中,重回国家曾经的危急时刻,其所感受到的历史沉痛,其所表达的警示意味,不免让人肃然。

宋儒王艮也有一梦,他梦到"天坠压身,万人奔号求救",东东以诗言之:

> 天,怎样塌下来?压住我的身体
> 四周哭声一片,像极了一个广场
> 等待救赎。这时,有人被定在原地
> 仿佛出于自愿,另外的人向外冲撞

王艮在梦中奋臂托天,解天地于倒悬,由此也领悟天地精义,开拓儒家的新气象。东东也有一梦:

> 我梦见了启蒙,一个新的词
>   时间足够,让我将乱晃的星辰仔细端详
> 它们不断摇落,砸碎在大地
> 和我身上,而我要将它们再一次整布在天上

再一次,东东从世纪初回到世纪末,再度回到晚清、回到"五四",一切似乎又回到历史原点,但也由此找到了新的进路。启蒙,其理性主体结构和知识传达方式,早已被后结构主义解构殆尽,但熟悉这些理论的诗人并未因此陷入无方向的相对主义,而是重新回到启蒙时代,或者说从历史深处将启蒙召回,让启蒙再度成为我们历史想象的一个重要部分。如果说启蒙内含的理性本质主义值得我们省思,但其所具有的对个人理性的烛照、对个人意志的尊重,依旧值得我们重视,毕竟个人意志

和统一意志才是结成集体的前提。

中国现代的问题，并不单纯是某个国家的问题，实际上这个问题从一开始就发生在中国与世界秩序之间。这个问题俄国早就经历过，普希金已看到俄罗斯民族的命运，虽然俄罗斯人民无限向往欧洲文明，俄国贵族从小就要学习法语，但他们并不被欧洲视为自己人。普希金对此十分忧心，认为俄国"没有参加震动欧洲的任何伟大事件"，不过他聊以自慰的是，俄罗斯替欧洲人挡下了蒙古人的铁蹄，挽救了西欧文明。然而，他没有意识到的是，他所谓的"没有参加震动欧洲的任何伟大事件"正是把欧洲当作了普遍史。类似的历史，随后在日本上演，明治维新后，日本开始用欧洲的现代逻辑思考，拒绝再与落后的亚洲人为伍，并要"脱亚入欧"，加入以欧洲为中心的普遍史中去。随后是中国，甲午战争一役，被自己的学生打败，便开启现代化改革之路，走向现代也正是要进入以欧洲为代表的现代史。不过，中国的传统部分地承受了这个重压，而从现代走出来的鲁迅也走向了对"普遍文明"的抵抗。直到现在，中国文明该如何与整个世界对话，依然还困扰着不少人。诗人对这些问题的回溯，当然不是如普希金那样为没有参与欧洲历史而遗憾，相反，诗人借此反思历史并由此再度确认了自己的位置。他以现代的目光接纳了中外的传统，同时他也意识到自己是由"20世纪的斗争"中走出来的人，他是带着21世纪的问题重回20世纪初乃至19世纪末，带着中国当代的问题重回现代，不过，也不得不说，诗人对话的资源中，20世纪中国革命经验是缺席的，这未免让人遗憾。

《世纪》一诗在近百年的中国历史中来回，不过于诗人而言，解决问题可能从来没有一劳永逸的法子，历史不再循环，但可能以另一种面目出现，正如他在南京所体验的历史之重叠：

让我从黑暗看到了前朝的天空，前朝的

前朝的天空，不是循环，而是重叠

我如此有幸来到了南京，你的故都，仿佛我

同时拥有了古代和现代，南方和北方，暂时和永恒。

从看风景的角度而言，历史的重叠我们当然不陌生，南京、西安均是如此，在考古与博物馆等现代技术的支持下，古代与现代交错存在。而从思想史的角度而言，前人的思想并未与其肉身同朽，而是作为文化结构遗留下来，然后在历史的某些节点被我们一次次唤醒。《世纪》唤醒了无数古今中外的大哲，让他们一道参与我们的历史，或是诗人以化身的方式，重返他们的时代，与当下形成对照，这倒是从另一个层面呼应了艾略特，即感受到历史的现在性。不过他在题为《历史》的诗中，所写的"我看见历史就像一个残疾人/模仿着自己，在地上丑陋地爬行/并非害怕施舍，而是由于同情/我的同胞们都把目光移向别处"。可谓想象奇绝，而又颇难索解。在波德莱尔的风格外衣下，我们看到的是他与发展主义之间的紧张，不知为何，这让人莫名想起布阿兰·鲁姆《巨人与侏儒》导言的话："本书的题目并不特别与一个老说法相关：'我们都是矮子，但是我们站在巨人的肩膀上。'这谦卑的姿态，表达了太多的自我满足。巨人是那么容易让我们爬上去的吗？"这不是说诗人从历史看到的卑微，与布鲁姆从传统看到的宏大截然对立，而是说，他们都将个人置于传统与现代的脉络中，虽然看似不同，但有着近似的谦卑姿态，不过与布鲁姆不同的是，诗人的谦卑来自他对历史诡计的觉察。

东东的历史感，其对20世纪中国命运的思考，在中国当代的青年诗人中最具代表性，他的方式，走出了习见的青春式反叛，而是顺着历史之河，上下求索。而尤其让我留意的是，有着深厚现代主义知识训练的他，没有走向纯粹形式和修辞的泥淖，也没有走向现代人面向荒原的顾影自怜，或是走向虚无，而是从传统中找到了两类资源：一是以儒家精神为代表的大传统。他从阮籍的猖狂中，看到的并不是充满名士气的风流，而是看到其穷途之哭的沉重，并借阮籍再度体验到孔子闻"西狩获麟"时的绝望（《阮籍》），诗人由此加入与历史怪兽的搏斗之列。二是小传统，以鲁迅式的现代精神为代表。正如前面已提及的，由现代思想出发的鲁迅，最终完成了他对现代的省思、反叛与自赎，真正提供了"立人于东亚"的思想途径，因而，诗人所说的启蒙，实际上是基于理性主体自我反省与觉悟基础之上的再启蒙。

此外，《世纪》的诗歌形式和表达方式创新也值得再作强调。无论是寓言书写还是"古典新诠"，从里尔克、鲁迅、吴兴华，到当代诸多诗人如洛夫、杨牧等人，我们能读到的先例已不少。不过东东的创新之处在于，他对故事并不太感兴趣，而是着眼于人物的思想，或者说，他捕捉到的是前人思想的戏剧性，并以重新演绎的方式，将前人思想的生成过程与思想的形态予以戏剧化，有时候甚至是主体主动投入，在主客之辩中完成一首诗，同时也赋予既有思想以新的意义和新的时代性。值得一提的是，东东因早年学哲学，前期诗歌的思辨性颇重，诗歌因而有些抽象，甚至流于玄学化、美学化，这也是前文所说的将现实问题修辞化。但《世纪》中的大部分诗作，避免了这个问题。他通过历史

化和戏剧化，赋予其思想以肉身，不仅如此，《世纪》中的很多诗，几乎就是抒情诗，其所抒之情除了爱情，大多是笼罩我们民族长达一个世纪之久的忧郁之情。

忧郁源自理想的受挫，而我们理想受挫是很早的事了，当想要革命的阿Q被革命党人杀害的时候就已开始。不过一个世纪过去，时代的巨轮似乎还在港口，锈迹斑斑的锚链还未完全收起。在世纪初让人莫名想到世纪末，让人想起《老残游记》中的大火，秋瑾的"秋风秋雨"，让人想起痖弦的诗句，"一九一一年党人们到了武昌。而二嬷嬷却从吊在榆树上的裹脚带上，走进了野狗的呼吸中，秃鹫的翅膀里；且很多声音伤逝在风中，盐呀，盐呀，给我一把盐呀！那年豌豆差不多完全开了白花。陀思妥耶夫斯基压根儿也没见过二嬷嬷"（《盐》）。

不久前东东跟我说，他想专心去研究鲁迅，当时我还从治学的角度跟他讨论，认为他的知识结构肯定能读出新意，不过我实际上也明白，东东要转而研究鲁迅，肯定不仅仅是学术上的追求，他是想借鲁迅解开心中的郁结，找到如"过客"那般继续前行的勇气。

作者简介：刘奎，先后毕业于武汉大学、北京大学，文学博士，现执教于厦门大学台湾研究院。曾赴哈佛大学、台湾大学、爱知大学等校短期访问学习。出版专著《冷战初期台湾与香港诗坛的交流与互动》。主要研究方向为中国20世纪40年代文学研究、冷战时期港台文学研究和两岸诗歌（含旧体诗）研究。

一行的诗

通往果园的小路

通往果园的小路是荒寂的
几棵发狂的树，在路边厮打
腐烂了半年的梨像黑黑的马粪
从马尾般的枝上落下

路上，瘸腿妇人端着一篮绿果
迈着衰老的脚步。她的瞳仁
黯淡得如同吃剩的果核
一把金色的小锁，挂在她胸口

不断有鸟鸣声，像一些钥匙
想钻进这把金色的锁中，去打开
其中隐匿的死亡的房间
她丈夫此刻居住的房间

这些鸟像从地底冒出的亡魂
消失于前方一片黑暗的树荫
阳光泉水般注入地里，新种的生菜
在它幽凉的浸泡中越发青翠

夏末的禅寺

寺院的幽暗围筑起自身的墙壁
常春藤贴着沉默，词一样生长
僧侣们枯坐着，闭上有白翳的眼
进入了铜质钟声不能到达的地方

一群鱼在放生池中，啃着乌龟

的尸体。其中一只听到了诵经声
默默地游开。噢，被蚊虫挤满的水面
像一摊黏稠的、供生命吸食的血

——在从未食荤的少年僧侣眼中
这黑暗的水是慈悲的镜面。父母
在出生时抛弃残疾的他，也是镜面
无明像果实一样，终于还原为一朵花

小路上死去的蜻蜓，是它捣碎的花瓣
沿着这落满花瓣的小路，他走进阴影
覆盖的树林，一边听半枯的松树间
吹过的风，一边帮它除掉眼翳似的霉菌

水的阅读

煮汤时，一张书页从手里的著作
脱落，飘进正烧水的锅中
浮在水面，因火的热力
而旋转、起伏。书页上
那些古代音韵的知识
也跟着气泡一起平上去入
气泡升起、破裂，仿佛
从喉咙深处到达唇口的发音
水用沸腾声，读着
书页上的文字——比唇语
更轻柔，比齿颚间的弹舌
更加悦耳。我听着
这自然的诵读，想到
有很多次，我们曾一起看见
落叶飘进溪水——

水用平缓的流动,读着
叶片上的纹理,读着枯荣
与季节,读着上面细小的咬痕
那玲琮的水声,如何译出
叶片中的讯息?春夏秋冬
与平上去入是否有神秘的联系?
你说过,水面的波纹
是另一种文字,被风阅读
正如此刻,沸水的翻腾被我阅读
为你煮的这锅汤,看来是要倒掉了
没关系,这口锅已记住了
每一个字的气息:当火焰点燃
那些轻微的诵读声
就会从水中再次涌起

听　山

我们在山路上走着。山的另一侧
隔着大片深绿,似乎有说话声
传来,被风吹散成蜉蝣般的词语
一些闪亮的蛛丝在林子里穿行
绕过布满虫洞、窸窣作响的树叶
飘到我们脸上。树枝相互摩擦
让我想起做爱时的场景——毛孔
比耳朵更大地张开,从头顶到脚趾
我们听着万籁,和万籁深处的寂静
就好像恋人彼此倾听着心跳
一些声响,有坠落的苹果形状
另一些,则像剖开苹果的刀刃
沙沙的风声吹动着沙子,汩汩的
流水在鹅卵石上拍打自己小小的鼓
如果听得仔细,还可以听到
夜枭发出的咕叽声,似乎还在梦中磨嚎
更响亮的啄木鸟,啄着死者开裂的头骨
而更多的鸣叫,如绿色波纹
从一根声带开始,引导着整片树林的光线
同步发出颤动。飘落的叶子
舔了一下地面,又因苦涩而放弃
在山的众多声音里,我们的脚步
是最浑浊、沉闷的那种,却仍在

向声音之海的汇合中净化、清澈
你说,我们是孤独的,因为看不到
这条路上还有别的行人。也许如此
但还有别人在这座山中,能听到
我们之间的谈话,虽然并不知道
我们隐匿于哪一条路上
这空山,它的形状是一个
奇异的、有着众多虫洞的空间
我们彼此听见,却无法看到对方
只有相同的松林,在山顶
像一座青色冠冕;相同的虹彩
架在雨后的山谷上方
像横亘于前、无人弹奏的七弦琴

此　刻

此刻是宽的。它向四面八方延展
或者不如说,它从四面八方
向这儿、这个点收缩。此刻是这个房间
是房中的书、柜子、抽屉,抽屉里的笔记
和纸屑;此刻是窗外,与我正对的群山
群山之上的乌云、天空,天空背后的
视域的深井……此刻从一口无边的井中
升起,像一只汲水的小桶,越过天空、乌
　云、群山
被一只飞近的鸟用翼驮着,降落在我的
　窗前
并将时间之水泼洒到房中的每一事物上
此刻,是世界向我聚拢,是一朵花从开放
　的刹那
获得的结果之力;是全部未知与过去
在我身上相撞,炸开了一个名为"这里"的
空无的空间。我们每个人都是爆炸的遗
　留物
甚至就是无处不在的爆炸本身,深深的弹
　坑……
此刻是你。是我朝向你抛出思念之线的
　姿势
在你与我之间,此刻像海洋一样广大,将
　我们

像两艘小船那样浮起。我们会在某个地点
　相遇
但不是此刻,因为我们的命运取决于此刻
　之中
包含的那些隐秘的洋流和季风。我深知
此刻是我的、我们的命运。从童年起,我
　们就
渴望着穿越时间,去抓住不可见的未来
但我们真正抓住的,是未来之云在此刻的
　投影
而对幻影的捕捉决定了我们是谁,决定了
谁在黑暗中和我们说话——我们真正的
　自己
通过虚构、想象,我们发现了自身,也发现
此刻只是一种虚构和想象。它是抵达真
　实的
唯一路径,却是被众多虚构掩盖、隐藏的
　路径
四面八方都是道路,从远方到近处,从原
　子核
到细胞的DNA深处。而此刻,是路与路的
　区分
我困于房间说明我并不是房间。此刻是相
　异,是世界
与我之间必然的隔离。但它也是相同:我
　困于房间
即是树困于远山,被书与知识牵绊即是飞
　蝇被蛛网
牵绊。不仅是同时、同构,而就是同一个
　此刻的展开
就像生与死在我之中,以完全相同的方式
　行进——
此刻是生中之死,是行进中的静止。我们
　将此刻
像永恒之弦那样拨响,而我们听到的只是
时间山谷中传来的回声。此刻是回声,是
　声音
准确找到的回归的路径。我们沿着这条路
到达所有的道路,到达所有道路的起点
通过此刻,我抵达我自己

π

少年时的许多事件和知识
我现在还记得。比如古都名称,古诗中的
桃花、柳树,元素周期表,还有π的数值
　……
那个冬日午后,在低矮、将要倒塌的
黑教室里,戴眼镜的男老师
审讯官一样,将我们逐一盘问
我们仿佛掉光了叶子的树,一些
骄傲地挺直,另一些瑟瑟发抖
无论是骄傲的还是发抖的,都不明白
为什么我们必须记住它并且要精确到
小数点后第二十五位。难道它是一种
神秘的咒语,能呼风唤雨;而教室
其实是一座祭坛,我们是其上供奉的
　祭品?
从那时起,我们暗自仇恨着这个符号
连同完全"不明觉厉"的割圆术。被戒尺
修理过的同桌对我说,这符号像是一个人
被一把刀割去了圆圆的头颅……冬日的
　午后
让人昏倦,知识像呼啸的风一样
擦伤了我们,又让我们的灵魂在习惯中
结痂。现在回想,我们还比不上那些树木
我们的冬天更加漫长,而夏天短暂
尚未开始便已结束;我们的秋天
只有落叶,却从未结果,也永不会结果
那些知识,本应是从我们内部被春天
引出的嫩叶和花朵,本应是对种子中
包孕世界的回忆;而在那个午后或任何
一个午后,它却是令我们干枯、脱水的
　强风
比风更强大的记诵术,如一把锯子
将我们稚拙的、只有几圈年轮的灵魂
割开。从此,这无限不循环的数
在我们的记忆中反复出现,一如当年同学
发明的歌谣:"山巅一寺一壶酒……"
而这个符号中既没有山,也没有寺庙和酒

只有一些被困于冬天的儿童。他们中的
　某些
再也无法从那间黑教室里走出
……我还记得,那天屋外有鸟在鸣叫
一首不明其义的歌,怎样进入鸟的身体
或灵魂?它当时叫得如此凄厉,像一把刀
切断了我们对数字的记忆。那刀锋
直直地向上方延伸,仿佛要切开
这压抑的、封闭如圆周的天空
永远、永远不要被再次包裹

课程的中断

他突然停住,像自来水无预兆地
中断。写字的手石化,粉笔
在黑板上只勾出字的偏旁
话说到一半就掐灭了,后面一半
化作一股青烟被吸进鼻孔
他不知该如何说下去,因为一阵冷风
攫住了他,使他置身于荒谬的悲凉
他觉得自己像个小丑,又疯狂,又绝望
在黑板前呆站着,想到自己的一生
就面对着这样一些学生,他们的身体中
没有火焰,也无法被任何火焰点燃
他们比木头还麻木。比老头还衰老
比厌倦本身还要厌倦
他们从不提问,直接否定了
他正在讲授的观点:"人是能发问的存
　在。"
在这间教室,他看到的是倒置的演化史
从人类退却,变成一群听着琴声的牛
然后又变成一些蜥蜴,低着头,盯着手机上
昆虫般的字;还有睁着眼睡觉的鱼
正迅速蜕掉血肉,变成藻类或苔藓
他问自己,为什么会在这舞台似的讲台前
作无人理睬的演员,朗诵着台词?
为什么要突然中断演出,去反问自己
为什么要突然中断?
……这中断持续了一分钟,在这一分钟里
他的魂飘到这些学生的内部,替他们

过完了他们的一生:就像一场
高速快进的植物电影,萌芽,长出叶子
然后枯黄、衰败,在一分钟的时间里完成
但没有人注意到他的中断
或对这一中断产生任何可见的反应
他突然开始怜悯,怜悯这些从未
有过青春的青年。他觉得自己置身于荒野
到处是枯败的杂草,而他一直在向杂草或
　空无
发表演说。想到杂草和树木、流水、花朵
　类似
都不会对他有任何反应,他的心获得了平静
他将中断的课程继续。现在,他对着学生们
大声说话,仿佛正对着树木、流水和花朵
　抒情

马　影

那口废弃的井曾经是一个源泉
现在,它藏于齐膝深的草丛中
仍在姨妈家的屋宅后面
我和姐姐从井里打水洗脸时,可以
望到姨妈正弯腰,给菜园锄草
三十多年前的晨光,照在她眼里
似乎她刚刚发现一个美丽的地方
经常是在暑假,姐姐和我
还有几位表姐表哥,我们六七个小孩
会在那栋宅子里住上大半个月
男孩们都光着膀子,像一群野马
在烈日下奔跑;女孩们
用田地里不知名的野花编织花环
帮姨妈种菜浇肥、烧火做饭
我们架起木梯,摘果园里未成熟的梨
又被姨父挥木棍的斥责声哄散
有一次,我还骑在树枝上
不敢往下跳,只能沿木梯爬回
屁股挨了好几下姨父的巴掌
这一年一度的愉快假期
结束于姨妈失明那天
有人说,是由于受家暴

流了太多的泪;而几位表姐认为
也许是被土灶熏的,她们说
生火时的浓烟像密集的虫云
直往眼睛里钻,咬得人生疼
最后一次见到姨妈,是姐姐
考上大学那年,我们一起
去探视时,正卧床的她
用手把我们俩的脸摸了一遍
手掌冰凉,仿佛从那口井底
涌出的水正缓慢浸没我全身,其中
有深深的,我不能理解的黑暗
"真好啊!"姨妈感叹道,像是
看见了什么,而我不敢动弹哪怕一下
姨妈一年后病逝。那栋宅子
一直荒废到今天,姐姐和我重返此地
看着草丛中土砖墙的断壁,我想到的
却是这个村镇的名字——
"马影",听起来多么诗意,像一群野马
向前奔跑的情景。它们或许
一直在奔向某个美丽的地方
很久以前,我的姨妈就已经看见

声 音

他在听人们听不到的声音
这些声音,在耳朵能分辨的区间之外
不是次声,也不是超声
是一种更陌生的、类似于我们
默读时从心里响起的声音
我们没法听见这个声音,但却感到
它在对我们说话。它说,我们并不知道
声音究竟是什么——声音不需要
耳膜的振动,不需要空气和介质
只需要一种接近声音本质的听觉
有时候,我们需要通过念诵来听
让声音萦绕在森林、沟壑般的大脑
像一具蜕尽躯体的蝉,虚无、透明
只剩下鸣唱之意志。另一些时候
我们需要用对听的抵抗来听
因为这声音试图与听同归于尽

但他听到的声音并不是寂静
也不是寂静的中止,更不是
从寂静中升起的某种线条或形体
他在听的声音,是声音的尽头——
声音的尽头不是寂静,而是声音
擦着寂静的声音,是这声音与继起的声音
再次相撞,如同拍向岸沿的水波
与后面涌来的水波相撞
听到入神的时候,水密密麻麻地
涌向他的身体。这不是水的声音,而是
水的声音被撞散、消失的声音
这声音并不消失于寂静,而是消失于
每一个声音被寂静弹回时发出的声音

重 叠

好几次,深夜醒来时,以为
自己还住在三十年前的屋里
窗外的雨,与当年让我惊觉的雨
重叠为堆满瓦片的屋顶。记忆
水流一样沿斜坡,沿瓦片间的凹槽
流淌而下,注满空寂如缸的心
那时,我喜欢听雨水滴落在缸中的声音
像是某种有节奏的叩门声,有人来了
想要进入梦境
那口檐下的大水缸,里面积着我的无数个
　　梦——
用手去试探、搅动,就会看到层层晃动的
更深的幻象
现在,我住的房子再没有带瓦片的屋顶
没有飞挂如禽翼的屋檐,没有檐下的水缸
只有一具空寂的身体,经常在梦中惊醒
如同水缸被石头砸破,时间的流水即将
　　漏尽

体罚简史

坐在林子里看瀑布
想起少年时代,一些不太愉快的事
眼前细细、光滑的竹子,在晃动中

幻化为父亲高举的竹条,将一道白印
像车辙一样反复烙进我手心里
那集中、锐利的疼,让我至今
难以相信竹子是一种草本植物
竹棍打断后,换成了木尺——
数学课上我用来作图的直尺
不知是什么木材制成
它平平,又重重地落在
掌中央,这用于测量的矩尺
带来了不可测量的酸麻之感
按圆规画出的弧形朝四周扩散
我一声不吭,想到"草木非人"
果然可以无情地施加于肉体
后来,我上中学,父亲改用
更具动物性的方式:他解下
腰间牛皮制成的皮带,抽打我
直至屁股和大腿布满蛇般的鞭痕
有时是罚站、饿饭,像熬鹰一样
让我屈服。当我身高和父亲平齐
他就不再打我。也许打人的权力

和这瀑布相似,都源于某种落差
那些创痛早已不见于肉体,但它们
并未真的消失。今天,当我看到
瀑布携带着不由分说的权力
击打着岩石,那些隐秘的伤痕
就从我身体和记忆里飞出
随物赋形,让周围每一件事物
都变成创伤的投影:它们化入
田间的牛、林中的蛇和天空的鹰
或者变成岩石上满布的裂口,最后
与眼前的竹子、树木重叠为一体

作者简介:一行,本名王凌云,诗人、批评家、哲学学者。1979 年生于江西湖口。现居昆明,任教于云南大学哲学系。出版有哲学著作《来自共属的经验》,诗集《黑眸转动》和诗学著作《论诗教》《词的伦理》,译著《黑暗时代的人们》等,曾在各种期刊发表哲学、诗学论文和诗歌若干。

听的诗学，与心智的极限

——读一行的诗

◉ 方　婷

听，是一种有意识的进入，也是等待，但并非对声的占有。它期待划破一个表面的世界，就像手指的指腹触屏时的某个瞬间，点开的这个世界是一个深渊，和更多次元的世界，但不是纲与目的世界。一个混沌着又不断微分的世界。在写作中，那些黑暗的部分因为语言有了一点光亮，更多的时候是黑暗与黑暗的相互挤压产生了一些火星般的力与象。如黑暗中与某人的对视，你越是睁大眼睛，越是看不见对方，这时，摸索和试探就成了眼睛，在摸索和试探中，听就成了眼睛。另一方面，与黑暗体验紧密联系着的绝望感和失败感有时会让人想要更深的独立与自省，在一切感觉向外延展的同时收缩回自身，倾听就变为了向内的凝视。

一行最早的诗也热衷于对黑暗经验的体察，有时是怒目似的，有时是幽冥似的，但我觉得这些诗作部分地倾向于美学意义上的写法，从残酷和流逝中发现所谓的美，其中黑暗常与死、夜、灵、血形成一种同构，带有很强的画面感，甚至有时是戏剧式的画面感，诉诸"看"和"氛围"是这一部分诗歌主要的构成方式。同时，早期的诗歌也带有较强的观念色彩，但这种观念主要源于智性的"理解"，而非陈述某种道理。这些原初的写作兴趣在其诗集《黑眸转动》中都能有所发现。而且，从这一部分写作中还可以看出他在诗歌空间扩展上

的野心，即如何在诗歌中沟通不同的空间世界。

这一写作态势在他最近几年的诗作中发生了改变，早期对黑暗经验的洞悉，对观念与空间的兴趣仍然潜藏着，但在写法与构成方式上却产生了很大的变化。也可以说，不只是写法上的，也是趣味上的，理解和认识上的。一方面，他这几年特别高产。这期间他尝试过很多形态的写作，几乎每年都会有一两本自编诗集，《新诗集》《超验集》《异象》《论余集》《无风集》，另一方面，他的诗在写作技艺上也有所革新。以前频繁使用的描写和明喻系统产生了新的升级，可能与他将诗歌写作视为与诗歌批评相伴而生的产出有关，这些近作中也包含着对之前诗学观的部分修正，其本身也携带着他诗歌批评的立场，但不是分类和风格意义上的。更重要的是，这种提升包含着技艺与心智的同步成长，是他自身生命的显露。如他自己所追求的，诗歌"语言是否具有与写作者的生命时间或生命状态的匹配度"。在一行的近作中，我发现了"听"的很多可能，也发现了"写"的很多可能，还发现了心智与意识的可能。

听的诗学首先意味着在各种噪音中去发现那些真正有价值的构成，但又不是以隔离和排除的方式把噪音背景化，或者修建一堵白噪音的高墙，沉浸在虚拟的快感之中。噪音以各种事件、知识、念头、记

忆、形象、情绪、欲望，及让人欢乐而沮丧的存在纷扰着，产生混响。有时这些噪音就是从我们自身流淌出来的，是我们自身历史的一部分。诗人的能力并非将那些冗余和芜杂的部分斩断，而是让它们在写作中变得清晰起来。就像乡愁并非对故乡的美化和童真化，它不应该回避故乡和往事的凋敝。在一行的近作中，无论是写观念、记忆、想象，还是体味阅读和写作本身，都只是展开这种构成的不同方式，它们最终指向诗人如何真切地感受到自身的存在，如何理解与认识这种存在。

对于这样的写作，诗人并不着意表现为叙述和想象的才华，而更应表现为一种提问的能力。从用词的态度上看，"听不到的声音"、"不可察觉的死"、"读不懂"的书、"并不热爱真理"的我、"无法看到对方"等，这些否定性的表述，都倾向于在问：我们何以听不见，读不懂，察不明，无法理解？人感觉到自身的无知、无觉、无能、无力究竟是因为什么？而另一种用词显示，"再没有听过""再没有见到""再没有到过""只能""只有等到它""只有一具空寂的身体""早已遗忘""已经耗尽""不肯流动""永远不要被再次包裹""向自己投来的最后一瞥"，这些带着终极意味和唯一性的语态，既暗示着某种绝望和决绝的心境，也意味着对诸种幻觉的消除，无异于变相地在问：是什么把我们推入绝望的处境？这种沮丧对个人意味着什么？但我也认为，它们不应该只是一首诗的尾声，也应该是写作真正开始的地方。

在《蜕变》一诗中，他写道：

……如果，你醒来，眼眶像窗一样
张开，你会看到我
进入你梦中的样子，像是蜜露
被风吹动，滴落进你洁白的头骨
那时，你的梦刚刚被果核吸入
而我是树下的一棵青草，正目睹着你

如何褪去血肉，成为一座年轻的蚁穴

这首诗与《醒来》一诗，在诗体和感觉上都有点引子的意思，类似组诗的序曲。颇有一点禅悟，也可以形成互文。

午后，带尖锥的鸟鸣如同
未拔除的楔子卡在耳鼓
窗前反光仍在与雪人切磋
记忆如此幽深，正返回的我
和此刻从床上爬起来的我互不认识
远处有群山倾颓，有不可觉察的死
混入微微漾起的海潮或雷声

其中的"我"和"你"，"正返回的我"与"从床上爬起来的我"，并非人称和角色意义上的。梦和醒作为中介，将两者联结。它倾向于"我"看见自身的觉悟、流逝与寂灭。"果核"吸入与之前的"黑眸"转动存在形象上的同构。但如果用诗题"蜕变"来定义这个过程，绝望就意味着某种开始，类似于德勒兹将死亡的书写理解为现代文学的真正开始一样。厚重的沉默裂了口，借由裂口接近了新的声响。"蚁穴"一方面有类似坟冢的意味；另一方面，"蚁穴"也倾向于众生和尘世，一种容纳与虚己。"不可觉察的死"微妙地关联着"微微漾起的海潮或雷声"，一种从远处传来的，隐秘的，正在酝酿中的声息。听见它，意味着听见了预言，也洞悉了天气。绝望由此发展为对限度的穿透。

关于究竟诗人听见的声音是何种声音，毋庸赘言，《声音》已经做了充分的描述。这首诗以"听不到的声音"为中心，逐渐推进写作的层次，并通过分辨的办法展开"声音"的深度。这首诗的难处在于言说不可言说之物的困境，既是修辞上的，也是感受力上的，如何既要从智性上让"这种声音"清晰起来，又要从形象上让其真正可感。一行的办法是不断地用具有层次感的比喻,及对比喻本身的描述和细化,强调这种声音的内在意味与形象,它如何从沉默中涌起,摩擦着,震荡着,与我们的生命融为一体。同时,在比喻的进阶中,又强调这种声音依赖于说的转化,默读的转化,意志的转化,以及更本质的听的转化。最后,"声音的尽头"在某种意义上也可以说对应着"绝望"之望。

> 这声音并不消失于寂静,而是消失于
> 每一个声音被寂静弹回时发出的声音

这是《声音》结尾的诗句,展开了一个类似回声的区域。回声是声音从不同角度向声源的折返,持续的震荡和绵延。回声式的诗,带有很深的自省的意味,诗人经由这样的写作,去探索意识的边界与心智的极限。如一行在前诗中所分辨的,是声音如何回向了听者,而非听者听见了声音。"记忆"也是回声的一种形态。作为理解和把握世界的一种能力,一种意识的回声形态,对记忆的书写,关涉到诗人展开细节的能力,对自身历史的修复与澄清。

"记忆"在一行近作中所占比重较大。但他的用力之处不在于要复原记忆中的片段,而是通过各种关于记忆的写法,对记忆进行重新发现与重新定义。《讨水》一诗给人的观感类似是枝裕和电影的某些片段,一种克制的、朴素的描述,"宛如走路的速度"般,没有激烈或难忘的故事,只是一个从时间中裁出的日常场景,但却有特别的氛围持存在了记忆里,云层投下的"舞剑般的清光",在记忆中逐渐变为日后难以撼动的"舞动的剑光"的印象。《无光》则用一种类似散文的、废名式的写法,不为说明什么或传达什么,一种含蓄的略显哀苦的处境,好在结尾破除了"不以物喜,不以己悲"的天地不仁。《因果》则对记忆中的某个印象赋予象征的色彩,执着于时间冲不破的、淡化不了的部分。《重叠》带

着记忆的支离感和静谧氛围,雨声悬停在今昔之间。《梅葬》在诗的风度上,会让人联想到张枣的梅花或吕德安式的写法。但前者带着"王"的优渥,一种古典的"雪尽马蹄轻"似的情调,后者带着清冷的感动。而一行的诗则更近于开合的写法,活化梅花场景的意象是黄鳝笼中"那柔软、密集又攒动的景象",生之腾挪与死之寂静的冲撞。

而且,他对记忆的发现并不回避那些哀伤的、恶感的、羞耻的体验,如《鸡鸣》《暴力的愉悦》。这两首诗都带有明显的暴力和对暴力的反思,折射现实。《鸡鸣》在孩子的经验世界中建立起的纯真感和秩序意味,在声音的斩断中被人为终止,由此,孩子首先是在声音中通过想象经验到了暴力和黑暗。而《暴力的愉悦》一诗则试着回答,暴力作为一种意识是如何在自我身上发生的?它关联着什么?在所谓的游戏中逐渐成长起来的躁动、越界的欲望,是否是暴力的源头?《体罚简史》抓住瀑布与鞭子在形象上的关联,以这个象喻为中心,构筑了一个微型的关于训诫的成长史,痛感来自对权力与规训的反思。

其中还有一种关于记忆的构成,是事物、空间、色调或知识如何依托于人和事成为记忆里的一个星座。如《稻草垛》《红砖楼》《体罚简史》,也包括《π》。一行的做法是为这些词与物搭建一个记忆中的时空场景,用展开细节和质感的能力告诉读者这种时空如何渗透进我们的意识深处。《红砖楼》构筑了一个记忆中变迁着的压抑和灰暗的空间,其本身也是历史的某种色调。《稻草垛》中,草垛因为疯姑姑成为记忆中温热、可爱的事物,但焚烧的真正意义最后才到来,尾声与《鸡鸣》有相类之处,他会为不同诗的氛围选择贴近它们的比喻与比喻的细节。《π》中,知识作为一种与我们的理解力完全不匹配的部分,如何通过强行规训成为被困的命运。

值得注意的是,这些关于记忆的诗,其尾声大多被导向消失,但并非物是人非的挽歌,而是对逝去本身的告别,它们如何顽固地留在了意识深处,并经由反省进入世界观中。变化的不只是物与人,而是承载着物与人的整个时空已经不存在了。这也就是我们今天的写作无法再通过记忆美化那个农耕和田园时空的原因。

除了记忆的回声,在一行的诗歌中,还能看到一种更欢乐的诗的形态与声音,这一类诗体量更庞大,语言的流速更快,空间和形态的转换也更频繁,有时像一个诗人在写作中与自我意识竞赛。在修辞上,转喻的运用在这些诗歌中得到了很好的发挥,比喻的质感也更细腻。而且这些比喻带有一种迁流和位移的特点,随着诗的展开不停靠岸。

《雨将至》《此刻》两首很具有代表性。《雨将至》一首的写作状态很有一些思接千里的气势,展开了一个人写作中意识和心灵活动紧张又微妙的过程。在语言的急速流动中,写作与意识博弈,即纸笔如何承接万象流动,写作的语汇与风浪中航海的语汇聚合交替着,直到一个清晰而平静的画面出现,意识也渐从幽暗中明朗起来,诗人以每一个毛孔领受写作中每一个词的使命。《此刻》的写法貌似看到哪里写到哪里,营造出语言的原生状态,"此"作为一个时间概念从流动中剥离出来,在因缘聚散中变为一个空间概念,又因为人在时空中被抛出和被摧毁,进而变为命运的概念,因为受困于"此",又变为主体的返回。从修辞上怎么使用"此",生存上就会怎么呈现"此"。

这种在多元和广大时空中的切换,在一行的其他诗歌中也存在,它们构成了对意识边界的探索。《欢乐》如题,虽然是一首用格言体写的观念诗,但诗的推进方式恰是通过这些格言形态来变化的,从判断式的格言,到象喻式的格言,到辨析式的格言,到祈祷式的格言,最后欢乐达至一种寂静中的跃动与敞开。《水的阅读》以"诵读声"为联结点,在日常世界、知识符码世界、自然世界之间来回跳动,听、读、译、记成为这三个世界之间主要的转换与聚合方式。《欲念》中的观看之道在于人的意识从实在世界到沉思世界,到想象世界,再到概念世界,最后重回想象世界的迁移。我把这种写作从声与听上理解为一种了动群息式的写作。

> 时间山谷中传来的回声。此刻是回声,是声音
> 准确找到的回归的路径。我们沿着这条路
> 到达所有的道路,到达所有道路的起点:
> 通过此刻,我抵达我自己。
> ——《此刻》

纸笔有限,综观这些诗作,每一首诗都有其独特的构成方式。无论何种写法,一行真正关心的是意识深处的问题,如何在每一首诗的写作过程中将心智推向极限。这种意识有时是扩散的意识,有时是深挖的意识。从这个意义上理解,写作并非沉思生活,它也是超越自我和理解世界的行动。而这种写作的意义也在于从听的可能、写的可能,及意识的越界中,感受到写作和生命本身的活力。正是因为这种活力与自省,才让我们可以说,对十一个诗人真正的成长,诗始终是未完成的,逃离定义的。

作者简介:方婷,湖南人,现为云南师范大学美术学院教师,博士毕业于云南大学文学院。主要从事诗歌批评和艺术理论研究。有创作和批评若干发表于《南方文坛》《当代作家评论》《边疆文学》等。

茱萸的诗

想象陈子昂
——为一次未成的射洪之行而作

我想象自己能有这样一次旅行
从上海或苏州,搭乘航班或高铁
到成都,再登上赴射洪的汽车
相比细雨中骑驴,如今入川倒是
便捷了许多。但真正的造访
从未实现(一如真正的理解常常
沦落为谬托知音),障碍并非山川
阻隔,问题在于如何涉渡时间之河
生死不过是其中涌现的浪花
而河流的奔腾从未止歇

不用到场都能想见,你真实生活
于此的真正痕迹早已所剩无多
读书台,埋骨地;悲风屡起于
空山独坐。宝应元年的射洪美酒
冬酿春成,五十一岁的杜子美
曾在此极目伤神、长歌激烈
正在此年岁末,他的俊友李太白
刚刚成为新鬼;他的前辈陈伯玉
已经故去多年;他的追随者们
尚未出生……他的耳边兴许依然
回荡着《登幽州台歌》的音调

我的到访能为这个场景增添任何
有意味的瞬间吗?大概是再次
唐突古人?欧风美雨和声电光影
数码复制与赛博废墟——之于你

我们是枯树上长出的、被它们
所滋养起来的新枝,随时用来
制成斧柄,装上磨得锃亮的刃口
将你的墓园和故乡周遭的树林
砍伐得干净、整齐,便于迎接
地产商的楼盘,旅游区的开发
小布尔乔亚的搔首弄姿,以及
网红的打卡。这些跟你的事业

毫不相关。你的事业曾经是
任侠使气,是折节读书,是高谈
王霸大略的慷慨陈词,是征伐
燕蓟时的投笔从戎。你的事业
还是泫然流涕,是乐善好施,是
闷闷不乐的居官,是归隐故园
采药养生的安度。你的事业甚至
包括续写《史记》,与君子为友
与小人搏斗,可惜它们均中断于
命运奇特的安排。犹如千余年后
静穆的守墓人默然无声地殁去

我想象着当年,有雨的暗夜
有人窥探到了潮湿的县狱中
回荡着你在四十二岁上的喟叹
你遭摧毁的肉身有明亮的蜕壳
它被草率或郑重地掩埋。它变得
无关紧要。你从此得以寄身于
修竹或孤桐,成为箫笛、琴瑟
演奏,种下声音的龙种。你
从来没有觉得自己能如此轻盈
随着风就能飘荡到任何一处耳膜

郁达夫临江宅
——兼赠诗人蒋立波

到富阳来,这是第三次。于你的旧居
此番却只是重游。鹳山就在左近,我
当年登临过一回,自此眺(钓)得了
富春江上轻凝的雾气和浅漾的波纹

到富阳来,首次是2014年的仲春
第二次是2017年春寒料峭的时刻
这次则赶上了秋日新凉,木樨香
充盈于这座临江的宅院,仿佛为上次
春寒中对我的闭门不纳做出了补偿

百年如弹指。1915年,你虚龄二十
于东京,隔着太平洋,给远在家乡
富阳的业师寄赠了一首诗。你说
客居异国的日子犹如漂浮的云气
纷乱而易散;人生如此不真实
抓得牢的惟有富春江出产的鲥鱼

她的美味在你的记忆里恒久保鲜
相比之下,建筑与肉身则要易朽得多
于是人们不断翻修你的旧宅,宅前
还竖起了一座雕像——远游的魂魄
就此有了新的寄居处吗?你熟悉的
富春江畔,周遭的环境已然陌生

那具铜铸的躯体比你在苏门答腊时
年轻很多,是你少年离家时的模样
被游人赋予了些许温热,局部泛光
它是否已能感知眼下的鲥鱼之鲜?
记起八十年前的身世飘零、山河破碎
一百年前的性之压抑、生之苦闷?

它可曾惊讶于唐人辞章之丽,拆碎
七宝楼台作了些诗:但它们被抛在
另一个时空的富春江里,无从打捞?
而我记得你确实曾借他们的口说话

岂有文章惊海内,唉,莫抛心力

作词人——此时你是杜子美和温飞卿
犹如今天我借你之口来感慨万端
可怜留著临江宅,嗯,异代应教
庾信居。如今我是应答你的李义山

汨罗江畔诗圣遗阡

蝉蜕地,羽化乡,语言之翅
的轻盈,足以负载生之沉重?
烛炬高悬于纷纭众说,追光者
借机洗去事实的幽暗:即使
早成空址令人狐疑,本地
终究安眠过一个真实的收信人

我们走陆路。汽车穿过市镇
村落与山洞隧道,沿江往东
想象你当年走水路的情形
想象那孤舟中的老病之躯
如何最终停泊到了这小田村?
如何于最后的时日抵抗风痹
折磨?如何回顾失、遭遇死
嘱咐家人,阖上眼睛,埋入
泥土直至肉身腐烂仅存白骨?

据说,埋(过)你的大小坟茔
共有八处之多(一如你历经
多地的迁徙与漂流),位于汨罗
江边的这片初葬地鲜有人知
同是命运的恩赐吗?哀伤相若
你生前却无庾信那般的盛名①

隔壁的村庄叫杜家洞,相传
来自次子宗武的血脉。你曾于
他的生辰说什么来着?"我
和你之间的联系不只是基因
与亲情,还有诗的事业。"②
汨罗江畔,我们遭遇的则是
你的另一份遗产:湘楚之地

伏枕书怀的半死心映照着
千秋一寸心，③折射出沿岸的

枫叶与青山，缭绕水雾里
烟白的屋宇。④初夏纵然和
萧森惨冬有别，我耳边犹自
鼓荡着你那句"生涯相汩没"⑤
对，汩罗的汩：飞腾的前辈搅动
江水，制造绮丽的余波无尽⑥

注释：

①杜甫《风疾舟中伏枕书怀三十六韵
奉呈湖南亲友》："哀伤同庾信，述作异陈
琳。"

②杜甫《宗武生日》："诗是吾家事，人
传世上情。"

③杜甫《风疾舟中伏枕书怀三十六韵
奉呈湖南亲友》："尚错雄鸣管，犹伤半死
心。"以及《偶题》："文章千古事，得失寸心
知。"

④杜甫《风疾舟中伏枕书怀三十六韵奉
呈湖南亲友》："水乡霾白屋，枫岸叠青岑。"

⑤杜甫《风疾舟中伏枕书怀三十六韵
奉呈湖南亲友》："生涯相汩没，时物自萧
森。"

⑥杜甫《偶题》："前辈飞腾入，余波绮
丽为。"

索尔仁尼琴在凯文迪许
（《佛蒙特夏天》组诗之一）

索尔仁尼琴，你1976年到此
定居。风物佳美，耳根清净
据说克格勃和好事者都寻不到
这个小镇上的哪幢房子是你的
红轮驶离古拉格，漂洋过海
停靠在凯文迪许，你一写就是
十八年——哦，佛蒙特隐士
镇上的某些人还有与你们家
打交道的记忆。他们说你夫人

英语讲得好，你则沉默寡言
不常出现。孩子们慢慢长大
你从五十八岁变成七十六岁
但作为异议人士，天生反对派
持不同政见者，到哪都一样
后来你回到了俄罗斯，先知般
被奉迎和被期待。你给各式的
场面制造的尴尬却有增无减
直到寿终正寝。你和解了吗？
俄罗斯的良心，你想念过
昔年于此度过的平凡时光吗？
斯人去后几十年，凯文迪许的
地方博物馆推出了你的专题展
展品乏善可陈。唯一特别的是
那张你用过的椅子，由某位
依然生活于本镇的儿孙捐赠
如今它的上面，郑重其事地
摆放着一幅油画，你的脸
被锁定在画框中获得了永恒

译者之劳（《佛蒙特夏天》组
诗之一）
——给Stephen和Catherine

半截巴别塔建起心乱徒惹
内部构造却有待完成精密
多数时候人们看见语言工地
狼藉一片，谈何使命神圣
译者天职总落于具体的难题

该项劳动被誉/喻作盗火撑船
希绪弗斯推石或吴刚伐桂
将来某日高山为谷深谷为陵
月球殖民得到了巨大推进
光芒耀目如斯涟漪俊美无限
终于可以歇息的热情又煮沸

焦思，再熬出尽职的胶丝
不同文字间的粘连变得紧致
这份天职的起源如此古老

世界文学(假如它的存在
并不是一个幻觉)的祭司请

牢记自己的权柄:真花暂落
画树长春。劳作刻印的青翠
记忆是技艺,原文在翻译里
再度盛开,且将愈发繁茂

厨房超人
——给诗友保保

蔬菜兵变,围裙加身
冰箱里孱弱的小朝廷
等来了超人的解救
即便没有披红色斗篷
亦能将那支十面埋伏曲
配上一篇"块肉余生述"

油盐酱醋武装到齿牙
好钢都用在了刀刃
君子远庖厨,春秋无
义战——这又是哪年的
老黄历? 如今讲的是
区块链里的咸与维新

揭开锅盖,好比掀掉
三片瓦,众声齐呼同去
翻手为油,覆手为烟
履砧板和炒锅如平地
面对这连缀成片的军团
官用火攻,慈悲超度

灶台轰鸣时伴有狂风
士气天然地化为怒火
焰体微醺,遍布砖红
钴蓝与铁黑于雾中相舐
交缠永无了局,直到
盛宴已成,峰回路转

在澳门的半日
——给友人袁绍珊

我买好来回的轮渡票
在渡海的船上假寐——
回来时又睡过去一次
你在口岸接到我然后去
陆军俱乐部吃葡餐,聊
这座城市的风情与过往
聊房价,工作,新打算
聊烦恼于人心的幽微之处
女性成长道路的不易
接着,我们步行去瞻仰
散落于周围的世界遗产
哪吒庙、大三巴牌坊
城墙遗址、炮台,以及
其余各色的教堂和庙宇
混在人堆里的我们显得
有些不合群,因为面对
那些或巍峨壮观,或庄严
肃穆,或充满沧桑感的建筑
与遗迹时,除去虔诚
分明闪现出先民的恐惧
来自瘟疫,来自战争
来自内心的不安,来自
肉身有限与永恒的失落
安慰则是暂时的,譬如
穿行于狭窄起伏的街道
往"恋爱巷"去猎奇
信仰的依恋与激情如今
奇妙地落入游人的俗套
譬如午后的蛋挞与咖啡
眩晕于椰子雪糕的余调
它们如友谊般正大光明
充满着人世间的滋味
我这次的探访也终于
迎来黄昏的告别时分——
幸好没有等到海水扬尘
就让此行得以尘埃落定

我要回到伶仃洋的对岸
你则即将到外岛去处理
一些事务,送我到码头
轻声对我说"江湖再见"

在淡水的半日
——给友人洪崇德

你是淡水的一缕咸风
破空而来,带着海之湿
腥味隔着很远都能闻到
哪怕在半山腰的咖啡馆
稍事休息的安闲午后
——这轻盈的戏谑里
包含着真正的严肃
光阴沉郁经年,我们
甘心坠毁如飞虫,变身
友谊的琥珀,隐藏于
由距离凝结而成的松脂
这一次我到你的地盘
聊作半日的云游,你
欢喜于有朋自远方来
用摩托车驮着太平洋
带我读了遍宝岛山海经
直到暮色降临红毛城
我们从森森庭院踱入
真理(大学)的侧门
在真理面前,你表达了
不同的观点,我想那应该
交给更多的了解和时间
你给我介绍你的乡贤
陈澄波,他笔下的淡水
披覆着往日的光辉
照亮了我的此行
在旧日的沪尾港
拥挤的英专路朝旅人
敞开了黄昏的怀抱
我知道此时此刻的
不可再得。知道相聚

短暂,而重逢永恒

夜何其

花神从暗处催动
太平洋
开出一排浪
撞向牡蛎与礁石

微雨之昏限制目力
浓云矫饰为夜的化身
海风咸腥,助燃纤指
凝成一枝蜜炬先行

未遇传奇于江皋
但新琴键按出了解佩令
杂以海岸线修远的颤动
海滩不倦的喘气

无从准备对夜的讲稿
作一夕幽深的骇谈
设法抵御的夜之黑蓝
吞噬着渐次消失的鲸群

天上星河转,人间
帘幕垂。恋慕之杏核
藏身于层叠的果肉
有人轻声问:夜何其?

作者简介:茱萸,本名朱钦运,1987年出生于江西赣县。哲学博士,现为苏州大学文学院副教授,从事中国新诗史及当代诗的研究与批评。出版有诗集、文论及随笔集《花神引》《炉端谐律》《仪式的焦唇》《浆果与流转之诗》等。曾获全国青年作家年度表现奖,江苏省第六、七届紫金山文学奖,苏州市叶圣陶文学奖·文学评论奖,美国亨利·鲁斯基金会创作奖金及《诗东西》青年批评奖等。

关于《佛蒙特夏天》

◉ 茱 萸

老实说,《佛蒙特夏天》这组诗的诞生纯属偶然。它包含18首诗,集中写作于2018年7月——它们原先并不在我的写作计划中;而且,在这样的短时间里批量"制造"出这个数量的作品,更是近10年来在诗的歌创作上产量逐年锐减的我所不敢想的。这次的"诗之灵感"得以"意外怀孕",说起来,首先要感谢坐落在美国东北部的佛蒙特州,感谢那个叫约翰逊(Johnson)的小镇——在那首《穹森镇的黄昏》里,它被我刻意翻译成了"穹森",苍穹下密布森林(整个佛蒙特州约77%的面积是森林)的所在。

是的,我在约翰逊度过了2018年的整个7月,《佛蒙特夏天》既写于"此时此地",更为这个难得的"此时此地"而作。那个夏天,我与许多来自世界各地的诗人、作家和艺术家汇聚到位于约翰逊的VSC(佛蒙特艺术中心),作为驻地作家,在那里生活、创作与交流。受惠于亨利·鲁斯基金会(Henry Luce Foundation)一个针对汉语诗人及诗作英译专项计划的资助,我和我诗集的英译者、来自苏格兰格拉斯哥的Stephen Nashef,就这样组队来到了被称为"绿岭之州"的佛蒙特,只是,我们的任务并不是"伐木"或"打怪",而是就我的诗的翻译进行交流——除此之外,基金会没有对我们提任何别的要求。

自出发开始,约翰逊之行就显得非常的不寂寞。获得基金会赞助、预约了是年7月入驻VSC的中国诗人,还有韩博。我们认识有10年以上了,他是我的诗歌兄长,是在很多方面都有相当之共识的朋友。从上海到底特律,从底特律到伯灵顿,再从伯灵顿到约翰逊,我们得以一路同行。而Stephen不只是我的译者,其实在此之前我们就已熟识——他和我同龄,除做汉诗英译的工作外,他在他的母语里亦是一个很好的诗人。在约翰逊,因为这两位朋友的存在,以及韩博的译者Catherine Platt的加入,我们这个月过得颇为热闹,足够让以前在这里驻留或后来在此驻留、枯寂地度过夏天的几位我熟识的中国诗人羡慕。

在《佛蒙特夏天》里,《取道树林去河湾》是送给韩博和Stephen的。在组诗结尾的那首、后被《钟山》刊落的《译者之劳》,则为Stephen与Catherine两位辛勤的译者而作。还有好几首诗的灵感与用心(待后文详叙),皆受惠于与他们的交流与同游。从这个意义上来说,《佛蒙特夏天》的存在,不仅为纪念那个夏天灵感的意外"受孕",更为纪念与这三位朋友共度的"约翰逊之月"而作。

初到约翰逊,每个人被VSC分配了一个卧室和一个工作室。大家要与其他驻留作家、艺术家共享各自楼层的洗手间,而每顿饭则在旧日曾为磨坊的一间临河的红房子里解决——我将这个餐饮风格每周一变、有受其他基金会或其他项目"非全额资助"的驻留艺术家担任厨房志愿者的地方,戏称为美国版"人民公社大食堂"。那

星河·秋

里的伙食时好时坏，熬到第四周的时候，我终于抑制不住回国的冲动……好在，现磨咖啡管够，而且24小时随时去都可以自己动手制作。

在约翰逊，VSC这个公益性组织有着众多的房产，遍布于以约翰逊主街和基训河（可能得名自《旧约》里伊甸园的第二道河）为轴的一大片区域之中。我们几个的工作室在主街一侧、紧邻基训河的一座旧日教堂内。在由教堂改装的两层楼里——据说此前不久它遭受过一次火灾，在我们到来前刚刚修复完毕，七八个房间内驻扎着许多的诗人和艺术家，其中不乏犹太人、阿拉伯裔但宣称自己与伊斯兰文化毫无瓜葛的大英帝国公民、基督徒和共产主义者，济济一堂，还时不时就一些艺术或诗的话题进行交流，颇有点"和而不同"的味道。在这幢楼以及其他几处建筑中，劳作的诗人与艺术家们的"众生相"以及大家在这座小镇为期一个月的其他生活细节，也经常出现在《佛蒙特夏天》里。

就这样，在佛蒙特的这个夏天，在那间位于旧日教堂内部的工作室里，我陆续写下了收录在《佛蒙特夏天》里的每一首作品。但细心的读者会发现，月初我即已抵达，而《佛蒙特夏天》的第一首诗，落款时间却迟至7月11日——这是它并非我此行的计划产物的又一明证。其实，在驻留的开端，我们的主要任务（与译者就自己诗作的翻译展开交流讨论）就已完成，在来约翰逊前Stephen即做完了我那些诗的全部翻译。如此一来，我们心照不宣地将此行当成了度假，顺便就译稿的修订、补充交换看法，除此之外别无计划内的事。但当时并无写一组诗的计划，又觉得不能完全散漫下去而辜负好时光，所以在驻留的前十天，我一方面沉浸于初到约翰逊的新鲜感当中，另一方面开始进行一些其他的案头工作——

应某家出版公司的邀约，为《秋灯琐忆》做详注和翻译（现代汉语）；为前辈诗人、翻译家陈黎当时即将出版的《诗歌十八讲》撰写一篇序言；应《新诗评论》开设的"高校诗歌与新诗教育"栏目之约，谈一谈这十年来我经历的同济诗社；应某家学术期刊的邀约，写一篇谈诗人朱朱新出诗集的论文……

当那个夏天结束，检点这几项当时着手的事，才发现，其实只有前两项算是完成了；第三项其实只开了个头，酝酿出了一些片段，至于最终定稿，得拖延至回国后的十月；第四项压根就没影了，直接放了刊物和朱朱的鸽子，让我至今想起来都很内疚。与此同时，工作室就在我隔壁的韩博，这个月下来倒是做成了很多事：修订了长篇小说《三室两厅》；写完了谈他所经历的20世纪90年代复旦诗社的文章（是的，在这件事上，我们的"东家"都是《新诗评论》）；和Catherine就他的《第西天》的翻译进行了深入有效的交流，并写了一组诗《约于草》。我默默对照了一下：修订长篇比译注一本书可能容易些，写万字长文谈亲历岁月应该比作一篇三千字的序要投入更多记忆和激情。这样算工作量可以打个平手，而他写下了《约于草》，就胜我一筹了。好在，我逐渐写了《佛蒙特夏天》，至少在篇幅上要比他长那么一点……这么说，我的"精神胜利法"还蛮奇特。

至于与译者的交流？那当然要数韩博和Catherine这对模范作者&译者组合了。对我而言，那是不存在的。因为相互太熟以及早已完成得差不多了，我和Stephen在这方面就变得非常"消极怠工"（但我们交流别的）。在做上文所述几件案头工作之余，他去附近的河湾游泳较多，我去步行一公里外的几家古玩店和旧货店淘小物件较多。作为众生相的其中一员，Stephen还出现在我那首《周末集结令》中——瞧，那位常跑去河边读《天方性理大全》的小哥便是。

值得一提的是,在这个夏天,我们倒是与另一位特殊的"译者"展开了极富意味的交流:来自危地马拉的小说家 Eduardo Juarez。他对韩博与我的诗充满兴趣,对我们饱含友善与热情,并试图通过与我们两位作者的交流及两位译者的英译稿,将我们的诗转译成西班牙语。在临近教堂工作室的一处咖啡馆,以及坐落于山上某处角落的另一家咖啡馆,甚至山间小路、瀑布和岩石间,我们就诗和小说等问题开展了非常有意思的交流。在这种跨文化交流及二次翻译中,我想对于并不懂汉语的 Eduardo 来说,Stephen 的英译稿还是起了很关键的作用的。回国半年后,我收到了 Eduardo 译成西语的、由 28 首诗构成的我的诗集。据我所了解到的情况,在这份书稿里,除了他的劳作,还凝聚着 Stephen 的前期工作,以及 Eduardo 的诗人朋友 Vania Vargas 在西语里的后期润色。当然,在所有的这些工作里,《佛蒙特夏天》还没来得及变成其他的语种,甚至它的汉语本体,从写就、改定到正式发表,亦隔了一年余(2018.8—2019.12)……

对于在佛蒙特度过的这个夏天,还有一些需要交代的情况,我想偷个懒,直接引一段韩博为他的《约于草》写的文字。如此,这段话既是对我未完成的叙述的补充,也算是对我以上叙述的一个旁证:

7月,至美国东北部佛蒙特州约翰逊镇驻留……我本想花上一个月时间,借此机会,完成长篇文本《三室两厅》终稿,结果由于工作气氛过于浓郁,一个星期即大功告成,其余时间,悉数便交付于阅读、游泳,与驻留艺术家交流,以及见缝插针地开着 Catherine Platt 朋友的车,伙同茱萸、Stephen 诸友就州内游历,尤其是做出一些令阿拉伯裔英国诗人 Stephen 所不齿之事——拜访作家的房子,比如罗伯特·弗罗斯特的农场,乃至索尔仁尼琴出走苏联之后定居的小镇。

……

我们生活在连环的梦境之中,多数时候,并非主动做梦,而是有如印度创世神话所阐释的那样,被梦所梦见,因深处梦中而无以逃避。

韩博的2018年远比我精彩,从西伯利亚、贝加尔湖到美洲,步入夏天后与朋友们相聚在弗罗斯特笔下的"波士顿以北"。那里的盛夏宛如仲春,陪伴我度过了许多个沉浸在汉语中推敲字句的日夜,更让《佛蒙特夏天》得以诞生。这个新英格兰地区的小镇直似世外桃源,隐居其间的这一个月则永远定格在了业已逝去的时空当中,如今于相隔一年的岁杪忆及这段时光,不禁怅然若失。

梁小静的诗

当我们面对自然

当我们面对自然,你比我纯洁
你坚持着,大地哺乳我们
她挺着花的乳房,伸出乳头的果实
在枝头,任凭我们张嘴去啜吸
在你眼里,大地仍然是母亲的形象

我们考量着:那个老人从远处
铲来了土,他的花盆装起这些土
土壤服从了他,专志地长出米米蒿
他恳请几根竹签围起来保护它们
在田野,它是一种害草
你觉得这冒犯了土壤的力量

相对于花盆,你更擅长田野
在那里,土是最常见的,像亲戚
在多年的翻掘中,你知晓它的习性
它也了解你,伸出的枝头
捧着你想要的,等你采撷

栽了花椒树之后,你思忖着
土壤剩余的地力,你安排出秩序
你肩膀、手臂和脚趾的力气
挥发在土地里。土壤也在使唤你
在不同的气象里,你回应它的请求

不知何时,在我眼中
大地以姐姐的形象出现
我在她那里求美,求亲昵

我希望她引领我,那引我入境的
不是她丰产的形象

她有过多的枝蔓,她的力量分散在
全身,在自由的叶片、卷须中
她的果实像原始的,没有培育,小而
不起眼。她不是生育者被照料

对高淀粉红薯,你珍爱而赞叹
它澄出的粉,多而白。你那么坚定,你最
　　爱小麦
在春天的河边,万物为小麦服务
一棵槐树,结出稠密的绿槐穗
槐花是麦眼,你说今年麦子要丰收了

对　谈

1

局部的安静竖立在我的右边
靠近孩子的卧室,我的左耳
过分地发达。倾听他,成为
我的新本能。随时地我醒来
我的臂力随着他的体重增长
他的胃口调整着我的泌乳器
我来不及想发生了什么事情
我的身体率先接受了这一切

2

在撕掉的清醒中,我飘零在
我的残存中。我鲜明的左侧
历经孩子的新磨炼。墙上的

钟表,以你鼓起的圆我起誓
我认你做我的义母。自你的
11点,自你的时针与分针间
请降生我。让我的眼皮睁开
我的双眼齿轮咬合了后半夜

3

我的身体率先接受了这一切
新的孕育自体完成。我新的
感觉器官,分娩在我的脸庞
我比你的啼声更早听到。比
你的饥饿更早产出。第一次
以声音、气味和形象,我与
众人强烈区别。隆起的胸膛
不再客观,在我把握不到的
意志中,她涌泻自己的感情

4

我的双眼齿轮咬合了后半夜
剩余的我,靠着言语的意志
保持了笔挺。白天的弱残留
挥发在夜啼与电脑间。摊开
这书页,字行如衣架撑开我
我独坐成花纹,内视的赛手
在身体的赛道,我的田径场

5

她们愿意喷涌时,我不制止
我是食品厂、脚手架。我是
气息,是形象。是极强烈的
毛发特征。我是凝视的对象
我是声音的来源。是被召唤
是眼睛和乳房的成双的充沛
神采。我是预备,也是库存
我是为你的年幼再造的一个

少　时

1

雪,积在黄蒿棱柱状的茎秆上

也溢出皱缩的叶壳,像白云细碎的种子
我和姐姐在岭上摘雪品尝
它们沿着舌头向内壁融化。莹亮的雪
闪耀高空未知元素的光晶
在分层的天空(对着它,我曾多次练习对
　位法)
这积覆、耀眼的白色,来自那优质的一层
没有松弛,保持硬度
我们尝到了地面的味道
混合着蒿草、麦苗、玉米秆和锈螺丝的
　味道

2

在土丘,我和姐姐翻动草丛
看它的品种、颜色
摸索它的干湿、厚薄
我像在挑选一块心爱的衣料
姐姐则像挑选她心爱的手表
我们,两个牧牛少女
在农村经验之中,在艺术经验之外
不是画中景,垂落岭上的火烧云
渗进土丘和村庄,成为她
时常爆发的腾和野性

3

当我意识到你,我已经是你的朋友
八岁时,我知道了你的存在
你在一张万花筒般美妙的嘴里
你也在一本书厚而洁白、脆弱的身体里
白色的书页,一百页左右的白纱
我第一次试着穿上,学会了内视
母亲给我的小女孩的手,学会了摩挲
母亲给我的不对称的眼,学会了凝视抽象
我也曾在农村厕所读物认出你
你竭力写活一条女性的腿
如今,你是我的友人,我们相互警拔

枯　坐

我和你的不同,我满身是瞌睡

和一个婴儿。黑暗穿梭家具
他因吮吸而外翻的嘴唇
像整条温带派遣花瓣吸引我

他静静地吐奶
他还没有和自己平行
在他身上,许多垂直交叉
星系着缤纷、旋转

他常梦见自己
他为自己臀部的气象受惊
他还不认识自己。吐奶巾和尿布
是他给出的内部报告

他年幼,又自成专业
他的科室,他的澡堂、衣架
都和我们不同。他使我们变得小心
他让我们重新习得

你

你像未成年的钢笔
你天生会啜吸。世界变成滋味
在你体内漫游,穿过幽门成为你

你也是有些板结的梦
乳头柔钝的笔触,在你幽折的身躯
表达乳白的满月的美意

你的食物不是中性的
你从唇尖自胸膛,品尝
成年的生疏忧愁和欢乐

你是幼小的温带
你泵吸的嘴,正进行身体的装帧
母语的汁液往胸腔驱驰

净峰寺

1

你是我们正在等的那一个
你奔波的脸为我们运来崭新的目光
你的疲倦,是我们短暂的迷雾
我们一起做这清洁工作
你说:你备好了内心的晶莹与惊奇
辗转反侧,那快要到的正是你

2

镶嵌我的目光和视角
我把这一瞬的我,献给山浪的翻新
此刻,我的心地幽远曲折
适合做这山巅薄雾的夹心
折翘的山岩,展开你的石喙
品尝这一瞬的我

3

我们这嵯峨的山,将到你幽深的心田
游艺、调查。你是我们美育的一部分
我们将把你词化,本地的浪卷
做你清凉的后缀。赠我们:你的眺望
月亮的音箱,在天心,在我们喜爱的
鹅黄之夜,将复播这一切

4

山径缠绕着我在山上,浪花娉婷
我太渺小了。对于这峰头,我又太大了
草木山石都在我眼里,它们构成一截曲折
在刺探我的心,我研习明暗的心
浪花娉婷,又谦虚地沙化、消失
我是你挽留的那一个

异木棉

1

远近只有它,从某个高度开始
一层微凸的轻粉色起伏、闪烁

静夜,它以每片不规则的粉色起誓
与月光义结金兰。它是月亮的姐姐
它是这块英俊的土地,献出了内心

2

整个夜晚,它的粉色一块也没有脱落
它健美如远处的海浪(正做扩胸运动)
白天它花房明暗,蝴蝶飞来一对阴影
它也会沉醉,经过的人抬头伫立
他们的目光忽然含酒

发热的时刻

脱皮的嘴唇是在抖动吗?
你看不到
舌头渐渐脱离管辖
凭借意志和气力,不让牙齿咬住
越来越燥热的脸,像颜料受热,湿润蒸发
皮肤表层和皮下,难以保持静止
内部的震动和嗡嗡响
昨夜腿筋混乱的地方,一疙瘩的隐痛
发芽的嗓子,竭力保持教师的形象

身体重心逐渐后移
街道和行人轻微旋转
像井底的水泵运转时
水的涡旋、吸力,它持久的高压
和令人晕眩平静的低血糖
你的瓢腹,已经成熟的容器
在街道无休止的流动中,是否舀到了什么
越来越紧密地扣住你,视你为盖子
保温桶、发面团,谁听过它们之间的对白

哪种弹跳,让你午后醒来,像围巾
从一面翻向另一面,变了花纹?
水滚动,顶响锅盖,静极的屋里
物品发出声音。俯向窗户的柿子叶
越来越红,却轻极了
在枝梢有序排列,秋腹里的染色体
在窗肚内外,你他之间循环、化用

温和地受热的时刻,你流泪了,像一只
　　柯基
那座小殿,圆圆的颈圈,把你拴在此刻、
　　此地

冬　桃

1

上一次吃到这么甜的冬桃,是在开封
也是这样,和果肉紧挨的桃核是红色的
是这多汁的红色,像核心地带的血
无法让紧挨着的分离?
最后,只能耐心啃干净
直到桃核扔掉,它仍然是红色的
独立、鲜甜的红色
你照镜子,嘴唇湿润,是自己的颜色
不是桃子的颜色

2

从五月落花一直长到十一月
每一天都有内外的摇晃?
花朵时分,她进行怎样的胎教
用花的语言,去传授果实的课?
花瓣像紧身服,纷纷脱落
只有雌蕊,瞪大的睫毛,无知地内视
就像女性血液嵌入男婴
怎样熟悉果实的听觉,给它说"甜"?
雪白的桃尖,脱胎于更饱满的粉和红

3

一袋成熟的桃子,每一个
它四面的鼓胀,像怀孕着的母亲和父亲
　　背靠着背
它偶尔的黄斑,粉色的血丝
内部的导管,它的子房壁和胚珠
挪动它,每一个方向
它的伸长区,成熟区,极核
遍布分裂和准确的加法,母语
和婴语,快要掰开的冬桃

在想马河,摘飞蓬和蒲儿根花

如果我们变成两棵飞蓬
自身就是花的茎脉
我们将组合在蕨叶、蒲儿根
和藜的绿色星云中
腋下旋转的花
是流星陨落,还是沿着我们的
绿色赤道运行不息的行星?
我们仍会围拢于天空的倒垂之杯
青山的弯道旋进花瓣聚拢的中心
又迂曲在眼球中盘旋而下
我听到连绵群峰参与秩序的电线声
从野地腾挪到一张木桌
卫星蝴蝶跟随而至
一本平坦的诗集
鼓荡词语的峰流
拱起看不见的事物的发射塔
在它的电流中
我们串联在一起

生活之痛

昨天大风,今天大阴
开窗风拂灭灶火
旧米饭夹生
上午在一页纸、在笔画中
蚰蜒新词,穿过去
就是深入,是完形
水泥铲地像殉毛衣针
一针针错钩我
我在所有毛糙的楼房里
消化不良的耳朵
向心埋怨
风把楼下妇女吹进昨天
她吃一个词语"心肾不交"
嚼一下午,弹力嘴巴
心香可嚼,我为她流泪

呢 喃

为什么没劲了呢
第一代的锐气呢
城中村的野性呢
窗前花舌呢喃
我们满脸痘印为谁
一身静电为谁
你租住的屋子和我一样昏暗
这是巧合? 我们是黄昏的深夜
是咽进窗户的苦闷
是嘴巴赊欠的哈欠
我想重返女性
我寻找你的她的指点
我想重返一颗烂苹果缤纷的神秘

新飞家属院

在敲门声中惊醒,水已经
浸湿了厨房地面
楼下老太提着水泥,闪进半扇门
要来徒手缝地板。她生气水滴湿了饮水机
她常在门洞散步,我和她碰过面
不打招呼。我看见她种什么不结什么
她绿化带种萝卜
一盆萝卜苗长过了秋冬
霜打后叶子由绿色变为赭绿
细看还是一盆萝卜苗
冬天,十几盆仙人球摆在一楼门廊
颗颗长得不精神
她也种月季和无花果树
两株菊花缺乏照料,歪在泥里像没有主人
奶白的花匍匐到水泥板,开一朵,染脏
　一朵
好几次,我想偷偷挖走,都忍住了
她养一个儿子,儿子不算年轻
浑身有超龄的迟缓
夏天时,卧室空调向下滴水
朽化了他九十年代的木阳台

他爬楼提醒,步调和声音不如他母亲
这个小区都是老新飞人
普遍地,似乎下一代不如上一代
儿女先是接班,后来集体失业
成批离婚,孙子孙女跟着老人
一家三代,各自单身
屋里三口人,圈着隔代的成倍的寂寞
到了冬天,老人省暖气费,孙女跟着挨冻
抱怨着谁比谁更不耐冻
像四楼的租户,暖气屋里开空调
小两口早晚穿短袖短裤,任由空调聒噪、
  失修
也有我们这样时时被漏洞凝视的,丈夫在
  门侧拦住老太
您别着急,在这里住了两年,我们也在想
  办法
厨房和卫生间,处处窟窿和不结实
我们呐,还是外乡人,被漏洞盯着,请您忍
  耐些

城市暮步

1

雨后,铅红和靛蓝的秤锤从天空迫近
穿过万达广场,双脚像一对逃犯伙伴
在城市的地面摩擦抬行
在广场舞和健美操的队伍中
被抓住又挣脱,我看见他们不间歇地
向四围发散脚底、手臂、脖颈和腹部
直到汗液迷彩队伍般流向全身保护他们
在广场台阶,一小块魔镜在小女孩手掌
  痉挛
她的脑袋探进今日最新的美丽套餐
云锤渐渐高昂,我滑向人群密集的湖岸
一座堆丘弓紧它的花圃肌,撑开公园的环
  形步道
人们疾跑,占据了今日朋友圈的封面

枝叶的绿浪和泡沫中,路灯升起翻滚的
  蚊虫
我周身感到一种素描着色的紧簇
似乎有一个凸雕的我,从后面正要搂住我

2

萨克斯管、烧烤摊,叠起又凹陷的河沙
细白的手摩挲无聊那金属和烟的质地
吞咽和吹打,忍耐和嚎叫,出入同样的
  器官
在半空的混沌交叠处,两束光柱析出雨晶
  和浮尘
大块的光斑秽物般落向柏鳞和松冠
街头树干在光卵的缠绕和栖孵中
此刻,只有我是在内心受苦吗?
彩虹的闪现,是七次警告吗
一次次的祈求与不安,是虹的副本?
是时候了,摘掉眼睛嵌构的高和宽,释
  放出
锁在纸门后的一维世界
我承受着被夺去经验和性别的惩罚
我真的知道惩罚从何时开始?
矩形荧屏播放疯人丸广告
吃了它,快乐无限——儿童回春颗粒
分裂的光,呆绿在枝叶的病房
像已经吞下了夜晚的安眠药片
那药物的致呆作用,弥散在这整座城市
我还要用我仅有的两只脚向它小分步致
  敬吗?
我隐入身上的哭泣之门,为疯人院的垂落
竖下泪晶的小碑

作者简介:梁小静,1988 年出生于河南洛阳,文学博士,现任教于河南师范大学文学院,学术方向为新诗研究与批评。著有诗集《一次对话》(2019 年),曾获得首届"飞与诗"诗歌奖。

李商雨的诗

雪　珠

如果这时有人给你写信
或者你在给那个人写信
那无疑是快乐的事
此刻,屋里的光线是黯淡的
而灯火是昏黄的

那一年比往年偏冷
你记挂着一件事,给一个人写信
或者对方也正在给你写信
你想象那人的屋里
有昏昏灯火渲染的安静
那本来白皙的脸
变成了低调黄

雪珠跳落在窗前的搪瓷脸盆里
来自一颗光明的心

雪天的故事

白天,学校的路面上
这里或者那里,开始有几处脏雪
寒假里校园连个鬼影都没有又
何来几处脏雪

但教室的门每天都会打开
必定有一人进入,还有一人进入

他们在那个雪天一起念完一个故事

那个故事的最后一句
——"米修司,你在哪儿啊?"

后来,路面最先从雪地里露出几块
从他们踏过的脚印那里
仿佛一些褐色的斑点

下雨的黄昏

台风还没有到来,先下起了雨
雨从中午下到黄昏
我心里总有一种期待

光线暗下来,有些遥远
雨声是空疏的
像是三十年前的一个事物
说不上来它是什么

一个灰色透明的影子
一滴水从屋檐滴落
或者,一张美丽的黄脸

我坐在阳台上
黄昏的感觉让人置身另一个世界
下雨的唰唰声是世界的本体
一个人死了,并未真的死去
我们用雨声交谈

缘　分

缘分,这个熊孩子只知

孟浪,从不考虑适可而止

就像记忆,在公园里饱满
那只不过是一个下午

桌球在球杆用力一击之后
准确地落入洞中。反复击打

反复落入洞中。他们大笑
他们哭泣,他们不停练习

下雨了,爸爸

下雨了,爸爸,雨线在灯光里
我想起你年轻时的一张照片

你的头发很长,披到了肩上
你的眼睛里有一块蓝天

很蓝,微风吹过。有一次,爸爸
在水池边,你告诉我,鱼的

名字也叫雨。可是,雨呢
瓦莱里说:像一只鸟而非鸟羽

忆江南

再不会有荡在秋千上的
你的红色的影子了,那个

由一块木板和手指粗的尼龙绳
做成的秋千,早已成为

一个寂静的幻象。在白天
我们把废话像瓜子壳

一样倒掉,而在空荡无边的
夜晚,我们一次次生起炭火

不过,第二天,我们也习惯于

倒掉盆里的白灰,这是一件容易的事

——为什么火盆要有人来看管?
——为什么你一说话就显得很日本?

而今,那个烂了的秋千下
风在那里打了个粗糙的死结

注:"火盆要有人看管",见清少纳言《枕草子》第一段。

榆荚

榆荚露出饥饿的表情
并非饥饿,而是因为
回忆总是饥饿的,它的颜色

像灰蒙蒙的下午,它的气味
有点像盐,它见证一条乡村街道
的一个日常:一只黑鼻子黄狗

吐着舌头,一群人站在
榆树下在说什么,又有人用
绑在竹竿上的镰刀割榆树上的

榆荚,一串一串落下
有一串掉在地上,我把它捡起来
放在多年后一个雨夜的银碗里

世事难料

有关他的童年,他不仅想起
黄昏小镇阴郁、泥泞的街道
还有一棵榆树,两个小学生
三个神灵、四个穿紫衣的鬼

下雨的时候,他用脸去贴檐下
有棉布质感的凉风
这让他能很好地解释,为什么
他的童年有一股棉麻的味道

在人间,死亡可以很精致
有时也会很潦草
而事物结束的地方,不一定有
清晰的痕迹,比如小小的童年

七月流火

一只苍蝇停在窗外
它戴着绿眼镜,洋气极了
阳光嗡嗡了几声
在一栋旧式的砖瓦小楼

夏热,前夜里的流星雨
在上午十点整准时落到巷子里
那是1994年的北方县城
也是2018年的澹港小镇

我没有办法不感到困惑呢
宇宙为何可大又可小呢
遥远而又咫尺的事呢
为何是极乐净土,男女之间

一只苍蝇停在一栋小楼上
一架飞机停在火星上
夏热,火星在七月流下火
但七月流火,并不是热

人到中年

年岁如恒星,悬挂在头顶……
时光如行星,在轨道运行……
哎,有什么办法,风在吹

在午后,我们喝了一碗罗宋汤
春阴,总会把弄堂变得更写实
春阴,总会让香樟树更安静

那年你买了一本《三个火枪手》
那年你爸爸在巷里见到一个鬼

当我们讲起往事,其实在
讲起人到中年,哎,中学里的

一滴雨水溅到了桌子上,擦掉
中学里的一滴雨水溅到了课本上
擦掉,那个女生爱上了地理老师
该怎么办?

哎,多年后,你爱上了松树
人世间再没有什么比得上这样的
风景,寂静、依恋、无碍
只有它配得上这卿云烂的年纪

小世界

如果把这座城市看作一个小村
如果把这座城市边上的长江看作小河
这是完全可行的

万事万物都可以成为缩小版
巨大的松树不是成为盆景了吗
而人,也是小的

一个人,或一群人,走在街上
街上有烟霭(也可以是雾霾)
人的细小,让其成为烟霭的一部分

我已经习惯了这缩小版的世界
我早就经年累月生活在小世界里
只有在特殊的时候,有些事物不甘于其小

它们会在小世界自动放大
比如说,深夜滴水的声音
破晓前星星的光,旧衣服的气味

芦花荡

风清日丽,骑电瓶车走过芦花荡
此地路牌显示"芦花荡"
并非我特意选取这个名字

这是人生中的一个下午
我从城南走过,这条路从江边
通往高校园区方向
日光正好在身后静静照耀

迎面而来的人,看到我是一个剪影
我正在下坡,感到从未有过的自由
仿佛不是骑电瓶车走在路上
而是走在极乐之境,心无挂碍

迎面而来的人,有没有看到我身后
白亮亮的万丈光芒?
这一刻,不是虚无、空茫
而是真实又转瞬即逝的人间

一本希尼诗文集

午后总是幽暗的,可不是
书架总体上更加幽暗
有光线折射到书架上
这些光只照亮它的一部分
这让它
其余的部分渐隐于
时间和空间的黑暗

我站在一个梯子上
往高处随手抽取的一本书
是一个叫希尼的诗人的诗文集
有那么片刻,我停下来
想起在一个同样
幽暗的清晨,雨还在下
一个朋友乘坐6路公交车
到我郊区的陋室
专为把它送来
好像那清晨的幽暗专为她
而存在,也专为等待
二十年后在这一刻呈现

空　白

一个朋友死了
我不知道她在死后去了哪里
一个朋友去了云南
一个朋友去了非洲
这都有足够的想象空间
让我把他们和那里联系起来

最后一次见她,是通过微信
有几张照片
其中一张是她站在一块大石上
背后是空空的悬崖
她叉开腿站着,弯下腰
对镜头伸出两根手指
照片是为治病筹款做的注脚

三个月后她死了
她的死留下一个空白
就像小时候,我们面前
一张白纸,我们手里的笔
可能会写下一个爱字

雨的颜色

按既定路线,从停棺的家里
出发,沿村子走半圈
然后上江堤,再走四十分钟
到他工作过的镇里看看

带这位老党员,老干部
看最后一眼工作了半辈子的地方
而后再走大路,转到村里
这是村子的另外半圈

而后,大家才把他送到墓地
一行人走在他的前面
一行人走在他的后面
总之他是今天的主角儿

不管是走着的还是躺着的
在这一天都得了安宁
只不过那闭眼躺着的人
所得的安宁要大很多,永恒了

从早上到中午,雨不停地下
所有人的脸上都有雨的颜色

黄色的光

想起一个人,就想起
一抹黄色的光
少年时一起读书的伙伴
一个有趣的小人儿
一个鼻子高挺
皮肤稍黑的美人

想起她,就想起
一抹黄色的光
很轻,一点也不浓烈
那是夕阳的光
是洒下去的,洒到地面上
洒到我们的身上
我们就坐在一个花坛边
一起背书

当我听到她死去的消息
第一时间眼前
现出一抹黄色的光
这一抹光
到底有没有出现过
最后我也不能确定了

但我唯愿她永在
这一抹光里安息,南无

这一场雨

这一场雨与另一场雨发生关系

是必定的,两场雨之间
相似处是都在梅雨季
不同的是时间、地点和人物
两场雨之间,一场雨
要通过另一场雨唤醒

雨的光线相似、声音相似
气温给人的舒适感相似
在过滤掉感伤以后
另一场雨的故事在这场雨里
浮现,雨成了电影银幕
往事也仅仅是影像

仅仅是一段有声、色的影像
甚至仅仅是一场雨
很多的雨点。生命以此
证明其有,证明其无

雨中的红樱桃

刚从超市买回的樱桃
洗净以后放在
不锈钢碟子里
碟子的周围
有一圈静静的光
太干净了,干净到
简直让人难以置信
窗外的雨声越发浓密
屋里的光线更加暗淡
一碟红樱桃
像广大虚空中
小小的未知物

温暖如春

阴风飕飕,雾气腾腾
卖板面的老板,腰里束一块
围裙,手在案板上忙于摔面
我在她的店里坐下
没有像其他人那样要一碗

在这个小县城里,吃板面
是最纯正的市井生活
她操此业还不到一年
生意却火爆,因为面好
也因为她本人,板面西施

我只是坐在一张桌前看她摔面
外面阴风凄厉,店里雾气腾腾
我想起那年我们就坐在窗边
教室虽空旷,冷风始终在窗外
教室里,有一小块地儿,温暖如春

打那次离开板面店又过去五年
我常常会梦到她
还梦到中学时窗外的风
梦里,一小块的温暖还在
像一束白光——像她在世的日子

明月照大地

从前的日子
就像一只粗布口袋
里面装满了栗子
栗子在黑暗里
是孤独的,彼此挨着
它们相亲相爱

这只栗子代表一个
亲爱的
那只栗子代表
一个擦肩而过的人
偶然有风吹过
日子一动不动
安安静静

仿佛是明月照大地
把我们的心也照亮了

软

远处发白,至于炫目
绿树的边缘因曝光过度
而失真
显然,这并非一张
完美的照片
但画面主体尚好
幼小的孩子
肉肉的胳膊和手
尤其是他的侧脸
下巴上还沾有一粒
细小的饼干屑
脸上的肉,看上去
多么软,隔着电脑屏幕
想伸手摸一摸
它的软,足以融化
世上所有的坚硬

一种人道

曾经是同学的两个人
见面后并没有立刻相认
原因是时间实在太久了
双方都发生了太多的变化
只好借助于喝酒

就像两块相连的陆地由于板块漂移
中间最终相隔一个海洋
现在,需要把两块陆地通过强力
重新拉到一起
让海洋消失

但这是不可能的
这海洋有太过丰富的生态
还埋葬了很多张脸
以及多到简直没法数尽的往事
将这一切永久埋葬于波涛
可能是一种人道

柔软之物

柔软之物不是来自
父亲的怒气冲冲
也不是他吼声中碎裂的阳光
也许他眼里的人世

并非柔软,而是坚硬的
就像冬天球场的水泥地面
那种运球的声音里
就有一种生疼的坚硬

柔软之物的存在具有偶然性
比如幼儿发出的一个短句
他的发音不准,n、l不分
但其中的神性,不言而喻

人世的坚硬因一个句子而变软

居　民

上午的天色有点灰
这是一种令人放松的亚麻灰
配上四周的绿树、清风、鸟语
身体变得空了
透明的感觉让人获得自由

此刻,我正走在一段干净的砖路
这段砖路也因此是透明的
透明得像空无一物
一只猫走在前面
它似乎也感受到此刻的透明
轻柔的动作,像是走在云端

当我与它并齐走的时候
我得以从侧面看它一眼
它在透明中自有一种威仪
它是一只剑齿虎,走在荒无人迹的林边
而不是走在上午的小区里
但无疑,我们都是小区的居民
也是人世的居民

铜　钱

一枚铜钱,并非是一枚铜钱
而是一个感觉
其上有光亮的边缘,而铸字的周围
是时光的污垢
不知道是谁的手
在弄堂昏黑的光线里
把那枚铜钱轻轻抛到地上
一条黑色的弧线之后掷地有声

人的一生所馈赠的
可能只是一次掷地有声
当然,实际情况不止这些
还有雨落在地面的声音
风吹进墙体的声音
以及人在交谈时,空洞的声音

在一种不可言说的、巨大空洞里
一枚铜钱亮着,它是实在的

作者简介:李商雨,安徽人。毕业于安徽师范大学中文系,后师从诗人柏桦攻读西南交通大学中国现当代文学博士学位,现就职于安徽师范大学新闻与传播学院。研究方向为当代新诗理论与批评、影视批评。

张彤的诗

少年锦时

据说是暴风雨的夜晚
雨还没来
对面楼上有个人在吹笛子
是赵雷的《少年锦时》
吹得不好
有一句反反复复找不着调
不知那是个什么样的人
在暴风雨没有来的夜晚
在一栋旧楼里
吹《少年锦时》吹不好

一只黄鼠狼在散步

一只黄鼠狼在散步
大摇大摆，步履稳健
它的腰弓着，丝毫没有
贼眉鼠眼的样子

这家伙唰地一下
钻进了灌木丛
榆叶梅，垂丝海棠和月季花都开着
狼飘花摇，月影满墙
一楼窗口传出暧昧不清的沙沙声
灯也同时灭了
花妖狐魅的夜晚

巴　掌

一片黄透了的梧桐叶
落在车窗上
像一巴掌
它猛拍了一下
大概是要发言了
我知道它想说啥
大部分树叶还在树上待着
对秋天置若罔闻
它是个先知
也因此早早地坠落

手拍在窗上
指甲用力扣着
想停得长一点
车开的时候
风帮着它，推着它，挤着它
车一停风就没了
树叶慢慢地滑落
指甲磨出了血
在车窗上留下长长的痕迹
终于咕咚一声
落到了底
一声惨叫，时间就结束了

旧沙发

一套三个，丢在街边
两只单人沙发的方向是垂直的

一个面街,四仰八叉的样子
另一个像是对行人车辆侧目
那个双人的就比较惨了
它俯卧在地
像是低头认罪
又像是屁股撅到天
头却埋在沙子里的鸵鸟

它们是一起被遗弃的
姿态不同
而在不久前
它们还傲慢地占据着
一个小康之家最要紧的位置
慷慨大方,来者不拒
一夜之间,就被扔到了街边
多半还伴随着工人的抱怨
——真沉

然而沙发十分完整
它们目瞪口呆地坐着　趴着
也许不久
皮革崩解　弹簧飞散
海绵挂在粗壮的木头上
在风里飘扬
像一切遗骸

"双11"后的深夜

"双11"过后的某个深夜
我喝得半醉　路过
楼下的快递箱子
一位大叔正在塞快递
他一个一个地输密码
脚下　是一垛纸箱子　一匹塑料袋
脏兮兮　乱糟糟
堆在一起　像一堆垃圾

在一个毛骨悚然的世界里
确实有很多兴致勃勃的人
在收发快递

就连我也凑过去跟大叔套近乎
"双11"那天
我抢了一套电钻呢

小巷深处的面馆

小巷深处的面馆
只有一个圆桌
五湖四海的朋友围坐
为了一个具体而渺小的目标
有位瘦瘦的姑娘到得最早
于是她在七个不认识的人的注视下
默默开吃
她用门牙无声地切开面条
那面条,很筋道啊
她居然毫无声息地吞了
我判断她是个狠角色
干辣椒放了四勺
醋添了三次　每次都不少
姑娘吃完酸辣牛肉面
起身时抽了一张纸巾
把八分之一片桌子收拾干净
毁尸灭迹后
绝尘而去

白狗的生活意见

夜晚10点
看到邻居大叔遛狗
这对卷毛白狗
每天晚上都去一楼的空调下面喝冷凝水
细水长流　还有点凉
是二狗夏夜的小确幸
夏天的尽头
空调不再轰鸣
狗们望穿秋水　想必是绝望的
冷凝水里只有H_2O
容易引起骨质变软
两只白色卷毛狗
夏末就柔若无骨了

它们棉絮一样在灌木丛中飘荡
开始怀疑狗生
世界就是这样莫名其妙吗

25路空调车

上了一辆巨大的25路空调车
车厢里凉快极了
每个呼哧带喘的人上来
都像刚出笼的馒头扔进冰箱里
气焰顿时没了

车辆起步,平缓得像一艘巨轮
大船缓缓出港
透过水汽弥漫的舷窗
望见活蹦乱跳的蟹虾
我们隔船相望
相濡以沫没有可能
只能祝愿他们迟一点被蒸熟

平原路

平原路是一条上坡的小路
右面是医院的花墙
左边有便民药房和小吃店
还有几间小店半掩着门
门上有细小笔画写的寿衣二字

这是周一早晨7点
马路牙子上摆满了早餐桌
油条馅饼甜沫茶叶蛋
要吃豆腐脑得先打定主意
要不要辣椒,放不放香菜
早餐桌一张挨一张
在餐馆门前,在药店门前,在寿衣店门前
一直排到路的顶端

两个满脸胡子的家伙
正在聚精会神地剥鸡蛋
他们的嘴里零星地蹦出
动线、铺货、头部企业、区块链
间或抬头看看
路之隔的石头房子
那房子门口有两块圆圆的石头
不算大,也不算小
共中一个贴着一张纸
上写
太平间门口请勿停车

作者简介:张彤,山东人,1996年毕业于浙江大学中文系,现供职青岛市文学创作研究院。出版有《曲终人不见》等,散文随笔散见《南方周末》《三联生活周刊》等报刊,近年尝试小说创作,已在《清明》《山花》《湖南文学》《芒种》《广州文艺》等刊发表小说多篇。

至 味（组诗）

◉ 张晓雪

核雕者记

1

他的心，无限放大了
一枚核桃上的万古界、无忧境

漫漫毫厘中，田埂蛰伏
渠畔和路旁留出了许多空隙

待一节柳枝插地发芽
待小南风挂在树上，轻轻摇晃

2

针尖似的蜜蜂，旁若无人亦无己
一边翕翅，一边把清贫的小菩提
想象成宇宙的权利

3

刻刀游弋，不急于寻找河岸
固定人心。船桨、炉子静安于船中
已经受戒。痴迷者沉淀纤毫

以念珠、手卷的逼真，摁住了
人间的咳动

4

他爱核舟上朝南的窗户
卷帘的少妇
胜过八百里浩渺、一万米的
追念与秋风

爱核雕里的打谷场、菜畦和麦地
粗布衣衫的胸襟处
敞着粮食和蔬菜的气息

5

他受难般地倔强。专注于
刻出一枚核桃的辽阔

"山高月小，水落石出"

伏首，躲避着人世粗陋的
拥挤

机器人

1

它过人的能量
以"虚怀"和"恳切"示人

了无生趣时
它为我播放音乐，沏一杯茶
铺开白纸，用颜体楷书抄写了
一首古诗

2

流水线上，它分送玫瑰、蜡烛
和蛋糕，如同抚慰一个个陌生的

亲人："今天是你的生日啊
我的小主！"

对方虚弱了一下。仿佛撞到了
一个结痂的小伤口

她双手冥合,像真切地获得了
一个愿望

3

它疏于自述,却是对弈的高手
耕种瘠田,挫败了劳动模范

它礼赞春日,对于脱离轨道的歧路
则侧身回转,挥臂变冷

我怀疑你,反对你,我
离开你

4

大雨来临,一个踽踽独行的人
克制着坠落感,等候机器人
擎伞接送

明明与它走在一起,你却备感孤独
只因它不牵你的手,只因
它交不出一颗
欢喜心

至 味

有时,桂花是女人的心思
分泌脂粉气
用以擦去生活灰心的部分

是最早的爱情。含糊的表达
实为对喜欢保持一丁点儿克制

是你长期被忽视,停下时
它冲破喑哑,迎了上来

素花意义稀薄,淡妆适合靠近
暗香如真情,经受了数不清的浪费

经受了数不清的手指伸出,又收回
像俗人难以承受的轻,像仇人

不忍获取的报偿。多么幽僻啊
多少碍难被这绵薄之力解构
而这之前,你的心是乱的

青蛙村

蛙鸣阵阵,草色入帘
诸事安顿好了,林、鸟、月、树
每一处都是执子之手

每一处都能交出翠绿银白
瓦解你内心的狼藉

菖蒲和芦苇渐凉了,全盘托出了
籽粒中的秋风。缝隙里的虫鸣
一首为情所困的萎靡音
灌满了衣袖

一棵银杏是我们共同路过的
以雌爱之心回应我的惜别之意
清雅战胜了苦涩

长圻码头上,太湖清风纷扬
一半止于橘红和篱笆

一半碰撞西巷村的白果树
脆裂的响声推动了暮色和香气

并将石板路上的我,退成了
瑟瑟的软弱

琥珀记

它从不陈述衰老和错失
内心的波澜
那没有生死差别的声息
像一种复活,初来乍到

这些毫无经验的杏叶、蜘蛛和蜜蜂
如修炼之人
与世界失去联系太久了
如何参透狂风和雨天的危险性？

这些毫无经验的杏叶、蜘蛛和蜜蜂
将时间越拉越长
越磨越亮。像心头默续的承诺书

我触摸不到那闪闪发光的空间
像彼岸的孤独，难以评估

我赞叹这翕动的沉默
无一破损。甚至忍不住想挤进去
这样，那一万年的时光
就是我的了

羊脂玉

并非胎儿，和你一起醋睡
难解的梦，拥有美的线索
守着又轻又重的秘密

并非没有污点，只是它
把黑暗化在了心里，表面脆弱
内质坚硬

那完美无缺的源头像被谁治理过
令多愁善感的人慈心弥漫
无言地摩挲，爱得直白又深刻

头　羊

野花倾斜，过微风
飞鸟配一朵闲云
抵挡着枯草上的卑微与病
一群镇定自若的羊群
被山坡那头的表情不断地
试探着

头羊沉默，食草，锋刃一样
陷入。想必它有对彼岸的追问
但又保持了克制

宁可徘徊，以微弱的步伐
抵抗内心的指向，也绝不回头
与身后任何一只有同样想法的家伙
撞在一起

以热爱的名义

以热爱的名义，黄河和长江
被提供了无数次的合唱
"奔腾，咆哮，豪迈，辽阔……"

可站在天上的人并不这么看
映在他眼里的白光，真切地
是点缀在峰峦褶皱里的两朵浪花

沉默、理智，且不辜负小麦、玉米、棉花
这些俗世的稼穑

贴对联

挂春联贴对子，粘喜贴福
新的时辰，静物画、纸币
和被忘记的神都在回应

像新年的外套，身边人穿上
陌生人看见。庄重的喧哗
用来搭建生活的缺口

寄语泼墨，崭新的写意生出霓虹
生出陌生的地址
生出星空站在制高点上，消散人间大事
加固穷人的幸福

芯 片

有了芯片
有人在心里举起了打火机
燃掉了一纸端倪和叩问

更多的人以脱离世界的方式
共享月斜影横、杨柳夹岸

来自芯片的消息告知结果
但很少提起不合时宜和令人疑虑的

芯片统一了凡物
攀登者将黄山、泰山……
喜马拉雅山描述为褶皱或地质层

水滩上的少女捋着湿漉漉的头发
称青海湖和汨罗江为氢氧分子

所有的秘密被芯片置于了险境
唯爱情获得了祝福
因为它还未被开发

因为疼痛和哭泣像某种喜悦
都是情不自禁的
且发不出同一种和声

蕨类植物

不同于谷物、稻米
铁线蕨和悬崖蕨有金属般的锋刃
油绿绿的,幽暗粗野
不叫铁,也不生锈

这籽粒有限的草木,不为俗世寄生
枝芽探出时,细小的锯齿
扶不起崎岖的稼穑

它们高的高,瘦的瘦

参差披散的长叶从低处开始
一寸一寸收割大树上的蕴藉
和岩石上的泉水
一点一点地锯碎乱草中的冷冽
与哀叹

遇阴天

以晴朗为参照
石头冰凉,空树枝暗影劈面
自己也混乱了

天半暗,新的变数无声无息
表达着只与穷人、困境相暗合的样子

此时,黑云压城,多像一种批评
全神贯注地遏制着某种人心

广场上

据说,良田迁徙
地盘安命为广场
蟋蟀委身于此,不再唱情歌

草芥矮小,几分隐忍
窝着更强烈的乡愁
雕塑、路灯与喷泉像广场的主人
以无尽的耐心学习站立

高处,一只鸽子数次回转
不知身在何处? 还是
欲重新确定一个新位置?

人群攘攘,写意之境混杂了
练习行走的人,高耸的眼眸
是看淡或看重了人生?

此时,看客倚着树干,无语
奔跑的少年,抿着嘴
大风一吹,那些花白的舞姿和喧哗

逃难似的,全都散了

风看见

风看见,一座湖的响动
被投下的点点星辰钉住

风看见,两束影子被决堤的月光
堵在岸上。在夜的中央
被黑暗中的激滟撞见

风看见,其中一个人用心
捅破了薄薄的亮,窗纸一样的
相似

此时,野花、树影和虫儿
淡淡地蜷曲,睡在了一起

夜空圆了。风看见
空留地上的两对脚步声
将草尖上的露水碰碎

宅 境

我喜欢浪费甜蜜的祝词
从一朵苹果花一直到它累累的果实

我赞美它——
与薄凉、逆光、雾霭构成的差别
没有裂痕地结实,一步步甜下去

我喜欢挂在绳上的衣物
离开人体,沥干了多余的水分
像获得了一切的准许

我赞美它的自由,在阳光下
细细的碎花成倍地荡漾着香气
和自身的空旷

我赞美半开的门,此刻朝阳
所剩的宽度不多。一段摩擦关在里面

穿制服的人可以瞥见室内
但不足以使一床、一桌、一错句
被轻易推开

我喜欢小宅境,闭上眼睛
赞美转身抵达的迎接和平凡的事

每一个都接受另一个的分歧
然后和解。每一个都身无长物
只剩下了"我们"

你有一片葡萄园（节选）
——献给孩子的诗篇

● 吴红霞

第一章　家园往事

1.家谱

你的家族是枝繁叶茂的家族
有一种难以觉察的透明
有无比熟悉的道路、斜坡、海岸和星空
我的幻觉已经回到那里

多年以后
你的家谱已是星宿密布，河流纵横
很多房子凸显在同一个视角
很多人一起欢歌，也有人独自沉默
让你在任何季节
都能看到云朵和飞鸟

你的父母也因你有了永久的名字
有了兄弟姐妹
更有一些不可预知的名字
需要共同去敬畏

这些名字，会和声音一起流动
含有苹果树送来的清香
像早晨的露水滋养秋天
即便世事曲折，身陷迷津
这些称呼都会有回音
伴随你的年月

此刻是一个安闲的秋天中午

你的微笑如秋阳写下信笺
使沉寂于岁月的族谱不沾灰尘
使葡萄园所处的地方
成为家园
让每一个人都有来自源头的祖先

2.星星飞

在无限的迹象里
你看着夜空
穿过唯一的走廊
梦境舞蹈
你小小的园地
返回一些目光

你安静于一颗星的面容
将屋檐遮盖
一些脚步零乱，一些眼神险峻
他们没有看见你所看见的
他们在你身后
深如渊薮

优美的树枝
从风里吹来风景
田野垂得更低了
那样，你能更加清晰地看见
有一双翅膀
飞得比快乐更加明亮

3.村庄往事

有几年,我以为你会以飞鸟的样子长大
有几天,我以为你会以湖泊的词语说话

在你慢慢长大的每一天
沿途的风景繁殖了道路

炊烟升起一些傍晚,老人们围坐一起
他们有着自身的一致性

冬天的村庄
常常以静默的姿势教诲每一棵树

而在四月的雨天,池塘像一片阴影
总有青蛙以固执的语言描述夜晚

偶尔,我会像一位陌生人在梦中回到村庄
当人们抬头看我,看见的是你的童年

这是我的岁月,也是你的时间
这是你奔跑的场所,却也是我回不去的
　家园

你来回于路口的开阔处
终有一天,将成为完好如初的往事

4.爷爷的小屋

只要雪花飞舞在奶奶身旁
爷爷的眼睛就会泛出一片安详

不止如此
他喜欢葡萄籽的骨骼
喜欢沿着黄昏的田埂路慢慢踱回小屋
喜欢静静地抽一支烟
顺着那田野延伸开去的空寂
含着笑意跟随你的脚步

爷爷常常牵着你的手
走在早晨的清辉中
有时指指近处的花束

有时目睹随溪水溜走的小鱼
说:小宝啊,你看
它们都是我最想给你的礼物

它们被你全部收进童年的画册
和你眼中的蓝色一起被爷爷夸奖
阳光照在屋前
你们一起看看晃动的光线
小心地触抚狗尾巴草的摇曳
然后在风中沉默

后来,是一只风筝
给了你更远的风景
从爷爷高举的手里
你懂得了飞的姿势
知道了天空和大地之间
仅有一根线的距离

第二章　　四季之美

5.雨水在歌唱

雨水有牙齿和嘴唇吗
在季节侵蚀肌肤的错觉里
它咬啮光阴的干涸

一条晦涩的路是不可能通向远方的
葡萄园有四野的曙光伸出轨迹
也有暮色在弥漫,在改变时间的线性

小宝,你一定愿意听到湖水荡漾的声音
他们有关于你的成长
但他们也将风的剩余铺在流水上

长草淹没了野菊花
冬青树高出的那一半让你懂得
绿色,就是欢欣的生涯

是的,雨水没有嘴唇,但它依然歌唱
那些滴落的音符
会带给你什么呢,那悠长的滴落啊

闲暇时，你和寓言书上的太阳一起侧着
　　脸庞
打量雨水带来的未知
像是远游归来的海棠花的旋律

这是雨水在雨水中的规律
比之于雨水本身
你是雨水之外的天真与先知

6.芦笛

有时候，吹拂是为了静止
游走是为了归属
你喜欢芦笛在树荫下吹拂的神韵
好像谛听雨水中的甜美
你知道听觉被溶解的过程
正如一根线那样柔和

无数寂寞的花蕾
在芦笛声中寻找共鸣
你侧耳倾听
在葡萄园扩大的范围里
就连公鸡的啼鸣、马路上的喧响
也被赋予生机

南来北往，我踏着落叶
一直往返于易碎的想象里
以此抵抗时间
你因此看到了空中那可凝视之物
使确信的山峰不断上升
不至于缺乏

7.柠檬黄

一片柠檬
它不是一个纪念碑

一片柠檬，为喜爱它的
带去一个事实
类似于葡萄的青和紫
有些许安慰，也有些许交集的命运

是谁辜负了抒写在一个果子上的光泽
黄昏的树林有无边的落木
春天吐露的秘密
却依然蕴含柠檬的嫩黄

而我们共同获得了这样的颜色
它属于任何一个光景
青橙黄绿的独立与相溶
成了黑与白、明与暗的馨香

只是你不在乎那弥散出来的褐色
酸楚的，苦涩的，腐化的
不让红色深陷其中
只保持你自身的本质

让星星、家谱和爷爷的小屋
融合在一起

8.葡萄集市

夏日街道
鲜香的果子拢住芬芳
苹果与香瓜相遇，草莓和桃子相识
还有那不知名的
水果哲人带给我们安慰

而我们都要向葡萄致敬
那紫得很深、青得安详的葡萄
那眼神明朗，草青色的葡萄
布局在小城的人群里
微光细腻地浸染

葡萄成熟的季节
有什么发生过？
九月的空气新鲜而短促
有月季和蔷薇做着铺垫
还有玫瑰

集市的空气喧嚷骚动
好像蓄积着不可预料的能量

你小小的身影走动在这个王国里
如果要穿过
却与季节无关,与集市无关

这甜美的仪式般的环形风景
使你看到了一位在暮色里戴宽檐帽的人
仿佛从一本新书里走来
手里的葡萄一如身体的信物
闪动着你幼年的灵魂

第三章　时间博物馆

9.一列火车经过

穿过一座远山,又一整个夏日
火车轰鸣的声音穿过集市
使你惊醒在春天的长椅上

火车上有你不认识的异乡人
你欢快奔跑的身影使他们惊奇
犹如远观雾中的山水
给你留下深刻印象
他们说:
生命真是一个循环的奇迹
从这里到那里

这使你明白
一些声音为何满含忧伤
树林被分散在光线里
朦胧的月色无法描述
唯你愿意相信那芦笛吹响的
是岁月留下的丰饶

此刻,月光照在你冥想的脸上
仿佛旅人归途的底色
你明白:沿途都是经世的光阴
有软弱痛苦也有月光的力量

10. 朋友阿汤

阿汤喜欢穿灰绿色毛衣
和你一样

相信一声鸟鸣可以响彻东方
相信一颗水珠
就能长出葡萄

你的朋友阿汤
在任何季节
都是一位轻省的人
无论到哪里
都像走在薰衣草半掩着的花园
有幽独的气息
带着语言敏锐的感伤

当草尖倒伏在你面前
露水褪去即将入冬的寒意
阿汤说,那是黎明带来的疑云
自我隐没,抑制着,步履蹒跚
而你,小宝,你愿意一面相信
一面用簌簌飘离的三月
加深阿汤留在路上的背影

多少年过去,已有多少春色
淤积的花蕾不曾开放
春花秋月中的故人
已将树林环抱
也环抱了你们
使彼此映衬的怜惜、慈爱
聚集起各自孤独而又相同的微芒

11.远望

推开门
依旧是浓重的冬天在傍晚安坐
山冈的生活是仁者的生活
与葡萄园血脉相连
餐风露宿,仿佛一个巨大的生命
在四周布下宁静

山岗上四处生长的植物
都有亲人
以根须触抚它忧伤的肢体
而你渐渐懂得

它和我们一样
有善于感知的面容却笑而不答

将景色放上窗口
在山水也不能改变的秩序中
你独自坚定地挖掘着认知的边界
将不能熟悉的事物
涂抹在一场冬雪的封面上

你看着自己不断洞悉着的侧影
自言自语:"那模糊不清的
是星星的头发等着梳洗吗"
于昔在、今在、永在的深处
你被山冈恒久守望

12. 海浪的解说
波浪的声音
是大海在诉说自己的真理
永不言弃的存在
将你吸引
你于是拥有逐浪天涯的性情

不只是阿汤,更多的朋友从四面涌来
他们带来天空的倒影
使海面在镜中保持不变
使波涛在心里汹涌不变
你感谢这创世般友情的开阔

当其中一个波浪把你惊醒
睡梦留下来的密语
你将它们一一转译成礁石
垒砌出家的形状
请来日月星辰共同居住

当四周划过雷电的裂痕
你会想起诺亚方舟
想起橄榄枝的昭示
面对席卷而来的波浪
你祈望它不再吞噬月光的节拍

无论阴云没顶,或是群星闪亮
海岸上依然有人在相爱
潮涨潮落,沧海桑田
那日夜淘洗的沙粒
就是爱的黄金

第四章　万物咏叹

13. 蝉、蜜蜂和蝴蝶
听见蝉鸣,大多是在盛夏的正午
那时,总有一个想要摆脱嘈杂纷繁的念头
而燃烧的烈日,寂静了我们的生存时空
使我的诗篇在他者的沉默中
让你感觉陌生

蜜蜂以弥漫的声音飞翔在大多数时候
它爱芬芳四溢的每个瞬间
无穷小的嗅觉
尖锐地刺入空气
痛的尽处,不可触及

唯有蝴蝶在众多花丛里寻找属于它的玫瑰
用爱的盛放
重复夜色
用翅膀飞越现实
使你不至于沉迷在那不可替代的景观里

它们是你显现自己的一个秘密吧
是你游历世间的各种表象吧
勤劳,喜悦,富于勇气
连同在风雨中无一幸免的战栗
也都被赋予彼此承担的义务

我曾经努力去求证飞的法则
曾经以飞的方式去纪念那飞逝的
小宝,是你告诉我,一个非现实的世界
才是真实的世界
是蝉、蜜蜂和蝴蝶的短促让我们必须经历
　　的漫长

星河·秋

XINGHE

14.早晨

是窗外,还是梦境
传来舒伯特的《小夜曲》
而此刻的真实
是巴赫大提琴的无伴奏
在沉醉的领域行进

初夏的古城堡,智者的面孔
在回旋中走近又远去
由此构成了河流的幸福
音域向远方流淌
你加入了自己的歌唱

声音敞开了你——
感受到痛苦,却不陷于痛苦
尽情享受旋律起伏,却拒绝虚浮
轰响四散
使你更加专注于一个声音的意义

早晨慢慢上升的
是闪着光焰的事物
像小鱼一样纯洁
当你深入自己,就会深入到底部
从一开始,就有湖水的澄澈

15.秋日咏叹

正是秋天
让你看到由绿到红的浆果
你确信这就是生的美善
与金色为邻
写下梧桐的誓言
秋葵花的美丽和洁净

松鼠和刺猬,是冬的使者
它们开始躲藏
唯有枫叶凭一己之浪漫
登高望远,在晚风里歌唱

是什么
比火焰还要不朽
你依然如孩子
惊喜于它的来临
抬起手臂
让幻影从松树林骑云而来

一个名字
就是用每一时刻每一次想象
熬制出的一朵云
只要天高就是艳阳
有时倒映在河流,有时投影于身后
倚着青山
通体透明,轮回在万物里

庚子诗稿(组诗)

◉ 王青木

黄昏的读者

每天黄昏,一群群金翅雀
飞向高树。我站在窗前阅读
窗外高大的法国梧桐
这一棵棵悬铃木
是一部部书稿

树皮斑驳的树干和延伸的枝梢
是作品的骨架和结构
一片片掌状绿叶是鲜活的修辞
一个个果实,这些悬挂的铃铛
则是一处处警句

黄昏,金翅雀飞来
栖落高枝。又飞起,又栖落
这灵动的悬铃,这金翅天使
如神来之笔
我是唯一一个黄昏的读者
站在窗前凝视凝思遐想

它们从哪里来
一夜之后,它们到哪里去
这灵动的文字、传神的语言
这灵巧欢快的闪电
携带着多少不为人知的秘密
隐藏着多少不为人知的忧伤

夜 鹭

一动不动
在水边的岩石上
如遗世独立的禅师
任太阳升起
夕照消逝
流水东去

是哲人在沉思默想
是渔者在等候时机
一只夜鹭
是否比我还要孤独

临水而立
雪白的腹部丰满而柔情
墨黑锃亮的翅羽
背负凝重的思想
金黄的爪子
支撑起黑白分明
飞翔的一生

晚秋隋梅

一只松鼠,两只松鼠
衔着阳光
在隋梅上探头探脑
或动或静
露出鼠年的长尾巴

星河·秋 XINGHE

在国清寺
它们聆听了多少梵音
却一言不发
如饱读佛经的高僧
身上涌动闪亮的阳光

与我们一样
隋梅上的松鼠也是过客
进香的信徒,念经的和尚
访梅的俗人,写诗吟诗的文人
一闪而过,唯有隋梅长生

隋梅头顶蔚蓝的天空
如大运河一样绵长
李白杜甫的身影飘忽而过
一条唐诗之路,绵延不绝
暗送秋波

六月,去古杨梅林采风

一场梅雨过后
是热辣的阳光
瓦蓝的天空

满山的老树古朴苍劲
老迈的树干写满沧桑
翠绿的枝叶依然青春

一树树,挂满鲜红的果实
百岁?千岁?
可否请太阳风测定古杨梅的年龄

一颗颗杨梅是山民的古道热肠
馈赠滋润了多少盐夫和路人
兑换了多少大米食盐和瓷器

就这样百年千年
当六月的风吹过,杨梅林
落下一阵阵红色的冰雹

我们不知道种植者的姓名
只见村支书杨春林带领村民
精心守护,让这一片老林逢春

从枝头采下杨梅
在地上铺起薄膜收拾落果
嘉树年迈,仍将成为绿色银行

嘉果火红,终将成为佳酿
这一片古杨梅公园
向我们展示着先人的遗产

凌　霄

绿色的藤蔓
横亘炎热的日子
在滚烫的墙头
洒下碧水清凉

烈日灼心,雨点拷问
你砰砰打开一束束小小的红钟
在风中
沙沙摇响

蓝天白云,是美好的
向往,日常的背景
无论攀登或者悬挂
都不改凌霄之姿

无论山风海风
摇响一朵朵红钟
总举起赤诚之心,直到
秋凉如水白霜满头

木星合月

你曾经是一轮清澈圆满的月
洒下春水和秋霜
掀起谁内心的大潮
我是太阳系里行星之王

你我都闪亮着太阳的光芒

你不见踪影的时候
我血管里涌动的潮汐
深度患上抑郁的症状
此刻你如一弯银镰现身
我要与你上演星月童话

不即不离，如影随形
从南天直到月落西山
哪怕晶莹的心被你割伤
哪怕明暗无常，哪怕云遮雾绕
我要一直陪着你，不离不弃

八　月

一条大蛇蜿蜒绿道
一只松鼠运走月光
埋藏许久的愿望
依然如水渗漏进河床

水深火热的日子
应如何复述
大悲大喜的日子
该怎样名状

四十年前的稻田里
灵猴送来捷报
四个春秋，沉醉于
池柳湖荷，西子的妖娆

十年前，绵羊一样的妹子
消失于盂溪突发的洪水
八年前，憨厚的老父亲
喘息着呼出最后一口气

三年前，我竖起高高的人梯
将他们送上高台
旧痔复发，卧床不起
有多少难言之隐

独步雪山，听雪化的声音

城外的青山一夜白头
我急匆匆奔向城北
顾不上青尖山脚金黄的稻茬
顾不上养蜂人怎么捣鼓蓝色的蜂箱

只怕延迟一些，就错过了
满山白雪。想必水稻田的黄金舞台
昨夜一定也承办了白雪的义演

急匆匆上山，为白雪驻足
积雪压弯芒杆毛竹
压弯一山的草木
华为手机东拍拍西拍拍

沙沙簌簌，沙沙簌簌
耳边唯有化雪的声音
草木正在抖落身上的积雪

雪正在一点点融化
仿佛一场美梦正在消逝
仿佛心仪的女子正在离去

古桥琴声

一位仙风道骨的老人
正在永济桥上弹琴
桥下的流水缓缓北去
沿四都坑汇入永安溪

刚刚，他拉奏着二胡
硬朗的身影
先是融入一曲田园春色
然后融入一曲江河水

这位百年前生于山村高池的老人
正在百年前建成的七孔永济桥上
娴熟地弹奏高山流水

或许是风琴,或许是钢琴

等一会儿,这位老医生
这位参加过抗日战争的百岁老兵
将是四都村文化礼堂的主角

他的儿孙们,已经摆好了
他的百岁寿宴

项斯古道

天旱得太久了
项斯坑的水声早不知所踪
仿佛项斯流失的诗篇
而使我纠结太久的是
项斯村项氏迁往了何方

秋色漫山遍野
芒花掩藏着古道
乌桕树红叶白籽相映
一串串红柿子在高枝招摇
仿佛全唐诗留存的项斯诗卷

仿佛一支支火把
引领我们上山
朝阳峰的苦读平平仄仄
广度寺的木鱼的的笃笃
一直通向长安说项

天气炎热似夏
沿着项斯古道
我们走向大唐

石梁飞瀑

问我今何去
天台访石桥

三十六个春秋
弹指一挥间
飞瀑前的黑白留影
当年的青春何处找寻

往事越千年
李杜浩然的光芒
早已融入千秋不绝的飞瀑
飞瀑之下
唐诗宋词流淌
格律自由的诗句流淌

最凶猛的山洪
也没有冲走宽不盈尺的石桥
谁凌空走过
如习武的高僧高道

上善若水
飞流不息,飘若仙风
这天作的石桥梁
是方方正正的道骨

是儒家平天下的担当
今访石梁,我已鬓发落霜
方广寺木鱼笃笃,梵音入耳
如圆融的飞瀑流水

从故乡带走的语言（组诗）

◉ 陈梓龙

万物如此静默

最后的微光躺进山坳
被路过的飞鸟，一饮而尽
于是天空传出久违的静默

在此前更深的岁月里
泥土宽恕了兵器，天空原谅了飞鸟
唯有静默本身，不知被流水，掷向何处

万物静默，谁也不能熟知彼此的身份
譬如一堵石碑，记录下所有的荒谬
却不知，时间静默如谜
不知人世如此短暂，来不及
添加任何东西

远　山

这座青山，连绵在我与故乡之间
每到桃花飘零的季节
烟雨都会蒙上迷离的面纱
就像多年未归的故乡
我们难以复述，其中一些细节

在山里，两条河流迅速奔跑
一座村庄高举另一座村庄
万籁俱寂
多少人因此具有相似的疼痛

离别是一场旷日持久的消逝

永远，永远，在我们内陆的心中
直至它化为灰烬，也不舍遗忘
我安慰自己
"今天你是倒退着离开"

深夜饮茶的祖父

茶叶还在碗中沉浮，跳跃的频率
高过风拂过纸张的稀疏
它受困于弧圆之间，对四周的虚无
避无可避，仿若一只孤雁冲向将至的暮色

无言的黑夜，铁与铁相继发声
成为空寂中仅剩的动词
清扫故人离开此地，留下的痕迹

祖父眼中，留有半枚残月的孤影
永恒在夜空，透过群山露出的缺口
指向思念不可抵达之处
用茶中的苦，填补消磨的光阴
如此，这人间才不至于，空空荡荡

相　望

当车马，赶不上思念的速度
烈酒无法消减，人世间的清醒
唯有月光，能够治愈隐隐作痛的骨头
暗处的伤口，存在体内多年
甚至已经遗忘那束锋利的刀芒

还有什么不可谅解

哪怕是时间本身,也会最终消逝
如同不停变换的月亮
让世人,永远无法重逢昨夜的那枚

从故乡带走的语言

有些时候
会觉得自己是故乡的一座山
山里的一棵树,或是朴素的花朵
沉默,柔韧,拥有月光的剔透
即使被风吹过,漂泊在遥远的异乡
也携带着证实身份的铭牌
比如体内的河奔涌不息
虽然生涩,却未曾遗忘的语言

离开故乡时,天空飘满落絮
掩盖我沉重的喘息

唯有雪,乃一生不期而遇的命运
爬满祖父的胡须,陪伴我
流浪在陌生的北方

羊 哭

入冬,村落塞满鹅毛
却不可充填,腹部缺失的热量
留下猎人和火苗,在寒冷中瑟瑟发抖

还有不为人知的秘密
一粒黑,在白色的夜幕中无限放大
仿若尖刀刺进羊脖时
母羊的哭喊,由刺痛变成绝望

当春天的蒿草长高
那根细小的肋骨,仍卡在,猎人的喉咙

泸沽湖

清晰的黄昏,遮蔽牛羊的痛楚
抹净朝圣者携带的风尘,迫使树影
将身体藏进暗处
仅剩的明亮,是喇嘛与明月相视的双眼

在逐渐模糊的图腾里
唯有草木的骨骼,尚能辨认
羊角或坚硬的马蹄,没能在春天返青
悬挂随风的经幡,为亡魂
指清来路,当岁月成为不可概述的时态
谁能为往事立起坟碑?

不篆刻生平,不栽种因果,也谢绝
一吹就散的云

空 夏

微风吹入树的体内
拥有了,和七月相同慵懒
在一万道寂静的裂缝中,迟来之音
宛若少女的裙裾,飘荡在风中
回应天空散落的棉糖

苍耳,唇印,樟叶,这些本无关联的事物
在黄昏下,竟拥有相似的属性
而我们无法在干涸的字迹中
寻觅河流的去向,直到绿叶失去生机
笔记落满厚厚的灰尘

空荡的夏日,铺满交错的阡陌
我选择人迹罕至的那条
像一只穿行人间的飞鸟,直撞暮色

心海的微澜（组诗）

◎ 陈蕊英

心儿里

心儿里不断在轻唤着你
望着那夜天的月明星稀

你梦中有一串密密足迹
是我在寻你，越千里万里

清晨了，你窗外几声鸟啼
是我枕巾上未干的眼泪

时　光

时光呀，我求你走慢一点
请别让我亲人变得老迈

让他在朝阳里牵我上船
荡桨在枫溪江风口浪尖

让他在明月里横笛窗畔
吹起《梦影曲》，青春得幽婉……

车　票

如潮的人海里把你捞到
我要赞美你小小的车票

你使我背起大大的背包
拥有了长亭短亭的明朝

车轮的高歌，心儿的悸跳
剪烛西窗下红着脸对瞧

缘　分

千百万人中一次的机缘
我俩的初识因了雨和伞

烟雨中撑着伞相依相伴
走成一对人此生的家园

三月的淅沥声韵致悠远
湿漉漉江南春绿了山川……

忆

银河的天街横亘在波心
枫溪上纷飞着万点流萤

夜市开张了怎不见有人
我搂着妈妈问个不停

"闭上眼会听到织女歌声"
于是我渐渐地入了梦境……

蓝　笺

钟摆摇来了远夜的安闲
你在蓝笺上疾书着诗篇

是铁马秋风，是奔涛闪电

朗月的杨柳坞孤舟泊岸

我多想是你案头的蓝笺
写得尽世事，写不完爱恋……

一帘烟柳

当江南千里莺啼的时候
有一帘烟柳掩映着杭州

帘外钱江潮像庆云出岫
浪尖上掠过了几只浮鸥

帘内，西泠桥琵琶声悠悠
广场舞比湖波荡得温柔……

知　了

知了声比烧荒火焰更高
盛夏季节的生命唤醒了

收割机打稻机合奏歌谣
水塘里老鸭们仰天哗笑

山乡的六月天有多热闹
听听那知了叫你就知了……

月亮船

月亮船泊在幽梦的船坞
把我捎上了，又飘向远处

我祈求把舵的神秘船夫
驶向他浪迹的那条航路——

远方的人儿莫关着窗户
等着吧，声声银色的桨橹……

秋　色

秋色是烈焰的哲理凝结
当生命进入成熟的时刻

深深的大草甸鹰已敛翼
滔滔的扬子江流成平寂……

牛车装满了丰收的季节
农夫的歌谣在回顾往昔……

站　台

复兴号呼啸着跋山涉水
满载了你们的收获归来

复兴号长鸣着声若奔雷
你们又出发了，一派风采

去得到，去探新，年年岁岁
这里是庄严的人生站台

古　镇

风山惊讶于这里的变形
十八层高楼搬进古镇

挑水的失业了，溪水清清
沿自来水管淌流进家门

乡愁的炊烟不见了踪影
煤气灶燃出舌尖的美景……

西溪一瞥

像巍巍雪峰，蓬松的白头
晚秋的西溪也处处风流——

正当是芦花盛开的时候
明波上飞絮如星芒荡游

转个弯,过桥洞,一头老牛
驮着水鸭子在溪边漫走……

麦草扇

拔节的麦秆草正当白茸
就已在孕育麦浪的波涌

于是农家女以巧手神功
织成麦草扇也织进初恋——

六月天,扇摇来平畴远风
也摇来清凉、蓝色的午梦……

夏 雨

夏天的乌云是装满雨的
它载不动了,全倒向大地

装雨的云袋丢在山谷里
村庄消失了,斑歌鸟敛翼

但是枫溪江奔流得更急
玉蜀黍在疯长,红发纷披……

燕 泥

衔来一粒泥　也衔来美丽
燕子在梁上把新巢筑起

从此漂泊者拥有了驻地
雨夜也听得到儿女呢喃

每天跨上车向职场奔飞
你也是去拣人生的燕泥?

红 叶

红叶能使心魂迢迢延伸

三月的艳阳光,绿色青春

季节的轮转可从不停顿
让落木转成了一个年轮

枫林乃标出红叶的坚定
热烈地盼等再轮转来临

柳 絮

当春风如同叶笛声流荡
柳絮儿在堤边纷纷扬扬

夹带着种子飘忽得迷茫
人说是垂柳分体的感伤

我却看到宇宙的长廊上
赓续的生命行步得欢畅……

残 梦

这一夜不歇的飘瓦春雨
恍惚中断了携手的小路

温馨的记忆随黎明逝了
只留下一地黄叶的思绪

捡拾起残梦的碎片出去
作一场毋忘湖畔的超度

七 夕

今夜也属于这一对人吗
他们可已经是儿女成行

但他们也倚窗对天遥望
暮年七夕的野草绿花香

你写成了诗篇我来吟唱
心灵的鹊桥已搭进书房……

钟声叩响在内心深处（组诗）

◉孙万江

打阿嘎歌

手拿夯木，拿着高原的豪放，夯阿嘎土，夯
　雪域的辽阔
五颜六色的青年男女，唱着欢乐，唱着与
　生俱来的粗犷和生活

丹霞般的泥土、碎石是高原的阳光赋予的
　色彩
是这片土地上的藏族人的脸庞映红的
　生命的颜色

房屋与天地相连，高原与太阳沟通
一座房屋是一首歌，一首歌收录在阿嘎
　土中
像一张七十八转的老式唱片，唱针是倚在
　屋檐下的夯木

芒康所见

金沙江像一条弯曲的黄色的流动裂纹
把西藏和川西划分，划不开的是同属藏区

金沙江大桥焊接两岸雪域风情
进入芒康，高山俊秀，天空湛蓝，脚下有
　小溪
太阳的轮子，从一道山梁爬过另一座山顶
然后，滚到了雪山里

县城街道，阳光刺眼。驴友山地车的两个

辘辘
是太阳和月亮。日夜追赶拉萨、追逐高原

然乌湖的天空

一只鹰飞翔着，身轻如黑色的丝绸巾
从山南那边把湛蓝的天空驮过来，投进了
　然乌湖

云的纯棉是走在空中吃草的羊群
巍巍的高山，头顶玉色滑雪帽，下穿翠绿
　的衣裙
无瑕的天空，纯粹的湖水
硕大的雪花说来就来了，如一行行滑行的
　白鹭

我把天空说成湖水，将湖水说成天空
藏家牛粪的炊烟和酥油茶的奶香，连接高
　原弯曲的天路

大昭寺

人的河流，佛的家园
如我所见，香火鼎盛，磕长头的藏民像雪
　山一样惊艳

肩上披着的哈达，飘逸似雪
一群人席地而坐手捧经书，捧一份虔诚
　握着来世
转经筒在阳光下旋转，转前世后生
生生不息的是香炉中的火焰

去八廓街的大昭寺要穿越天路,翻过九十
　九座雪山
缭绕不断的敬香圣烟,多像来时的天路,
　与人间天堂相连

云雾中的波密

帕隆藏布河波涛翻滚
北岸的扎木镇,如一只船儿在水中、在雾
　中前行
摇晃、摇晃,不摇晃的是雪一样白的佛塔

云雾是湿漉漉白毛巾
一条接着一条,披在波密的肩头。围在一
　座座高山的脖子上
草原上的羊群像雾一般奔跑,一幅图画多
　么优雅

已经中年的额都卡兄弟。老油条一样开着
　大卡车
奔波在川藏线上,开过神仙的居所波密县
车上装着白糖的雪、会冒雾的雪碧、青菜
　的绿荫、紫萝卜的晚霞

诗画林芝

尼洋河
清澈见底,见西藏的清纯
见藏民淳朴的善良,见无一粒尘埃的清晨

雪山高耸,山林翠绿
云朵的白棉花在蓝天上如水母飘动
彩色的屋顶与葱郁的树木和鸟鸣构建了美
　妙和声

微风吹过
一艘像橄榄帽的小木船打远处飘来
载着青山绿水和天边的夕阳,在宣纸上泼
　墨装帧

风雪高原

在高高的东达山上,在莽莽的风雪高原
抓一把冻裂的泥土是高山,握一袭狂野的
　大风是苍茫

羊,穿着雪花的衣裳,在山下啃着嫩绿的
　春天
心,装着夏天的热烈,在山顶唱着温馨的
　锅庄

东达山,高万丈
雪花的白银,顺着穹庐的屋顶落下来

转布达拉宫

这是一列只有起点,没有终点的绿皮火车
车轮是信仰,车厢是虔诚

钟声叩响在内心深处
身着白衣的老妈妈,磕等身长头,磕落
　夕阳
像逶迤的雪山,起起伏伏
没有对话,没有感叹。前方有胭脂的神灯

红墙内外,人与神的界碑
傍晚,华灯开放。布达拉宫宛如童话里的
　不夜山城

仰望星空（组诗）

● 蔡力平

夏天,别忘了我们的约定

我们出走于夏天。以左手
挽住右手
这样,就可以同步了
就比微风快了

这个秘密,蜗牛知道
我们追不上它,就在一棵草下
纳凉。说话
说最新的约定

反正,正面反面我们都是
最新的
汗,滴落就旧
太阳也旧了

我们希望草继续保持新鲜
我们可以
在草下
继续说我们的话

说:夏天
别忘了我们的约定

错 误

鸟飞低天空:不确定的气流
无处可逃的方向
我的五官

即使放在身后也不保险

撞我,无非头上多个包
内出血不说痛
看见的不如看不见,不如猜一猜
面相

不肯转个弯不肯低个头
以为这样
可以无限走下去

鸟把天飞回原处
上帝在左,我的心跳在右

走时差

走动的天空
走低。到我走失星星的昨晚

旧脸,满是最新的无奈
左眼圆睁
看右眼盯着我。冒火

抛弃不发光的光,比挣脱自己
更容易些
天越暗越不睡觉

不眨眼,跟紧生物钟
走时差
走圆第二次圆
执迷,不悟昨晚的想法

多数时候是,不好意思去想

不好意思做世俗零碎的梦
幻象完整完美落地
冒烟的
都是老地方

星星都在。我也在
两只炭黑的脚走不济的运
走错
举步维艰

有盏灯把你亮到纵深

怀揣梦。希望不睡觉
梦见你
尽管夜有深度
最宽处,有盏灯把你亮到纵深

一条无法侧身无法回头看的路
横亘脸上。你用我的一瞥
找到我
听我念叨:某些事物
将以不变的姿态,一直暗下去

暗到你怀疑我眼眸里的白
一束光毁灭前
定格指尖
极为深刻的夜,有了指向——

前面有特色小镇
你一旦进入
我会把灯无限拉长,漏夜提着

很久没有仰望星空

那片云,久久
压着我——
无法抬头,无法仰望最亮的夜

或盈或亏,无月之夜
也是夜。是夜
就得有梦,就得有人替我睡觉

至死不与失眠为敌。不与风为敌
挪开自己像移动
一座山
多出来的地方
放下过去,放未来那朵云

再放下一片星空,用来弥补
很久没有仰望

眼里落入一粒陨石。从此
瞳孔的黑褐,成为我终身信奉的
经典之色

等风等雨也等你

你不来,是因为无风
也没有雨

摘片天空盖住
我比那棵树,皲裂万倍

半截地平线将我截短
短到无限
可有,可以无

在熟悉的地方等风等雨
也等你
无论小雨小风暴风暴雨
我证明:这一刻
把你等来了

时空,会虚拟会老态
当等不到的时候
我会在枯树边,再种一棵树
让树等我

雨后登楼看山

旷日持久的雨
把雨下没了把山也下没了
登楼
只看见自己

把三天以后的天挪过来
继续下
把千里以外的山
挪过来,让我继续看——

始终没有看透:雾
和雾里

楼不见了,我如何
回去

月下东邻吹箫

从孔洞发出的声音,比竹子
更直更圆

东边吹西窗听
此刻,需要认真把玩——
没有比那些没有吹响的细节
更能打动竹林
和招风的叶

连吹箫人也摇摇晃晃
与他为邻,我至少数百年
没有理自己
有月就好哪怕月残
他每天吹,我每天准时
将西窗
搬到东面

夜里读诗

读活蹦乱跳的字
读独霸扉页拼命想出来的人

以悖论养诗。养活
死了三遍的草
养头母牛再养匹心仪的病马
风刮来第十个不相及

嘚瑟骑马,失前蹄失前方
半途而不废
重骑,欣赏看不见

走走回头路也好
更好的时候,是爱上那头牛
发情了"哞"的一声
这霸气,足以让我一颤
让我忘记我是谁

谁是我:拽出扉页那张
相似的脸
不睡觉不论诗

不谈病。今夜的我们
和我们的语无伦次,比马
更难治

立春以后,一场雪

发生的已经发生。懒得揣摩
无法改变一场雪落下的
时间和颜色
无法预知那雕
何时叼走高于天空的那山

立春以后,有春
沿着你白茫茫的手指,走远你

把雪让渡至左边
我在右侧
看你着一身黑衣,反衬人间

擦肩而过

擦肩而过。一个身段将我拉长
长到可以放下昨日
再长点
放下明天那点小心思

唯有此刻,如影随形的影
不停借用我的名字我的五官
临摹我做过的
蠢事糗事

也时常与那个字擦肩
那个伤了手指和心脏的诗人
因为替我抽泣
成为名句
当然,离名画里的山水
尚有距离

并肩再擦一次,出火花
我对着我面孔上残破的焦黑
微微出神
跟在后面的语言

鼓足勇气说出谁是怯懦者

替这场雨收官

雨,刚刚落完
抬头,有一滴飘进眼里

我替右眼,眨了眨左眼
把无味的水
眨出去
保留瞳孔的纯
看清楚值得看的事物

保证想流泪时流出的泪
有点涩
保证伤心伤得
有点味道。值得回味

那滴雨落进眼睛以后
那朵黑云
白透了
那天,清明得暂时无雨可落

我把那滴落入眼里的雨
眨出去
算是替这场不大不小的雨
简单地收一下官

跌落人间的词句（组诗）

● 佘正斌

棋子湾

写下江山,写下美人
一棋不慎,弯下半身

在道德的边缘,你是棋,我是山
海水落入象马的圈套
我把海滩让位给了人间
你把人间交付给游人

一尾鱼版图,顺着海潮的姿势
种下堤岸、棋子、美人,和
人间烟火,用自相残杀的方式
打开了一湾寂寞

棋子湾,一个出类拔萃的名字
在民间延伸,在棋路中拓展

入海口

一缕晚霞从水面升起
线性时光卡住咽喉的气流
木吉他失陷在流水声中
和弦与潮水的合奏,高于人间
往事。往来的车辆
擦亮五月的风声
南渡江是个失忆者
忘记季节、潮汐和纷争
半推半就地把浪送到了入海口
世纪大桥挺起时代的脊梁

将过往的车灯一一打开
如月光,散落在暮色里
试图照亮,这个尘世

逃 离

风逃离雨水的包围
落叶潜入人间
它们说出人间真相:杆坚韧不拔
枝心身疲惫和人间酸甜苦辣

一群羊徘徊在草原之外
它们忙于打江山、谈爱情和生儿育女
它们的身影飘忽不定,在风里

我是在场者,也是最后一个逃离者
我逃出了泪水的圈套
却被暮色和黑暗一再包围

跌落人间的词句

像夏花一样在人间飞舞
那些带着雨水般质感的重音
如同磁力的诱惑,架空了
所有白天和黑夜
我钟爱的辞赋,犹如人间美味
滋养着南山寺的钟声
跌落人间的词句,以及那个
与我同眠共枕的人呀
都成为了稀世珍品
在人间,开花结果,生儿育女

风轻轻扬起,芦花的白加大
月光重返地面的加速度

人间,雨水堆积的乡愁

雨水散落在挡风玻璃上
刮雨器一遍遍把它堆砌成人间
太阳是救世主,每折射一次
河水就高出,人间半截
风扮演着浪的助推器,多半在
潮水跌落时,记下人间行程
泪水把滑落的责任,全部推卸
给苦难。一再把苦难挤进
乡愁干别的行囊。每年清明
我都要跪拜在父亲的坟前
把泪水当成苦酒,一并交给他

路过一只猫的童年

猫的童年是羞涩的
它不能与老鼠和平共处
却把喜怒哀乐全都给了燕子

一只猫与一只燕子默默地对视
它们似一对深情的恋人
又似一对相互融化的仇敌

燕子时而摆弄舞姿
时而提着翅膀展翅高飞
仿佛要用几声呢喃
为一只猫打开通向成年的通道
做无效注解

猫不专权,也不惹是生非
它热衷于燕子的舞姿
它把时间打造成一件闲置的乐器
挂在南山的边缘
风一吹,南山的警钟就响一下

隔三岔五,猫带着美酒、美人

和老屋以外的风光
与燕子赴一场场生死之约

燕子钟情于猫的智慧、幽默
用嬉戏撑起一个个晨曦和黄昏
在残阳落下与朝霞升起之时
村庄不再显得脾虚和胃寒

它们把前生的约定写成
一只燕子葬礼的最后证词
标定在我的诗词里
我正好路过一只猫的童年

苦　难

潜伏在窗台上的知鸟
走下神坛,毫无征兆

遮蔽在眼皮底下的泪
被混乱的语言,一再嘲弄

疾风知劲草

风,张开翅膀,掉进枯叶
预设的,陷阱

我把泪水,覆盖的地方
叫作
苦难

空

不是所有的词都能用来造句
不是所有的人都值得深信不疑

面对芦花的空,一张白纸与其对应
我的笔落之处,就是一个完整的句号

等风来。犹如浪花腌制的泡沫
在灯光尽头,加重人间沧桑

草木人生

风拥挤的光泽在一只上年纪的
玻璃瓶中,反复涌动。斯事可为
空旷的河床起底于泥沙堆积

一条小路,貌似流水般蠢蠢欲动
生活的冗长繁杂抬高河床半截
人生的下划线一再接近流水的边缘

命运无法抗拒不明身份和来历者
桃花依旧是流水最依赖的伴侣
河堤在不知不觉中被时间拉下水

狗的人事与人性

行走江湖,狗从不趋炎附势
它有实词一样的傲骨
用虚词掏空人间虚情假意

狗通人性。它忠于自己的事业
但它更忠诚于自己的主人

当一天,主人离开农村
成为城市的"主人",它依然
拖家带口守着一亩三分地
——从不带有侵略性,或扩张性

无论你用什么样的高官厚禄和美色
引诱它,它都不为所动
它默默地坚守在自己的岗位上

直到一天,你举起屠刀向它砍去
它也不会向你低下高昂的头
只会"汪汪"地吠叫几声

那一刻,仿佛滚烫的词句用坚贞
不渝占据了热搜排行榜的头条
有人躲在暗处,摇头摆尾

小片断（组诗）

◉ 姚　瑶

苍　耳

无数苍耳粘住我的裤脚
恋恋不舍的样子
那一株不起眼的植物，别名菧
却有一个风韵十足的名字
像来自民间的女子
一瞬间，在我沧桑的一面
却有了细微的心动
一株苍耳，在《诗经》里匍匐前进
来到我辽阔的纸上
以极强的依附力，占据我的内心
在那个阳光的午后，它躲在
故乡偏僻的一隅，躲在
被阳光遮挡的宽阔叶子后面
羞羞答答

在秋天深处

有很多故事，在秋天深处
隐藏着太多的暗喻
比如一株稻谷，弯下了腰身
这个时节，一同弯下腰身的还有很多
一株高粱被收割
比如父亲，弯下的腰再也直不起来
我们在秋天深处，讨论
身体最硬朗的部分
此刻却变得柔软

秋雨绵绵，气温骤降

总会让人怀念刚刚过去的夏天
一只蝉，能否走过秋天
抵达明年歌唱的枝头

风吹醒沉甸甸的仲秋
一枚种子投胎转世
在来年的秋天
找到前世低垂的、谦卑的影子

微凉的苦

祖国西南，黔之东南，某个村庄
太小太小的村庄
像一枚邮票那么大小
田野里，褶皱一样的土地
遍种苦瓜

撒下一粒种子
石缝间、墙根边、门前屋后
苦瓜也能生根发芽，长势蓬勃
季节深处，一场春雨过后
你把二十四节气唱成一首歌
苦瓜，苦瓜啊，一遍遍
把生活的苦唱成了歌

你也把苦瓜种在心坎上
那时候，我们都是苦命的孩子
耷拉着苦瓜皮一样的脸
互相倾诉满肚子的苦水

内藏真火，不露声色

用微凉的苦,告慰灵魂
苦到极致,一定是甜
会在梦中笑醒,你喃喃自语
村子的苦日子,总算要熬出头了

凉拌苦瓜、清炒苦瓜、苦瓜炒鸡蛋
除填饱胃之外,还能祛暑涤热
你把苦瓜写入文字
把苦,炼到极致
期望能起到明目解毒的功效

稗　子

稗子,躲在稻谷之间
露出谦卑的微笑
我知道,它在向我示爱

一株稗子,浪迹在稻子家族
激进、张扬,生怕落后于传统
它的勇气、能耐,是稻子家族
绝对的另类
一首关于稗子的诗歌
让我无地自容

风,不经意吹来,它弯下腰板
来到我的面前
一株鹤立鸡群的稗子
像做了坏事的孩子
羞涩,沉默,生怕我的指责

"把它拔掉,只会偷吃的败家子。"父亲说
父亲是在说我
我反抗,卑微的生命
同样需要爱,一株稗子
任何人都不能阻止
前往秋天的道路

然而,父亲还是把稗子拔掉
丢弃在阳光下,暴晒
这让我耿耿于怀,正如那个秋天

我被父亲赶出家门
成了故乡遗弃的孩子

稗子,并不是稻子家族的叛徒
只是深陷其中,坦露卑微
只是在那个秋天
我却让我所有的诗意
走向没落
走向无限的悲凉

故乡的河流

久违了,故乡。离开二十多年后
再次回来,我已不认识圭河了
一条河流慢慢变旧,与老人变老
有着相同的况味
一条河的华丽转身
有如婴儿的啼哭,力量蓬勃

对故乡河流的叙述
我语无伦次,唠唠叨叨
雍容华贵的鱼,在我心里溅起浪花
我和它保持绝对的距离
安静守候故乡的变化
面对一条河流
写一首脱贫攻坚的赞美诗
显得有些苍白

一条河的清澈和源远流长
我肯定:还是二十年前的样子
从我心上出发
经历人间时,再度丰盈
那些脱胎换骨的故事
使得小小的村庄
容不下一张A4纸的辽阔

小片断

一只鸡飞过窗台,翅膀扇乱晚霞
几只鸭在池塘游弋,水波荡漾

村庄最原始的小生灵
小得成为你笔下的一枚枚汉字
风一吹就聚在一起了
踩夕阳归来,一头牛悠然自得
几声犬吠,孤寂的村庄多了几分生气

放学归来的儿童,悄悄推开柴门
他要在天暗下来之前
擦完爷爷的身子,然后生火做饭
月上枝头,爷孙俩
经历另一种程度的繁忙

这是极平凡的一天,生活的小片断
每一个小片断,与你息息相关
你爱上这人间的小片断
爱上这小片断的每一寸光芒

不再沉默,你把小片断
交给了世界,在你的笔下
村庄多了几分暖色
多了你对尘世义无反顾的赞誉

高　粱

一株高粱,傲立村口
在阵风中挺立不倒,总有根系
伸向更远处,在一个深夜
诉说村庄的全部艰辛和秘密

生活不尽人意,总会有些失落
在午后的阵雨中,来到我的梦里
饱满结实的高粱,在阳光下低语
所有能用语言表达的,不及一粒高粱
在某个深夜走进我的胃里
那样的实在,温暖灵魂

与风雨相搀,一株高粱发出最嘹亮的呐喊
时光匆忙走过四季,不留一丝痕迹
谁在信誓旦旦保护一株高粱的尊严
谁就是我生命的爹娘

一碗高粱酒的盟约,在内心急剧的战斗中
瓦解,支离破碎

斩下头颅,高粱并没有压低腰身
一把锋利的镰刀
并没有说出全部的疼痛
炊烟升起,牛羊归来
一株高粱行走在村庄之上
一声声的呐喊
来自一个乡土诗人沉闷的语言
更多人把一粒粒高粱
嵌入血管,并在血管里
发出金属的声音

荠荠菜

路边,长满荠荠菜
每一株荠荠菜
暗藏春天的玄机
绿得心慌,内心最柔软的部分
可以把春天咬出无数褶皱

荠荠菜,它们无所畏惧
在旷野里顽强生长

太早了,荠荠菜挂满露珠
打湿了你的裤管
你到半山腰去,那栋漏雨的木楼
住着你的帮扶户
你望着破败的木楼,发呆
如果再去晚一点
这房子就可能被风吹跑了

木楼外也长满了荠荠菜
它们长得没心没肺
它们心里没有一丝欲望
像走过四季的溪流,在人间
漫无休止地流淌
此刻,却绿得使你心慌

小欢喜（组诗）

◉ 翠　薇

小欢喜

鸟鸣如玉，翻转日常里的温润
复瓣榆叶梅枯枝如铁
花苞已经挣脱禁锢
穿上了粉色丝绸的小衫
枯草中嫩芽渐生，是撒在地上的星星

春天深深浅浅
一层包裹着一层，由远及近
草叶带着露珠的水钻
林中的百灵在树影中隐身
我在人间漫步
热爱着生活的甘美与清澈

小欢喜其实就在身边
不用踮脚，我周身都是甜蜜的春光

晨　曦

一丛不知道名字的小花
贴着地面，踮起脚尖蓬松起舞
她裙裾展开，优雅成180度
下面的老根凸起，骨骼嶙峋

低于尘埃，秋衫薄于清露
紫裙色彩高贵

老了照样有精致的妆
红艳的唇，性感一如昨日

有风无风
她都是不慌不忙过着自己

返　回

花朵会在每一个春天返回树梢
燕子会在又一个三月返回北方的家
溪水流浪之后，再次返回白云
我提了半生的篮子变轻，返回到装满虚空
　　与澄明

鸟鸣在夜里收拢双翅，返回王维的诗句
星光在天亮之前返回它的黑丝绒宫殿
夏娃吃过的苹果完美地返回伊甸园枝头
红尘中漫步的你我，折返庄周的秋水中

省略所有的形容词

母亲手腕上有一枚深绿手镯
我想她们的年纪应该相差无几
都被岁月，打磨出了不动声色的光

母亲越来越清瘦
她交出了携带一生的
青春、激情、理想、葱茏
只留下目光还是炯炯有神

母亲拒绝回忆过去
她在无求无欲的生活里
省略所有的形容词
让时光缓慢陪度，洁净的晚年

体　贴

散步中途,发现我居住的小区
所有的路都是或大或小的弧形
向里向外翻转着
没有一个带有直角
路两边点缀的花枝,从容别致

这让我安慰
走着走着,遇见的都是柔软与和缓
似乎,所有小路都自带体贴
环抱着小区居民
温和的生活

雨　水

能抚平日子里的细小折痕
把流浪在外的飞扬之物
——送回
春天的身体越来越丰满

雨水有时是桃花红,有时是梨花白
有时还携带月光里的银白
她有清晰的辨识度
让多数事物更加艳丽或者重生
奇妙的呈现,带有光亮的涟漪

仿佛,世界突然明亮
万物都有各自,不同角度的清新

辨　认

多年尘世的风吹过身体
经过风霜雨雪之后
看看后背的翅膀是否还在

不光打扫表面的浮尘
还要,把多年积在骨缝里的
湿寒、灰暗、淤堵、负重

——清理和排除
像院子里的一棵树
像大地怀抱里的一株草
在春风荡漾里,洗尽铅华
又抽出干净的,希望和芽苞

交给春风十里,再次辨认

愿　望

我就是一朵,晨光下
刚刚展开的蔷薇
将自己的丝绸无边铺展

阳光越来越热烈
我越来越艳丽

每一次微闭眼睑
勇敢说出,自己的愿望
我的花瓣与色彩,就加深二分

融　合

我相信我与一株百合
一朵合欢　一棵迷迭香之间
与她们的裙裾之间　气息之间
一定有着某些融合的地方
即使表面看起来
貌似相距很远

走在一片花园　树林
安静于一个午后
黎明前的某个瞬间
一只百灵婉转的啼鸣里
我们的念想有时会有自然的交集
不需要碰触,已经心念相通

感知彼此目光的碰触
一些忧郁,便会不治而愈

丹灶笔记（组诗）

◉ 郭杰广

在岛上

在金沙岛。我将虚度半生
和时间纠缠
灯笼在低处，命运高不可攀
我将爱献给陌生的词语和孩子

黄昏逼近北江。舟楫忙碌
晚霞，烧烤成泼墨
仰望一棵草
我发现，天空总有勋章的光芒

先生古道

到青云村搭把手，帮古道翻身
"先生"二字刻在水底，已淹死多年

明朝。佳话，还在石头里发芽
泥泞的传说，搀扶不上镇志了

南沙涌的渡口早已聋哑
先生古道——堵满了时间的皱纹

金沙岛简史

一粒沙子投奔另一粒沙子
水与水之间是大藤社沥干的涛声

在大湿地的丛林穿行。大洲沙的
简史，被立夏

绽放成一地白茅。一位叫作鹭
的女子擦肩而过，伸缩脖子
说出透明的话
蘸着北江在飞
夏天喘息
怀孕的鱼跑出休渔期的那一抹白

一滴疲惫的水，穿行在竹排上
用竹篮
打捞出一个金沙滩
一朵朵族谱的花开在沙洲上
一条宋朝的鱼
从水面跃出
挣扎成一本瘦金体的镇志

歪歪扭扭的浪花，堆积在一起
多像一瓶散装啤酒
露出江面的沙丘
是一粒纽扣，时间的拉链吗？

一句半咸半淡的土语
挂在茅洲的枝上
像南迁的绳子
系着一块历史的创可贴

仙 湖

花多少汗水才能挖掘出
一个神话？滋润干涸的喉咙

仙湖。像桂丹路的逗号

把隐姓埋名的盲公话,一吹
口气即揉搓成天空的蓝头巾

赤坎村的云朵,拍马而过
梭鱼草长成一丛箭,把来路
和归途,抽打成龙舟歌标
水库在风中怀孕成氢谷

葛洪的传说在仙岗深处发育
阳光里滚落的康体,还在
石头上发酵。一碗低度的乡愁
用喝酒的方法,育女生儿

秋风不停替湖水梳头
龙舟水划出了文化节的高潮
直到
夜幕三合,缺下一角
像是神仙遗落的细软

秋到沙水

坐一船月光行
比舟楫先期抵达沙水
抖去一身鳞
入籍为翰林村的刘氏父子

荷叶的影子松动
被一群缺氧的鱼嘴拔开
被转凉的秋风唤醒
埠头、祠堂、旗杆夹……
在一席翰林宴上评弹

古村的楼厦换了新衣
一些句了,涂抹上防晒霜
旧墙在近身处残留
少许的青砖埋在晚清一侧

家谱、圣旨、八股文和空城计
野史的话匣子有实有虚
流逝的事物恰似翰林湖的碧波

沉淀着沙子和水的遗产

季节的篱笆,关不住风云
沙水的背影,未必显现
一切涟漪都等待着精神发酵
像月光的羽毛
趴在老屋的镬耳上

大洲河

掌纹上流淌
大半个故乡穿越
大洲河等一等,别太急
中游排灌站,把你吸入
像时间的嘴巴
嘬入一条沙河粉

南铁鼎围

秋风
犁开词语的冲积土
崩溃的乙卯年
有一堆生锈表情
像月光慈悲的脸

金沙岛

一万年的涛声,储蓄起来
一座宋代古镇,就是利息

最适合在岛上生长的词语
是白茅、甘蔗、榕树和大藤的传说

一根藤蔓,系着上下五千年
开花结果。结出月光与白银

夕阳,多像一枚纽扣
开合长衫和摩登的朝代

把一个词拆开

把它拆开,拆成金和沙子
词就会宽敞,口号就有落脚地方
装得下许多流水和俗世
渡口将变得寂寞,不再摆渡旧句

云朵,在地图上行走
羊群是大地的创可贴
远处。夕阳,沉入水中
一枚暗红的铆钉
已提前把古镇的头痛取走

金沙谣

我要去低处。钻探,故乡的冲积土

我需要流水,冷却我的焦虑
需要一万年的涛声,倾听我的呐喊

岸在等待回头的水。大藤在挂念宋词
金沙滩在等候沙子,泥泞在等候我

大湿地,是天空遗落人间的云朵
堆积的沙子呵,像我们

死过,活着,再来一个轮回……

等候的目光，穿过爱的河流（组诗）

◉ 吴　腾

夏　天

气温的蝉声，一浪高过一浪
丝瓜藤爬得口干舌燥
想喝口甘露，再去追寻诗和远方
背着阳光奔跑的，是年少的脚步
趴在田埂上，分享地果的喜悦
灌饱凉水的肚子，面对草帽的风
提不起劳作的干劲
稻田的热浪，逼走的那群人
把嬉戏浸泡在河水里
看游泳解暑的人，摇着蒲扇
跟她互动的狗，吐着兴奋的舌头

等候的目光，穿过爱的河流

灶膛的火笑了，有客来的预言
代代相传，常常准确无误
正在忙碌的锅碗瓢盆
为了丰盛的晚餐，心甘情愿

念叨的时钟，把太阳带往西边
每望一次，就落下一点
耳朵竖着的听觉，捕捉
河对岸，传来要渡河的声音

奶奶放弃倚门而立的淡定
站成废窑的坐标
等候的目光，穿过爱的河流
顺着对岸熟悉的山路

看到姑妈快速行走的身影
高高低低，左弯右拐

通关子

清澈的河水，队形松散
挤进石头的咽喉
呼吸急促，吐出来的浪花
一浪高过一浪，发出的吼声
让两岸青山，彻夜未眠

月光的勇气，给渔舟
出没风波，顺流撒网的胆量
父亲会左脚蹬船，双手用力
撒出一个大大的圆
跟河滩的风急浪高，暗暗较劲

生活中的父亲，喜欢沉默
大概是，河滩替他说了想说的话

凉水咀

桨声荡开薄雾，渔舟从河中
驶向收获颇丰的岸边
小贩的杆秤，在码头等待
鱼腥味的笑声，从船舱飘出
一卷旱烟，心满意足

露珠的阳光，照着水牛的牧歌
站在牛背上的白鹭
平衡起伏的身体，并紧紧盯着

牛吃草时,蹦跳起来的蚂蚱

尖山庙

柏树谦逊,没有爬上峰顶
插上胜利的旗帜
不服输的脚步
还剩气喘吁吁的留影
新春的风,吹着诵经的遗址
地基石仍陷在土里
等着几丛茅草,回过神来
告诉他,新一轮的春秋
远眺的视野里,山峰绵延不绝
一直伸进了,白云深处

在山中

鸟鸣在枝头跳跃
露珠晶莹,蝉声在阳光下
种植繁密的韵律
雨后的湿润
给了蘑菇撑伞的机会
误食的警觉,没有竹篮上山采摘
鲜味,将烂在自己的肚子里
生在陡坡的兰草
唇吐幽香
并接受清风的梳洗

有渔火的夜晚是温暖的

河滩仍在弹奏,波涛的琴弦

学会隐身的石头,听着催眠曲
准备躺在河岸的怀里,沉睡
醒着的渔舟,可以凭着记忆
在河道里畅通无阻
也可以点燃渔火
逼退周围的黑暗,方便夜间作业
渔网横截河面,顺流而下
越来越多的飞蛾过来,扑向灯罩
享受这如豆的光明

火把,照亮夜晚的好心情

电影的粮食,种在人头攒动的银幕上
主人公绷在弦上的命运
提到惊叫的嗓子眼
正义的呼声,让邪恶的山大王
一败涂地,死有余辜
完美的结局,催人奋进,永葆善良之心
四周的山路迎过来,接住落幕的潮水

月宫的嫦娥,不食人间烟火
星星在银河里,练习隐身的功夫
打有把握之仗的竹篾
照亮伸手不见五指的返程
轻快的脚步,跟上蛙鸣的节拍
谈笑声在山间荡漾
兴奋的故事情节,沿途循环播放

火把,照亮夜晚的好心情
家门口,亮灯的等候
让故事的余音,绕梁三日

村里来了个女知青（外五首）

◉ 晓　弦

村里最早的拖拉机手
是个上海女知青
一间简易草房,是她的家
一闩单薄的竹篱笆
是她青春的门

门上有年代的花纸贴
伟人在向她挥手致意
水壶、毛巾、草帽
以及青春所有的秘密
也在门上,大白于天下

我喜欢她网袋里的花皮球
还有晾晒在屋檐的绿手帕
当我走近,发现骑在上面的
是村长样霸气的长江大桥

而年少的我,更喜欢
做她拖拉机后的跟屁虫
我宁愿将排气管喷出的青烟
看作是她的靓丽而好看的发辫
在她羸弱的肩头,那浸透太阳味
和柴油味的发辫,藤蔓样跳荡

对江南一座草屋的回望

父亲名土,母亲叫花
我的昵称,有小草的象形
有好闻的泥腥味
我成长的骨骼,黧黑的肌肤,咸腥的血液
甚至,生命中每个歪歪扭扭的日子

都散发出油菜花香与泥腥味

可路过仁庄,我看见
一座春风里瑟瑟发抖、几近坍塌的茅屋
像搁浅于时光里的破木船
在江南民居影影绰绰的典藏里
奄奄一息

终于看清
草民的草,被广袤原野爱着哄着闹着的草
被清寒岁月铺作温馨安乐窝的草
被牛羊猪兔青睐过一茬又一茬的草
一旦入了某双法眼
被遴选与编织,被宠着抬着
送上绑着大红喜帖的人字架
他山村野夫的身份
会像青葱的泥腥
在日月反复的炙烤里
散发殆尽

浮力之美

雨丝斜斜,镇住流莺的喘息
山阴道上,云游着各式花伞
年长的那棵杜鹃,落英缤纷
此为最佳赏花处,但听不见
花蕊细微的喘息,隐在花瓣里的脸
没有足够的虔诚
也是扣不出的。风吹来
满坡的杜鹃,像可爱的小朋友
在旗帜下整队,也像犯错的丫头

低眉垂眼,将冤屈压低三分
一阵风吹来,产生的浮力
有顺从之美,途经夫子庙
看见道士正摇响一筒竹签
抽签的女子,面对无解的解读
脸色绯红,像坡上的花朵

今晚,我要把西塘带走

今夜,就着廊棚暗红的灯光
我欲把醉酒的五姑娘带走
带到钱塘江以南
带到太湖以北

我欲把五姑娘暗恋的徐阿天带走
给他吃麦塌饼和芡实糕
让他了断到龙庄讲寺当和尚的念想
让他做爱情永远的长工

我知道酒醒后的五姑娘
最念想的,还是西塘
所以我要把流水上的人家带走
把瓦当上的青苔和日月带走

再把糖馅似的古典的西塘
一缕一缕带走

母亲的柴火灶

用灶灰擦拭灯罩的人,是我的老母亲
她像一枚不断矮下去的灯芯
端坐于黎明空旷柔美的诗眼
她是一个落寞而温情的乡土诗人
用早上第一把潮湿的柴火写诗
她有泥土般朴素的脸
心藏无数光明的小天使
屋顶上瓦蓝的炊烟
是她每天发表的乡土诗

她手握火钳,鼓起干瘪的嘴
吹一截乌黑而空洞的竹筒
朝火星哔剥的灶膛"呼呼"吹气
又像是一位蹩脚的长笛演员
却一眼认出,喑哑里升起的火焰
是儿女心中最美丽的梦幻
不用说,灶间是母亲的最爱
是儿女们的精神花园
这朴素温馨的地方,是最干净的
像草木化成的灶灰,源自火
却比火更干净纯粹
就像年迈的母亲,从火热的舞台
退至边缘,退至生活的最低处
依然葆有温良恭俭让,要是你被生活的荆棘
刈破手脚,抹上一小撮灶灰——
这流行于民间的止血剂
倘是一个姑娘径自走在山野
情急之中撒出去,会扑灭
多少孤魂野鬼"曜曜"的绿火啊

运河的私情

起先是灌木,媚娘似的岸柳
然后是大片青葱的麦苗

我说,她一定用了神奇的脊力
流年似的,涌上了辽阔的两岸

每次用清冽的运河水灌溉
就是在为灵魂举行圣洁的浸礼

伫立河滩,星星点点的水鸟
泄露出运河走私的情感轨迹

过于久远的时间,过于庞大的数量
干脆用整条银河,来做永恒的账单

转　角 (外七首)

遇到爱。再转角
我们就变成孤独的人了
曾经我是个崇高理想主义者
现在,我熟悉
去弟弟家申通公司
每条路的里程和时间
晚上大把光阴我都在搓麻
一个失去信仰的人
和久不动笔的诗者一样痛苦
每天,我都在左拐右拐
我已习惯了听雪被踩在脚下
发出痛苦的喊声
晚归,一家挨一家门市的霓虹
将我的影子拓印在
刚刚落雪的地上
这是一张多么干净的纸
却被我们这些,鬼魅一样
乱七八糟的脚印弄脏

水　街
——和古筝诗集同题

下雨了,我翻开你
往事滴滴,丝丝入扣。我用想象
脚踩你文字方砖
一步步,走进小巷
深宅古院,每扇格子窗
都镶着一页页稿纸
我无暇抬头,去读里面内容
让诗挽起裤脚
我们就这样走着

我喜欢看你右手提着长裙
左手举着油纸伞的样子
空旷巷子,逆流的人群
我用视觉在给你背影做剪影
雨滴敲打着伞面
也敲打着我的心跳

老天将水剪成碎片
无规则的,铺在脚下
我们就夹在天与地之间
你的体型真美
我要从戴望舒的《雨巷》里
接你回家

一阵风吹来,将我的心事
和地上水洼里的水
一起吹皱
我从意念中醒来
腕底的纸上
留给我一片空茫

光　线

透过它,我看见天蓝得可人
一座座山戴着绿帽子
就坐在我对面
下面是一条蛇形公路
一台台车在把往事接送
这侧是一大片竹海
成吨的蓝,被新鲜空气抬着
我静止在阳台的

XINGHE
星河·秋

87

一把藤椅上
左手端着一杯凉茶
好像只有它，才能降解
我体表的燥热
在这个慵懒午后
一种光，正沿着我轮廓下滑
阳台上茂密的葡萄叶
被风一片片拂动
落在下面的影子扑朔而迷离
恰似我体内的暗伤

聆 听

剃光头的落日
身披一件道袍就要进山了
树叶收起了耳朵
鸟鸣，越来越稀疏
坐在塘边的我，看见了自己的倒影
仿佛世界变得很窄
月亮升起时，一枚蛋黄掉在水里
没有任何声响
一块很大很大的石头上
坐着个孤单的孩子

螳 螂

我的居室没有蝉
自然，也没有黄雀
而它却用三角形尖尖的脑袋
拖着典籍中一枚词
趴在了地面
它有四只细细的小腿
支撑着，那怀抱中的两把锯子
和臃肿身躯，显得有些吃力
在这个还没有虫鸣的夏天
我想起了一段往事
那时，我在和一个人散步
途中遇到了它的同类
后来她用两根草棍
小心翼翼地将它夹起

放在一片竹叶上
至于后来我们说了什么
做了什么，其实也没必要公开
故事就是故事
早被它身披的两叶草潜藏
那个高个子的月亮
可以作证

捕 蝇

夏天一到，苍蝇也多起来
它们像好战美国派来的飞机
频频袭扰我领空，领地
忍无可忍情况下
我想出个绝好办法
关好纱窗和纱门
然后，以每张0.5元价格
买了几张"强力粘蝇纸"
好吧！既然你喜欢侵略
我就给你搭个平台
打开它，一种奇异清香
弥漫了整个房间
它们是非不分，为饱餐一顿
相继一个个落下
在一张纸背面写满字

蝉 鸣

它们总是藏在密林深处
浩大的声音，会从一个枝头
跃向另一个枝头
这群身居民间的歌手
并不懂得规矩
用扩大分贝，试图抬高自己
在这个虚无夏夜
它们借助月光
把我睡眠搬进搬出
而我，这个被吵醒的人
更像一件扔在沙发上的棉衣
被一种此起彼伏弧弦

弹来弹去

坏　表

从手腕上撸下来
静静躺在,空烟缸里
这块凹陷水晶,成了时间的棺材
齿轮跟坏牙一样
已经咬不动时间了

时间,睡在透明时光中
声音不再走动
世界仿佛停止了呼吸
一切,都变得格外安详
是谁? 让谁沉默
又是谁还在往事里兜圈
当它的主人用手轻叩表盘时
只见它的胳膊
动了动

自然之道 (外四首)

● 黄祥云

在千岛湖森林氧吧
所见皆绿
所闻皆是泉声

那些纵深的山涧
为不竭的溪水弯曲

那些巨蟒般藤蔓
为连绵的山风弯曲

天上的云朵是弯曲的
林中的鸟鸣也是弯曲的

如果你知道
清潭中蝾螈生存的奥秘
当会顿悟自然之道

湖　水

我凝视着一泓湖水
碧波荡漾,变幻无常

波浪彼此不同

正如云影彼此不同

草尖上的露珠彼此不同
恰如飞扬的羽毛彼此不同

在那迷人的湖水下面
不知蕴藏多少迷人的秘密

你知道吗
一杯水中的分子数
远远超过地球上所有海水的杯数

自然界的神奇
远远超过人类的想象

海的悖论

在大陈深水网箱边
我看见水下的鸟笼
天上的围栏
随心裁剪的空间

一支飞矢追上鸟翅

只要一刹那
一条黄鱼的成长
需要多少时间

让那些黄鱼苗
蓬勃生长吧
所有的生长都挥洒精彩

海阔任鱼跃
而这片海已被束缚
它们的远方何在

成长与终结
时空的无涯与限定
在眼前推演

耦园印象

天下所有的男女
都应该来耦园一趟

轻轻地走,慢慢地走
请用心体悟一窗一楣
一轩一楼,一石一树
请解读山水草木间爱的秘语

所谓佳偶
就像太阳与月亮
双照成辉
亦如东园和西园
和睦相处

一起听涛看雨赏花

观日望月
一起载酒抚琴吟诗
书画春秋

谒黄绾①的摩崖石刻

穿过枇杷林
向上,一直向上
沿着古人的足迹攀爬

东盘山草色青青
藤蔓延伸
大地激情四溢

岁月不能湮没一切
五百多年前的字迹
依然清晰可辨

我无法想象他的从容
只有那些真正明道的人
才能写下遗言,仿佛鹰击长空

"青山不极,吾生有涯"
不极的还有深邃的思想

注释:
①黄绾,台州黄岩人,明嘉靖年间著名的政治家、教育家和思想家,曾任礼部尚书、翰林院学士。他是王阳明的入室弟子,也是王阳明的亲家,晚年在路桥桐屿东盘山麓建石龙书院,著有《明道编》《石龙集》等。"青山不极,吾生有涯"是其《东盘山牛圹自铭》的第一句话。

清 明（外六首）

◉ 应勇强

此时,山上杜鹃花烂漫
麦苗深处,子规声
将田野叫唤得越发伤感

低垂的雨云,像块拧不干的抹布
将天空的玻璃越擦越湿
村子犹如外婆那件
刚从水盆里捞出的蓝外套

历经候鸟的迁徙
村庄像只倒空的酒瓶
被丢弃在灰扑扑的村道边

空荡荡的
还有刚寡居的村主任的心

我丢失了那颗夕阳

太阳这辆红皮火车
从村庄瓦蓝的天空驶过
驶过了父亲山坡般弯下的背
驶过野猫般拱起的老屋
在村小学的旗杆尖停了停
乌黑瓦檐上
那群麻雀宛如进站的旅客
四散到村子各处

老校工用小铁锤敲响
那截悬挂校门口的钢轨
当当当。夕阳滚落村前的西山
一只水桶掉进深深的水井

那颗通红的夕阳,而我丢失了
在城市那高楼疯长的森林里

到中年

血液里流淌着秋风
夕阳染红老屋的石窗
父亲在目送你的背影中衰老
你隐忍的悲伤,藏有夏雨的滂沱
回忆因此有着远山的黛色

黑夜已在来的路上
那些你不愿发生的事
像是一场风雨追逐另一场风雨

那轮游荡县城夜空的月儿
一颗因怀乡而不肯睡去的心

两棵梧桐

两棵梧桐树,微驼秋风中
此时,鸟群已飞向远方
寂寞的院子里
落叶犹如发黄的信笺,散落一地
空荡荡的枝头写下了沧桑

夕阳斜照,树影横跨出院子
像是刨了一辈子土地的父母
身子挨着身子坐在家门口
他们对彼此的爱恨宛如树根纠缠着树根

一颗杨梅擦亮六月的乡愁

他们从杨梅树上采回幸福的味道
篮子里揉进了湿漉漉的夜色和朝霞

一阵风吹过,薄冷如雾褪尽
马路边的杨梅市场,恢复了夏日的热情
褐色的笑脸晃荡在明亮的晨光里

此时,蓝尾雀翔过溪竹林
麦地里的咕咕鸟
敲响田野深处的安宁
晨阳斜照,炊烟缭绕的村子
一颗杨梅擦亮六月的乡愁

候车室

站在候车室的角落
巨大行李袋压在他肩上
一手提着破吉他
一手逗弄趴在妻背的儿子
孩子咯咯大笑
他妻子微笑的脸庞

生动如一潭明净的春水

下雷岩头,我在春天来过

请允许我用有色的眼睛凝视下雷岩头
那黝黑的岩石从大地撅起
有着女人丰满的诱惑

多年前那场大火的痛苦尚未忘却
而春风已敲开每朵山花
此时,探幽的足音
擦亮了下雷岩头的寂静
几只受惊的山雀
俯冲进盛满阳光的山谷

那条隐藏沧海桑田的山道尽头
一座龙王庙锁住下雷岩头的春色
山下,春风正领着大片的油菜花
赶来山脚。这群风姿摇曳的女子
能否打开下雷岩头坚硬的内心

你不是第一个,也不是最后一个
坐上下雷岩头的肩膀
你犹豫着,该否采几朵鸟鸣带回家

拜比洛斯（外五首）

◉ 赵 佳

拜比洛斯
我的古城
我站在你浪潮的尖头
触摸不断后退的地平线
在你驶向未知的航船上
男人和女人忘情地歌唱
这一去　我们不再返回
我们驶向大海的深处

我们返回历史的来路
今人和古人在飘摇的船上相遇
一起歌唱苍茫暮色下的历险
我们将自己交付给隐秘的力量
繁星和大海都是它忠实的仆役
我们卑微地蛰伏于历史的轨道里
一听到召唤将从世俗的年轮中跃出
投身于纯粹的激情

激情是海洋对大地的超越
激情是死亡对生命的偿还

被隔断的风景

平面的韵律
静止的规则
叶尖渗出的
是被阻碍的生命力
和被驱逐的纵深
在光的投影中照出真实
而真实不过是一种摆设的结果

裂　缝

毫无征兆地
一条缝裂开
一个人掉下去
带着所有命运的泥沙极速下落
跌进生命的暗流
在那里消失，被遗忘
裂缝将很快被补上
用漂亮的缝合术恢复表面的光洁
化成熔岩的骨头
将在某个夜晚冲出地表
把整座城市拽入狂暴的地心

共享单车

偶然选中一辆车
它将伴随我一段路
在下个路口
我将遗忘它
就像它不曾记得我
很快它将淹没在车群里
而我将跨上另一辆车

没有行李　没有回忆
只有不断延展的未来
在城市的平面图中
从一点到另一点
串联起一条断裂的生命线

巴拉格宗

我不断靠近你
试图挤出我的七情六欲
包裹你坚硬的躯体
在哈哈镜般扭曲的迷宫中
你变成一尊情感的活体
你把影子反射回来
炸裂成无数碎片
抖落一身词语
你孤独地屹立着
你我之间隔着亿万年
在人类的目光触及你之前
在你还未成为情感的隐喻时

金沙江

公共汽车吱嘎作响
是遗忘拉出的一个音
在空间划出抛物线
绵延了一个永恒
一头连着开端
一头连着结尾
中间是沉睡的金沙江
在山与路组成的时间隧道里
耀眼地蜿蜒
车里的人并排坐着
手拉着手出神于遗忘
他们在历史中沉浮
历史是他们唯一的肉身

冬至，有雪（外五首）

◉ 海　湄

譬如有雪
譬如还有北风吹
譬如缝隙处、破损处、泥泞处、碾压处
笼着袖口的人同时也跺着脚

譬如歌颂冬至
歌颂剁碎的白菜和变形的面团
追根溯源，我歌颂的每一天都会被最后一
　　天包裹起来
蓬勃、枯萎、欣喜、失落，像纷飞的雪花
钻进胸怀

譬如在结冰的路上
我们有小心翼翼也有会意的一瞥
仿佛与擦肩，与冰鞋，与摔跤的人们有关
仿佛他们是我们的冬至
我们是他们的大雪

家　园

我穿过迎春花
稚嫩的花苞开始变黄
过几天，这些一小片一小簇的花
就成了黄橙橙的海

有些花开不了
有些花能开一半
那些或拥挤或稀疏的枝条
在风中摆来摆去，它们也无法预知
明天

在迎春的整个花期里
从清晨稀薄的雾
到振翅欲飞的昆虫
布谷鸟在天空反复叫着"布谷"
花瓣开得寂静，一瓣、两瓣，三瓣……

果实就是果实

我这样叙述
有点红，有点黄，有点青绿
但都是爽口的、甜酸的，苹果的，草莓的
味道

消灭了干旱
对，消灭了挑水的肩膀
一条水渠攀缘而上，又俯身而下
经过石榴，麦黄杏，大白桃，随着紫红的
　　桑葚
流过大山

从果实回到果实
每一棵树都位列其中
每一棵树都如我，不能不考虑成熟的
轮回，但土地依旧肥沃，它养育了整个
　　世界

乌鸦、雪与我想

嘘，这很安静
只有安静才能听到
乌鸦高过山背的叫声

它隆起的黑,填充着无人之境
旷野响亮,宛如唱了几辈子的走西口

嘘,这有杏树
院里晾晒过新鲜粮食
槽上拴过牛,牛在白天干活
夜里反刍它的累,还有很多野花
和荆棘、草、山、坟冢、庄稼连成一片
它们各有各的面孔
却又是一体

嘘,这睡着故人
故去的人都特别怕冷
他们比任何植物都睡得清浅
山坡上的老酸枣树,让我想起外公的手臂
黑红、瘦、坚硬,他像根坚硬的刺
时常扎伤我

致敬崇高

我目睹笑声从这个城市散去
夜晚异常安静,窗外
落叶落在落叶上
一片、两片、三片
填充着某人离去后的缝隙
暴风雪正在继续,它们列着整齐的队伍
推着云层向大地滚来

只有那些崇高的人
那些心和大地一样的人

那些怀抱如母亲,朴素如亲人的人
那些用身体融化冰层的人,他们打开了
　　灯盏
柳条开始摇摆,燕子开始归巢
我们看到了星星
在天空闪耀

我没有读谁的诗
也没有读喜欢的小说
我只是在天空翻阅日月星辰
我一颗星星一颗星星的数,我爱每一颗
　　星星
尽管我们谁也不认识谁

标　注

那些被标注的人
都在数字里,他们昨天还在
刚才还在,现在,他们却不在了
他们被带出了活的队列

我想起放羊的孩子
狼疼他,他为狼献出了羊
他把栅栏扩建成大门,酒馆,茶店,KTV
都由狼守卫

我安慰自己的时候
鸟被猫惊得乱飞
猫跳起来窜进废弃的厂房
母亲捂着刀口,默默看着漆黑的夜空

父 亲 <small>(外三首)</small>

◉ 杨绍斌

父亲,我记得您
抱着我,用胡茬扎我的脸
让我感到奇痒难忍,慌忙躲避
我记得您上床躺下后跟母亲的说话声
声音在您喉咙里低沉地滚动
传遍了我小小的身体

父亲,我记得您
疲惫的样子,愤怒的样子
暴跳如雷的样子
就像天空中的电闪雷鸣
我记得您有一天把我带进无人的山谷
用委婉的语言指出我犯下的错误
令我脸红心跳不已

天空即使平静,也是威严无比

父亲,我记得您
在咖啡馆里跟我回忆往事
但只是片言只语,断断续续
似乎您有意地要抹平自己的过去
让记忆沉入深深的海底
我记得您的听力开始衰退
我们之间的谈话也开始越来越少
世界在您身上正缩小范围
而我正开始背负越来越多的东西

父亲,我记得您
临终时的样子

在那个深夜时刻,我从远方赶回
用手掌托住您的下巴
让您以安详之容离世
次日,拂晓时分,日月同辉
我和亲人们一起,送您回家乡的山坡上
安息

追 求

一种更为贴切的语言
一项果断的决策
一种更为逼真的梦境
一双沉静的手
一种更为坚硬的现实
一盏清冷的灯
一种更为钝拙的书写
一卷无垠的纸
一种更为深厚的快乐
一颗破碎的心
一种更高更远的运动
一次狂暴的冲击

针 刺

我是铁,是钢
我是利器,是针刺

当我梦见你
我刺穿了你

在那高高的穹顶

是我钢铁利器无法抵达之处
唯有我的针尖能感知
彼处的温柔

黄昏之乡

有时候，我会想起那个地方
在那里，阳光已变得黯淡
那一定是在黄昏时刻
人们咳嗽着穿过烟雾弥漫的巷道
走向各自的房舍
嘈杂的声音四处响起，又归于寂静
在那个庭院里，母鸡带着小鸡们在地上
　　啄食
瓦盆里的仙人掌，已开出了金黄的花蕾
在那堵墙壁上，还残留着多年前的图案和
歪歪斜斜的文字
那是我童年时涂鸦留下的痕迹

那些我熟识的面容
已有多少在山丘里长眠不醒
那些我摸索过的角落
是否已蒙上厚厚的尘埃
那些神话故事是否还在流传
集市和戏台，是否已经人流散尽
还有那张青春的脸庞
是否早已覆上衰容

有时候，在我不注意的时候
我会忽然想起那个地方
那个悄然隐匿在我心中的黄昏之乡
已经陪伴我走过多年的时光

多年以前，有人离开了他的故乡
但是，故乡却成了他此生背负的行囊
这其中的秘密
又有谁能猜测

大碨盘 (外四首)

●塔山野佬

养竹山房内的一块空地上
摆着一个大碨盘
以其尺幅和剥蚀得有些模糊的纹饰
可以肯定是从某个高寺大庙
或富贵人家辗转流出
曾经的荣耀、艰辛，起落浮沉
随着岁月的消磨，已然淡化
如今，它被翠竹环绕
多像紫竹林中的菩萨莲台
来此的男男女女
忍不住爬上去
打坐留影。都想着把一种好的愿景
和欢喜带回家

十四夜

老家元宵
过的是十四

天色暗下来
小孩们吃过糊勒
便向野外奔
田头的一堆堆稻草垛
成了他们的演武场
稻草被扎捆在木棒或竹竿上
点燃，他们分成两派

展开搏杀
因为驱蝗的名义
可以尽情放纵

大人们却聚集在一间屋里
问背箕姑娘
四个青壮男子分处东南西北
用四根筷子撑着反放的背箕
上面放着铬铁、镜子、剪刀和尺子
一帮妇女口中念念有词:
"背箕姑娘圆灵灵,剪刀铬铁来做媒……"
背箕摆动着,向人们昭示
一年的财运、婚姻……

这一夜有人睡得踏实
有人辗转反侧

太极鱼

老父生病住院
老母坚持亲自陪侍
挤在狭窄的病床上
一个枕床头,一个枕床尾
弓身而睡,相向而守
像一幅太极鱼图
两条鱼,一阴一阳
互依互存
相濡以沫

红美人

元旦,回老家看望父母
在老屋周遭走走
找寻一些难忘的记忆印迹

庭前,一株裹着尼龙布的橘树
映入眼帘,有点突兀
母亲说,这是咱家唯一的

一株红美人
还是你堂弟帮着嫁接的
第一次长果子
你弟媳来时摘走一些
你媳妇来时摘走一些
留下的给根健
天气太冷,所以得裹着

根健是我的侄子
在杭州读大学

缸边清

缸边清
老家土酒
入冬酿制
可以喝到来年立夏
甚至端午
入口清爽甜润
有后劲,让你不知不觉喝醉
很多农家都会酿制
口渴瘾来,可以随意地
用碗舀起喝上几口
去田间劳动带上一壶
累了乏了,随时充电
待客自饮,好不惬意

好酒的堂伯
以往每年都会酿制几大缸
春节离乡回城
给我带上几十斤
今年没有了
因为堂伯走了
家族中没人操持了
对我来说有些失落
感觉有点像断了线的风筝
开始飘离故乡
慢慢渐行渐远了

珠　海 (外六首)

◉ 杜志峰

也是半路出家落户这里
不知不觉竟然几十年过去
说不清道不明为了什么
只知道对她爱得那么痴迷

游江南览塞北欣赏美景
甚至去国外也要拿她做个对比
比着比着，突然想到身处异乡
一缕乡愁的思绪悄然泛起

原以为只有我的爱才如此深沉
后来听许多人讲她也如数家珍
江风吹海浪涌大地似画
天湛蓝云飞白彩虹如诗

于是我们早已把她当作故乡
满大街善良的面孔都是亲人
披霞光戴星月四面八方丽影涛声
五湖腔四海调所有声音都让人陶醉

这样一天天一年年日积月累
山青翠水秀丽牵肠挂心
仰起头展双臂深吸一口清新空气
这辈子注定了在这里扎根

肇　庆

历史的大剧里很早就进入角色
从汉至清，更是全方位亮相
多少次华丽转身一直都有板有眼
史册的页码里长久神采飞扬

顺着七星岩牌坊沿江而上
两岸水肥草美，宛若人间仙堂
大自然刻画的曲线多姿多态
耳目应接不暇，想象也展开翅膀

西江悠然而过哺育了砚都的高妙
回归线横躺全境袒露微笑与慈祥
古代的土壤持续滋生现代文明
壮观与玲珑媲美不断续写辉煌

南亚热带气候冬天不冷夏天不热
端州四季都是旅游者倾心的地方
这里还曾是粤语的发源地呀
也曾让岭南的政经文化艳彩浓妆

开放以来邻居们铆着劲争先恐后
前面的大个头已走到目光仰视的地方
咱可要撸起袖甩开膀子搓搓手
后续的剧目里还期待高潮期待鼓掌

佛　山

说起佛山就想起千多年前
四大名镇那时就名不虚传
鱼米飘香和工商业的繁华
让商贾云集的重镇雄居岭南
勤劳与科技携手坚持了几十代
在佛禅的故居生出陶的地盘

世纪交替时再扬起超越的风帆

陈旧的面貌开始天翻地覆地改变
大手笔写出现代化的轮廓
横平竖直绣满大尺度的画卷
眼光的高远与胸怀的宽广
古老家园返老还童成靓丽的经典

现在大湾区又编织了成长的摇篮
发展的格局上降临新的机缘
昨天告诉我们佛山的未来更好
天蓝地绿人美花红好明天
随着激情策划与精心雕琢
佛山的大地歌声嘹亮阳光灿烂

中　山

聆听中山就是聆听历史的回响
人杰地灵山青水秀花果飘香
凤凰树下龙狮鹤凤千姿百态
菊花香里咸水高棠歌声嘹亮
这是推翻帝制的伟人孙逸仙的故地呀
改革开放后日新月异茁壮成长

凝视中山就是凝视南国的盛装
民生民主民权的面容仍在闪闪发亮
小榄大涌古镇南朗个个气度不凡
五金红木灯饰养殖业发达兴旺
制鞋制衣厨卫电器腊味菠萝
城乡遍野到处发出现代化的光芒

百年前竖起顶天立地的巨大名片
"天下为公"至今仍然不同凡响
接力借力外引内联强身壮体
共同富裕的气氛弥漫伟人故乡
天空广阔方向明确走在人间正道
未来面貌一定会更加靓丽更加风光

东　莞

打开东莞,感觉推着你向前
也许从低调里会有奇迹般的发现

几十年的道路上从没有停歇过
节奏平稳走进了新的一线

对比雄心勃勃,一直坚持脚踏实地
在传统的图纸上建设城乡融合的家园
交通堵塞一度让纳斯达克指数波动
这年轻的淘金地闪烁魅力的光环

四面八方的人流向这里涌动
青春和热血画出最美的曲线
蓦然回首已成为千万级别的都市
举手投足都那么炫目耀眼

大路宽阔阳光照耀各走一边
乡村融入城市,城市弥漫田园
宏伟的蓝图里崛起写字楼和厂房
走出了城乡结合的最新典范

江　门

兄弟般的五邑帅气不一并肩倚立
姐妹似的山水绿肥红瘦竞相媲美
大自然的古朴为风光的曲线锦上添花
世代人的勤劳让花红果香田园秀丽
江河柔情似水到处生机蓬勃
道路纵横交错丛林与花廊低语
独木成林的淘气的小鸟天堂
隐藏着优越而深厚的文化底蕴
世界遗产开平碉楼与村落
洋溢着热情而浓烈的侨乡情谊

台山龙眼悠久,新会柑橙浓郁
恩平腊鸭独特,鹤山荔枝味美
圭峰山脉绿奇深幽雄伟挺拔
上下川岛无愧是东方的夏威夷
桥梁和隧道把城乡带进南岭风景
热土胸怀让海外游子思念故人
难怪那么多叱咤风云的明星在这里出生
五邑已是名副其实大腕的摇篮与圣地
大湾区战略又为江门注入强心剂

内外合力将给他们带来更多的荣誉

惠　州

岭南名郡,山色半城水香半城
客家侨都,岁月厚重文化厚重
南昆山的优雅与大自然共度春秋
双月湾,左边平如镜、右边波涛涌

难怪苏东坡即使流放也兴致不减
荔枝龙眼挂在树上却如影随形
西子湖畔至今仍然浓墨重彩

六湖九桥十八景落笔就会水起风生

罗浮山早已在佛道两界名声显赫
现代香客络绎,延续远古文明
大亚湾在南海边缘曲折蜿蜒
向远客近友伸出双臂袒露真诚

此地不但物产丰饶而且人杰地灵
海陆空铁四面八方全方位通行
于是鹅城在飞扬的坐标上不甘寂寞
大湾区朝气蓬勃,看惠州举世繁荣

空心人 (外五首)

●李　梅

苔藓居住的巷子
留守的榕树
那座简朴的房子
住着空心的人
这都是游走的风景
谁的欲望更像夜色
企图吞噬一切
她慌忙点燃一盏灯
那昏黄的光
赎回了孤独的影子。今生
总算躲过的爱情
却逃不过宿命

山中印象

小雨洒落山间,清早的风
虚幻的真实
热浪一下子围了上来
若有所求的人,健步于道中
她认真检录着植物的名字

蕨类植物,叶子简单又复杂
它们的掌纹清晰
每一只手指都指向未知
像一段新的恋情。蝉
扯着比气温更高的调子
拾级而上的苔藓,沉默且水灵
终身记录着石阶的湿度

七　夕

今夕有雨
淅淅沥沥,这是春天的味道
吗? 季节也曾会意
在太阳睡醒之前
我须赶去森林公园
南洋杉熟睡的样子
恬淡,不失伟岸
那兰草,那露珠儿
孩童般的脸。见证第一缕阳光
以柔软的针

穿透桃花心木的馨香,试探
湖水的温度
牵着两棵树之间的蛛丝
突然闪亮。然
风中的那朵桃花早已凋零
桃子再也无法回到枝头
那片相思树林依然两度开花结子
仿佛一种暗示

被雨打湿的日子

雨声,滴滴答答
拟时间的足音
天空的情绪,一下子
渲染了整个清早
渗透泥土深处
宿命的根系瞬间复活
艳山姜低眉垂首
攒足了温柔
那双前行的脚步
为此停留了十秒
池中那株荷花,眼睁睁
看着池边一群蘑菇,打着伞
淋湿了身子

春天·花事

小雏菊开得白
干枯了的勿忘我
保持最初的颜色
我询问过众多的康乃馨

她们只倾心五月
谁曾体谅? 那株
被主人剪下雪藏过的桔梗花
任凭春天怎么煽情也不再绽放
趁东风初发
我们去桃花岛吧
默然的雨水
会照顾好想发芽的种子
情人草,红玫瑰
他们的情绪,风和夜莺会呵护
含笑初妍,她提醒我
这二月的河水,清冽
像极你理智雕琢过的言辞

梅溪小镇

心,一瓣一瓣打开
按捺不住。拾级而上的
除了花田、梅林,石头和脚步
定还有其他。比如欲望与慈悲
伸出双手拥抱对方
一下子温柔了整个世界
姻缘树做到了
相信石头能长出慈悲的人
深谙石头的涵养。如果
有一种错,你不犯更不对! 看
谁把春天打翻了
忘忧谷内容丰富
我刚想说点关于流水的故事
一群人漂流而下
另一群人又索溪而上

水　母 （外三首）

◉ 谭夏阳

失眠的夜,大脑间悬浮着一只
水母。透明的胴体,伸出性感的蕾丝
在海水的呼吸里摆动——
与伞共舞的精灵,多么优雅!
采集星光,启动空寂的发电机,水母
"腾"地点亮自己:一只
游动的蘑菇灯
是温暖,还是危险聚集在周围?
而致命的激情,除了光,仁慈的毒
还有诱惑的透视装
但它又是一个泄密的锦囊
从容地逃逸,又不失时机地向对手炫晒
乾坤:迷你的脏器
呈现搏动的精微
如此清晰,完美,甚至可以看见
节日的火树与银花,在腔肠里,接通
触电的末梢神经
发出幻灭的、带点邪恶的幽光——
哦,这一览无遗的战栗!
我的睡意,包裹在水母的裙裾里
此刻,就称它为梦母吧
梦总是轻的,像一串串漂浮的
水泡;而梦想又过于沉重
在这欲望堆砌的都市,谁活得从容?
对于碎裂的现实
或许我,就是梦与梦想的聚合
我早已习惯了沉浮
没错,钱可以塑造梦境,赋形蓝图
可月光的银币再多,也只能
兑换一个幻变的未来
既然未来有多种方向,那么为何

就不能往上飞升——
我漂浮,继而冒泡,将负累一下子
排空:扶摇而上,那是一种
快乐的升腾! 如此逍遥,如此眩晕,有如
飞天的修炼,在极乐中翩跹
我驾驭了身体里的水母,或者我
就是那只水母本身
如果我降落,那就关闭整个世界吧
在幽深的海底,请让我测听
风暴,并在暴力面前
保持一贯的,难以磨损的优雅

浮　岛

那座岛盘桓在我们的
海域里,司空见惯
仿佛一艘抛了锚的航空母舰
忽然有一天它驶向深海
隐没在大雾之中
我们的生活也没有因此而
失去平衡——
向某个方向微微倾斜
它变得来去自如
影影绰绰
在黑夜里悄然熄火:山上的
灯光,近似于信号,遥遥地呼应
神秘的星辰……

似乎它并不属于
这里:它的存在,让我们感到
充实,或兴致盎然?

挖螺机

潮水撤退之后,海边
露出大片滩涂:这暂时光复的领土
源于自然的馈赠
像一片广袤的试验田
海边的渔民将滩涂分割、承包
形成人为的疆域——
耕耘潮汐
收割汛期带来的鲜活词语
那些剔除海水
依然生猛的鱼虾、蟹鳌,以及
吐纳于沙土中的螺贝

在海滩,我们看到
几台老式的"东方红"拖拉机
一副农业面孔:奔腾的理想,只剩下
锈蚀的激情
出于作业需要,"地网"①
借助机械的马力和柴油意志
搬动整个大海——
"人类,
发明了大海的开采权?"
为了更深的探寻
他们隆隆地开来了挖螺机

这台自制机器,犹如一只外星
生物:庞大高耸,造型奇特,成为
海滩上的一道幻影
如果可以,我愿意将它
描述为一座移动的瞭望台——
"沉陷风景,有着危险的美!"
驾驶室四米多高
蹈空海浪,更在众人的仰视里
展开一次高空表演
踩高跷的人
将行走,抬升为一种艺术?

它的后轮,设计成两个巨型滚筒

以承减制动的后坐力
并构成视觉上的支撑与平衡
而挖螺耙,安装在底部:哦,潜藏
关键的作业器
像一台匍匐水中的拖拉机
它来回地泅游,耙动着大海——
整片海滩被一下翻转!
这带表演性质的水中作业,为它赢得
更多喝彩,和白花花的
三角贝:那才是货真价实的收获

作为这台机器的发明者
青年渔民林邓,邀请我通过悬梯
登上挖螺机
在浅海中央,我感受到了
一个王者的孤独
"现在的收获越来越少,需要
驶往更深的海地。"
这让我想到禁渔期:鱼群与螺贝
终于不够了——
面对大海的幽闭与紧缩,挖螺机再度
发明合影和枯坐假期

注释:
　①地网,海边的一种捕捞作业,以网贴
着滩涂和潮水围捕渔获。

逆戟鲸

他一拉油门,将飞机
驾进普吉特湾上空的晚霞里
落日消融于黄昏
播映血色浪漫:哦,这稍纵即逝的末日
颂歌,多么凄美!
望着窗外的景色,他啜饮着黄昏
带来的宁静和愉悦——
"一小片刻的放纵,足以
逃逸地球。"
趁着余兴未消,在云层里
他又翻了几个跟头,高难度动作

有如电玩游戏般刺激,扯动
绷紧的神经
偷来的飞机在轰鸣、呼啸
但并没有负疚
而表盘是无用的:他内心的指针
趋于混乱,没有人知道
他为何会发动引擎
将全世界的目光牵引到一起
"他要驾驭一回疯狂?"
也没人知道,到底是什么
导致了他内心某根弦,突然地绷断
在进入驾驶舱的刹那
他幡然醒悟,原来身体里的
几颗螺丝松掉了——
生活已然败坏
死亡,能否变得神圣而庄严?
他向塔台索要逆戟鲸的

位置:"就是那条背着宝宝的逆戟
鲸,我想去看看那家伙。"
哦,逆戟鲸!
第一次游进对话里的那条鲸鱼
背着自己幼崽的尸体
在海里游了十七天才最终放手,完成
一场漫长而悲阔的道别
在这孤独的星球
生命是相连在一起的吗?
冥冥中自有答案
空管塔台,一直试图引导他
返航,但他不知道
如何降落,其实在起飞的那一刻
他就没打算降落——
他成了飞越
太平洋,没有脚的鸟

一种心情（外四首）

●陆孝峰

一种心情
是水流的声音
风是夜晚的灯光
黑夜只是看到它的波纹
钟声是密密麻麻的暗号
读懂的人儿只有自己

岸总是让人踏实而又令人遗忘
阴影是时间的注解
总在青苔上摔了一跤又一跤

月的纱丽

夜晚征服了我
一个巨大的梦想

张开黑色的翅膀
停留在古老的井沿
明月披着圣洁的纱丽
在瘦骨嶙峋的枝丫上
凝露的小路上
无言地倾诉着

大地睁开惺忪的睡眼
叫醒我的双脚
那一片八月的植物园
星星般的圣洁
匍匐在我的眼前
一颗桂花树
凋零的几瓣花朵
与寒风做着冬天里的搏斗

偶尔
掉落的"啪嗒"声
惊走了飞鸟的梦
草坪如流水般走远

唯有月的纱丽
走不出夜的沉寂
每一抹月辉
都似一颗凝固了的种子

心里的话

我关掉了黄昏的太阳
躺在暮色中
山坡上的杜鹃花
一簇簇、一丛丛、一点点
红的、蓝的、粉的、紫的
她们有着月亮的眼睛
喁喁耳语

风是蝴蝶
云是镜子
打开的窗竟把一条小河带回了家

小河上有梦的帆
星星是一盏盏夜航灯
只是很多时候
心里的话下在时间上
会不会像明天的太阳一样
红着脸蛋升起

安娜·卡列尼娜的眼神
——读(俄)列夫·托尔斯泰的
《安娜·卡列尼娜》

19世纪的火车
由彼得堡开往莫斯科
安娜的眼神
火车的轮子紧紧地扣住轨道

遵守天气冷暖规则
泪眼问花,娇语顾盼
卡列宁心中掏出一抹久违的微笑

黑色的眼神
黑色的天鹅绒风衣
黑色的爱情

蓝色的多瑙河
在月光下倾泻
夜莺的相思,大海的幽深,棕榈树的风情
安娜的眼神
荡漾着多瑙河的天空

为自己点亮烛火
灼伤大海的幽蓝
眼睛就擒于你的眼眸
各国的行吟诗人翻阅典籍品茗爱情
普罗旺斯的骑士在你窗前低声艳语
千古流传的爱情故事还在寻找她最后的
　　绝唱

好像是命中注定
爱情要在今生完成她的神圣使命
爱神在秋风中张着一双寂寞的眼睛
每一粒尘埃都被她搜刮待尽
清香的野花花环在恋人的颈项轰动着电闪
　　雷鸣

安娜你早已是我的了
渥伦斯基灵魂最初也是最后的释放
消隐了火车的鸣笛声
你焚烧着烈焰的眼神
在天边涌动着海浪的潮汐
不、不、不
我不能这样轻易地交出爱情
如同死亡
走不出死亡
可又有谁
不想走出

安娜，你还是走出了轨道
是诱惑，是渴望，是告别
自我又一次在两性的一场战争中溃不成军
我知道
你爱的是爱
一旦爱没有了
生命也就终结了

19世纪
由莫斯科开往彼得堡的铁轨上
安娜似一朵红红的玫瑰
浓烈地绽放
在爱情的祭日

春天，也不是春天

在没有春天的春天
我做了一个春天的梦
我翻开书籍
一页一页地细读

揣摩春天的每一朵花
每一声鸟鸣
每一缕清香

甚至每一抹夕阳西下的彩霞

春天被我解读成秋天的样子
它不再活泼
不再奔放
不再热烈
它只是在等待逃离的契机

我既惶恐又害羞
怕你看到我手中空空
期待的眼神蓄满忧郁

那些再也开不出花朵的枝叶
独自擎着他人的冷漠
在雨水密集的夜晚
黑暗把它紧紧地温暖

在杨家庄看桃花 (外四首)

● 汪益民

春天举桃树为例打个比喻
桃花便开得满山都是

老家杨家庄的千瓣红表现尤佳
容颜，一经铺陈
村子就小得住不下她们

随如泰运河的流水远走了一部分
村头汪小丫的脸一笑，笑去了一部分

得意的马蹄偷了一些
西天的晚霞裁了一些

游子的梦摘了一些
等我长大了
有些花瓣正往大观园里掉
那是鸟魂与花魂
小女子呜咽一声
不知是雨点打落了花
还是落花惊飞了鸟

在杨家庄
我所看见的每一朵桃花
都不在原来的桃枝上
也不在她自己的肤色里

XINGHE 星河·秋

祈使句

让我晚一些听到你的隆隆车辇吧
竭尽所有,我的花束
由芦花、三叶草与一年蓬
编织而成

你就晚一些经过我的街道吧
我与伙伴们——
衣服是破旧的
道路是尘土飞扬的
我们拿不出
什么像样的乐音

地平线上,晚一些升起你的消息吧
陶罐里的河水总是有些浑浊
我们正日夜演练
呕哑啁哳的诗句

你要谅解我们的忧心与慌张
还是晚一些检阅我们的队伍吧

你会微笑着接过黄芦苦竹的花篮么?
你会不停抚慰我为你噙着的委屈泪花么?

石臼湖

夕阳已经找到了表达黄昏的方式
可我还是说不好石臼湖

她不是一块凹陷的岩
亦非天边缥缈之水,裸露的河滩、灌木
  以及
入浦渔歌
但我相信与她已经非常接近

就在我怅然返身山下无名酒店
石臼湖分明又是水陆并陈
三两杯佳酿之后

舌尖上苍穹浩荡　江山起伏
我们结结巴巴　欲言又止

晚霞那么红,夕阳在堤岸尽头就要撞向
  湖面
在那一刹那
我终于抓住了什么
正想大叫一声
一摸脸颊,夺眶而出的
是眼眸里的石臼湖

庙会

宗教躲在神圣后面
神像躲在庄严后面

操弄绳索的人,放映员、音响师
躲在幕布后面

皮影戏、电影进入了高潮
因果报应,好人与坏人
一众看客提心吊胆
一会儿笑,一会儿哭

薄秋

光泽、手柄、尚未诞生
书生无以挑灯夜看

风中堆满质料
只是缺少范式

只是熄灭了炉火
铁匠被灵感点着了暗中击打

赤霄、太阿、七星龙渊
淬火用塞外积雪

开锋当于子时焚香祭拜
启发来自无数黑夜磨砺一小枚月牙

蝉声切割盛夏　难题迎刃而解
只是意识到不能切削自己

暂且委身一副好皮囊和那些柔软事物

静候壮士横渡易水

王座已经发生动摇
人们将从另一个朝代看到千军卸甲

云的低语 (外二首)

虚虚复空空,瞬息天地中。
——(唐)陆凭

● 倪宇春

我是一片云,柔情似水
我窃喜朝阳的沐浴和月光的温煦
在晨昏的交替中
风流一生

在长河的入海处
我裹着海水的苦涩降世
飘过东海、浪迹天涯
在无依无靠中风雨兼程
为沙漠积蓄一泓清泉
在某个季节的午后,为大地
撒下几片绿荫

也曾在月光的证见下
若隐若现。逗留南天某处——
邂逅一些仙人、神女
在风婆的唆使下
背弃山盟海誓
把遇见当作一句轻言
随风飘散! 在雷公的怒斥下
泪注如雨……

我行色匆匆,长途跋涉
在华彩的虚名下撞上空山,满怀愁绪
遭遇狂飙的尖翅和乌鸦的恶嘴
落下一些坏名声

常化身农夫与董郭黑影
——降落尘埃
常常被毒蛇撕咬、恶狼围攻
却总是捕风捉影
每当寒凝大地季节
我的航程雪上加霜

我越发清瘦。太阳正酷
我已难留一把白骨!
它骷髅的思想将向谁低语
心底的荒凉!
我将离去,静静地
满天雪雨霏霏——
我耳闻目睹的芸芸众生
也必遁迹……

薄如雪花般的一声叹息

可怜身上衣正单,心忧炭贱愿天寒。
——(唐)白居易

1.滚烫的雪花
一片薄薄的雪花砸在一个人的衣袖上
悄无声息。它疾如昙花的一生
恰似一阵惊雷碾过心头

风霜隐于无形。冷空下
一个人战栗着走出市府大院后门
空中传来了一声声嘶哑的叫卖声
一声声、一声声——
买菜喔？卖菜喽！
——包菜、花菜
青菜、盘菜、娃娃菜……

一声声、一声声——
这呼号由远而近
继而又渐行渐远……

一个人左手拉紧衣帽
习惯地将右手伸进衣袋
他多么想掏出一把把百元大钞
把那声声复声声的叫卖声
——收买！空空如也
时代飞跃
世人的财富全拴在手机上了
一只空手拭去衣襟上的雨花
还有一些滚烫的晶莹从他冰凉的脸颊
滑落……

2.娃娃菜、娃娃菜……

一声声、一声声——
我仿佛看到满街的娃娃们
寒凉抵着他们小小的头颅
那卖菜女人的童儿是否也在其列
正在奔向鱼目混珠的夜补学堂？

一声声、一声声——读书时、叫卖声
汇成雪花里的命运交响曲
夜色正黄昏……

3.寒冬偕妻听窗外卖菜声

我租住的河底高路与市府一河之隔
她手执奥数卷一边凝思题意
一边侧耳听窗外的声声叫卖声

雨雪模糊着玻璃窗

这些如雨似雪的精灵啊
让多少年轻人欣喜若狂
我九十二岁高龄的老父打来电话
——落雪了,留心受冻！此刻
更多的中老年人在心底结痂处
盐在隐隐作痛……

"如此寒冬天气还在叫卖着
莫不是生活所迫……"
"是吧,应该是！"
她伸首窗外,期待着声音就在楼下
希望以她的善良减轻这刺耳的叫卖声

可是,那叫卖声已渐渐消失
夜幕下,冷风从窗外挤进门窗
伴随着一声薄如雪花的轻轻叹息
也飘来彼岸人家温州鼓词——
《浙南收官》的唱诵……
元月所谓雪夜思

秋风辞
——兼纪念杨奔先生

叠叠青山,不见行人踪迹……
寂寞的野莓子,酸涩的野莓子……
——杨奔

多年以后的昨天
我又一次行走在公园小径
携妻挈子,与深秋的风
狭路相逢
我似面目全非
在风的眼里,已认不得眼前
这位鬓角长出雪米的陌生人
而我依然记得他的流速、风气,以及
无拘无束的飘逸

在深秋回想秋天
我仿佛就是残秋枯荷
我对着秋水里顾影自怜

回忆暖日的卓卓风姿
在江南盛夏的乡野间
看处处田田碧莲

曾经有绿荷站满江滨湖心
一群狂妄的书生,在园林湖滨
用鼓琴弹唱着春夏秋冬
那青葱的时光都在
豪放、无缰、狂欢、醉倒!
以至把一位白发苍苍的老者
忘情在一张轮椅上——
他默然的脸颊上落满秋霜
一双悲悯的星星若隐若现

饱含对这个世界的深切悲悯
对这个俗世的深深洞悉……

他从林园小径转弯处来
他依依不舍向我们挥手
一位中年男子为他推着轮椅
在这来与去的分野处
分明是运送着一丛枯萎的白梨花
在夕阳西下的傍晚
他终于孤独地消失在我们的视野里
而我们狂妄潦草的旅途
也开始飘起一阵阵雪花……

一颗星 （外六首）

● 关红超

我们支起了帐篷,却坐在帐篷之外
一盏灯,就撑起整个山顶
暮色一点点上升,星星越来越近。我们的
　　忧伤
干净而又透明

你看,天上星星多亮,这是人们说的永恒
　　其实,每一颗星都很孤独

人间烟火有多旺,它就多孤独。
西风在四处吹,把我们吹破,吹进了土又
　　吹到天上
一颗星,就掉了下来……

六月,在北方

2021年
我们等来一个迟缓的春天,人间四月
是南方的事

我们直接穿上裙子。一天之内
吞下火焰,和冰川
丰腴的六月在几场雨过后,瘪成一个秋天

穿什么衣服,带不带伞
在这个六月最难解。小区里的大爷大妈他
　　们不怕冷
手里的牌,打得极稳

怕冷的原来是我们。万端变化的,也从来
　　都是我们……

等夜里再下吧

要下雨,就等夜里再下吧
让所有孩子,都安安稳稳回家
让路面少一些积水,让行动迟缓的人少一
　　点坑洼

星河·秋

XINGHE

北方不易,归来的燕子也觉得冷
它们羽毛湿透,蹲在四楼窗台,像失意的
　　流浪汉

等夜里再下吧,等所有孩子都睡下
鸡鸭回笼
夜里的雨给失眠的人。有雨声的地方
杨柳更软
……

水韵之家

这里连斑驳都是好的,若墙上无损毁
石间无青苔
瓦若不黑,那便不是周庄了
我们四行人衣着朴素
寂然无声
绿意掩映得极好。在地上,在水里
也在屋顶
真自由

除了拍照,尽量不用手机
现代化事物,对周庄,会造成一种伤害
我们怀着同一心事
看红的灯和蓝的舟,想着遇上个大家
　　闺秀

桥上没有人
看风景的人许是在楼上
一座桥,就是一个扇面,这执扇的人
必定是面如小宛
他们说,听过这里的水声就再也
放不下

行至酒家,点一份万三蹄,从暮色四合坐
　　到万家灯火
万般光影氤着夜色,今宵

是梦几何
……

日光城

在海拔3767米的玛布日山上
众生的眼神,被不断抬高,一颗心从未像
　　此刻庄重
曦光之中的布达拉宫,面目微露

闭上眼,藏歌从雪山而来,转经筒的声响
　　从佛塔而来
这是活佛端坐过的高城,怎不让人
心生哀恸

来到纳木错,此生便再也不想回头
壮硕的牦牛如上古神谕
湖水照拂
我静如磐石,动一下都显多余

当橘色的霞云铺满,这座天空之城就是一
　　件紫红的僧袍
我要寻找一个最美的情郎

在拉萨的街头,在五颜六色的行人中
把每个年轻的女子都唤作
仁增旺姆

在西湖走走停停

来西湖的人,身心都特别轻
粗犷的不再粗犷,繁重的不再繁重
眉眼,都青青翠翠

天气尚好,我倚靠着一株香樟,长亭和小
　　楼,相距不远
它们见过了太多阵仗,从不把游人
放在眼里

我们走走停停,在桥上,在水里
在群山重叠的缝隙。目光所及,都端端
　　庄庄

荷叶挨得更近了,构成一组
嘹亮的花边

黄昏之下的雷峰塔
也不显得那般无情了。断桥之上,当与深
　　爱的人相拥

我想借白娘子仙法一用,把情断之人
给一一接上

云南一瞥

黑色的飞檐连成片,一眼,似身在秦汉
还有什么地方比这更贴近水

阳光好的时候
它毫无缝隙
蓝得要命,蓝得洗不掉。逆着光
我把水面拍得深沉

这深沉年轻
新鲜,有流动的光芒在闪,它是平躺下来
　　的烟花
我该撑一叶之舟,顺流而下
看,云层把光遮住了,这被加重的山水更
　　生肃穆

在一个叫顺水楼的餐馆,我临窗而坐
举手投足间,假装一回故人

前 生 (外六首)

◉丁卫华

聊起前生
不得不先说起华懋
记忆深处的雏形
一定追溯到二十世纪二十年代
沙逊博士设计的格局
一不小心
就成为黄金地段中心的制高点
南京路、外滩、黄浦江在这里与其相依
标志性显著
和平应运而生

修 复

灵缇犬图案犹在
热水汀还在述说着曾经的过往
辉煌和美好隐在各式各样的图像里
流连忘返
艺术风格未变

多少经典装饰派的印迹——复返
修缮是屡次的
每一次升级都呈现与时俱进、中西合璧的
　　痕迹
优雅和奢华同在

探 秘

底蕴在
沉淀也在
魅力不仅属于过去
也属于现在和不久的未来
遗迹、老物件等不仅进入"博物馆"
也贯穿和平的前世今生
念想时常光顾
一个个传为美谈的轶事
在这里时常被聚焦和探秘

思维、生生不息

鸟瞰这个地标
不得不陈述那段传奇
格调是当初洞察的远见
所有青睐有加的赞誉
并非空穴来风
九十年的情和缘
让饭店与外滩、黄浦江、苏州河一直惺惺
　相惜
这座城市的味蕾里
一定有你俱全的色香味
在南来北往、中西合璧的思维里
生生不息

在金鸡湖

一场雨
可以派生出很多别样的燃情
湖在原地有条不紊地吞吐
转盘不紧不慢
行人匆匆
地下铁穿过东方之门、金鸡湖底、国金
　中心
穿过古典和现代
用吴侬软语的酥柔
来打通骨骼坚硬的灵魂
在靠近湖边的渡口
听丝竹软绵
唱一曲有情有义的评弹
在咿呀的韵律里
静候佳人归来

在民治街头

南方的雨
多少有些琢磨不透
艳阳高照的背后
冷不丁就来个措手不及的热忱
没有任何征兆的暗示和提醒

书中按表的原理过于矜持
云层诡异
植被洞悉的隐喻无从知晓
好在高楼事先埋下伏笔
每一栋留有的前檐
可以安营扎寨
可以笑看风云流连忘返
就算整个街区被通透按下休止符
也会相安无事
凉茶、双皮奶、烧仙草等一一盛装待发
云卷云舒的跌宕起伏
无须关注
翻腾的街面
置换和切换的每一个店面
都客满

在舜天路

舜天路褪去光泽
用一盏的时光流逝
来呼应田间地头的虫鸣
暗自销魂
物是人非的街头
多少应接不暇的恭维
被遗忘在灌木丛
一只蟋蟀的自不量力无从考究
干预是立竿见影的
躲在阴影里的昙花自顾凋零
叶子盘踞在碟子的中央
三只鼎撑起的端庄
贤淑了烟波浩渺的江湖
万里长江和千年运河的风姿绰约
摇曳出的风情
缺少波澜和激越的壮观
舟楫可以承载的来往无须忽略
飘逸的古风里
多少小巷深深演绎的温馨
用渐行渐近的足音
叩开尘世间
静默许久的门扉
流连忘返

枫香瑶寨（外五首）

◉ 海　叶

尚未抵达目的地
半山腰的那棵枫香树
就开始鼓掌欢迎我
那是一种奇异的暗香
有着花瑶独特的气息
萦绕整个山寨
寨子外车流人流交汇
似乎比山脚下统溪河
掀起的漩涡还多

竭力置身于安静的角落
我小于一片叶子
乐于扑面而来的爽凉
幸好有瑶家的歌舞
尚未被尘埃湮没
还可觅到阿哥阿妹的野性
在这个烈日当空的午后
我不敢再点燃激情
一把木头椅便可悠然小憩

云端瑶池

借得半个黄昏
我要一头扎进
云端的瑶池
坐在池畔的人
仿佛伸手可摘云絮
乐做半个仙人
在碧绿的水中畅游
这世上，似乎没有什么
更能让我羡慕

悬崖之下
是昨天庸常的生活
山风一吹，更显陡峭
仅仅半个黄昏
我便放下了心中的负荷
让一滴水在脸颊莫名战栗

雁鹅界

即将离开穿岩山时
我和雁鹅界
有了一次偶遇
好像冥冥之中
天空有一只大雁
河中有一只白鹅在引领
路的尽头，鱼鳞般的瓦片
在正午泛出青幽幽的光
尽显木质瑶寨的气质
一股活泼的山泉
咬着老态龙钟的磨坊
姿势依旧那么轻盈
在雁栖山庄
我要沏上一壶老茶
氤氲里听一只蝉的嘶鸣
我突然想做雁鹅界梯田的
一株稻穗，在夏日灌浆
在秋天收割人间的静寂与喜悦

千里坪古寨

午后，蝉鸣与鸟鸣

在窗外较着劲儿
蝉鸣似乎略占上风
一只鸟倏地飞离
为驱散难耐的酷暑
我们奔波千里
直抵藏于雪峰山
深处的古寨
一朵白云
托起我成吨的想法
飘过巍巍山冈
在蓝天自由放牧
谷底一字排开的帐篷
似一群漫山遍野的山羊
时间,在这里静静流淌
一分一秒,日复一日
木楼,支撑最朴素的生活
为这个最真实又遥远的梦想
我不断删减自己的行囊
并几乎耗尽了半生的光阴

山鬼玻璃桥

"凡是忘记过去的人
必将重蹈覆辙"
庆幸的是我
一直知道自己的来路
踏上玻璃桥
一脚就踏上了云端
还有雾岚可驾
有尖叫声可上九霄
从悬崖的这边
走到,悬崖的那边
距离就是美

就是一种意外的惊喜
摇摇晃晃的人生
其实并没有想象中的
那么悲催
晃动不已的也有赞美
传说中的山鬼去了哪里
一块块透明的玻璃
就可让天人两隔
而蓝天白云在此紧紧相依

一棵行走的树

在这热浪扑面的夏日
一棵树行走在深山
它避开了尘嚣
与一朵白云同行
一棵树,如同一只鸟
要防备猎人的子弹
要面对一群乌鸦
叽叽歪歪的评头论足
那就不停地走吧
一棵树还要借助暮色
避开锋利的斧头
收紧慌不择路的影子
在一片树叶的意念中
行走,是保鲜自己的良方
而身旁的那块大青石
对此不屑一顾
行走在夏日的穿岩山
我就是一棵树
对头顶之上的每片叶子
我都说了声"谢谢"

树上的鸟窝（外五首）

◉ 冀卫军

母亲去世一年后，院中的核桃树
枯萎了。沧桑的树杈上

只剩下一只鸟窝，风吹雨打
不肯离去。偶尔回到空无一人的家

令人窒息的寂静，滋生出
一丝莫名的恐慌，欲哭无泪，唯恐
惊动了墙上父母的照片。一年又一年

来了又走，走了又来，鸟窝
替父母迎来送往，心头
一直洋溢着回家的亲切和欢欣

空椅子

一把木椅子
独占着老屋固定的位置
一丝光，从木格窗透下来
仿佛一件袈裟
普照着一片慈祥和安静

过去的五十年
一直是母亲的代言者
如今，已被空气继承了四载

每次踏进老屋
都格外小心翼翼
唯恐惊扰了椅上的旧人

母亲艰难地生下我

然后又决绝地抛弃了我
化身为一把空椅子
菩萨般目空一切
一声不吭

无尽夏

五月。阳光是一头雄狮
逼我交出我体内的每一丝阴冷和战栗
拼命的蝉鸣，拖着长长的尾音
像一曲古老的孝歌
倾吐着无尽的委屈和绝望

躲在树荫下的我
对着一张母亲的遗照发呆
——我替母亲在人间已活了四岁

阳光没有一丝苍老和倦怠
蝉鸣依然新鲜而沉闷
唯有我的思念，如一丛丛火苗
毕毕剥剥，不分昼夜
一遍遍地诵读着写给母亲的一封封信
无法停歇

只有云知道

三十年后。重返故乡
我已被炊烟遗忘，过往的记忆
被时光刷机，剩下一粒稻壳
在阳光下发呆，找不到
一个可以抱头痛哭的人。这么多年

写给故乡的一百封信，始终
无法寄出——弄丢了
所有收信人的地址，孤魂一样
徘徊在风雨中。唯有天边的云

见证了每封信的每一个字词和标点符号
背后的爱恨情仇和阴晴圆缺。今夜

就着一地的白月光，让一把火
将每封信都一一念给你听

我的爱是一座花园

花园里都是我喜欢的朋友
——或者曾经喜欢，或者一直喜欢
包括一座座墓碑

我会像园丁一样
不断移植一些喜欢的朋友
让花园看起来花花绿绿
充满人间的烟火

偶尔，也会把一些失节或失范的朋友
像杂草一样清除掉
这些并不影响花园的枝繁叶茂

花园里，彼此像兄弟姐妹
共享一片阳光和风雨
给世界留下一分好奇和羡慕
雨水一样干净和透亮

孤独的人

四十七年
未听见你说一句话
一张褪色的黑白照片
看起来比一万个夜晚更孤独
比一粒尘埃更让人心痛

我恨过天，恨过你
也恨过母亲
你们留下的残缺
对一个三岁的孩子来说
是一只老虎扫荡后血腥而致命的狼藉
无法逃出被悲伤围攻和追杀的影子
却找不到一个替身

当我从一个孩子变成一个父亲
握起一根无形的接力棒
开始渐渐远离悲伤
只剩下无声的感恩和守望

时至今日，才发现
我也是戴罪之人
愧对你留下的大片空白

你生前死后的孤独
不过是默默地替我今生按揭

编者按　岳麓散文诗群以长沙市散文诗人为主体,兼及部分周边地区的散文诗人。该诗群的创作深受湖湘文化影响,具有鲜明的地域特色。20世纪80年代以来,在著名散文诗人柯蓝、彭燕郊的影响下,该诗群的创作一直比较活跃,已形成一批老中青结合的创作队伍。21世纪以来,岳麓散文诗群创作势头更为强劲。目前,岳麓散文诗群已成为湖南一支重要的散文诗创作力量。本辑收录的10位散文诗人的作品,即是对岳麓散文诗群创作的一次检阅。

与某一个人有关（外二章）

◉ 范如虹

　　溪流改变行走的方向,舟舸改变停泊的港湾,水鸟抓起一千朵涟漪与旋涡佘入水底。

　　疏疏斜斜滑落的雪花,与某一个人有关的方言和传奇,冻结又融化,冻结,再一次融化。

　　星辰日月,秋桂春桃,仓颉创造的文字飞翔。水来土掩,雨是悬挂在空白里的迷茫。

　　或许,某一个人只是一个单词,是一杯小酌的茶香,是潜伏在倒影里的响尾蛇,是水天一际时那浑厚的混沌。

　　一条鱼被迫离开水面,成为腥气十足的标本,或者,以化石的古朴夹道迎迓。

　　匆促还是纤缓,沉默是一种奢侈。心的独白,在白天或者夜晚,与无处不有的物欲横流一起入画。

　　水的流动,背负一条河流行走,站立的风帆让堤岸无言可对,一舟飞过千重滩、万重山,在唐诗和宋词的波澜里,轻盈地享受自由。

　　与某一个人有关,风俗已经变得笨重起来,让飞越宗祠的风坠落。

　　或许,某一个人是撕心裂肺的背叛,是起起落落的颠簸。不退的潮水,是海洋某一个时段的高原,高原上走动的脊梁。

　　一粒雪花里也能邂逅浩瀚的乾坤,情缘相投,就能小憩在虚构的童话。

　　一只鸟丢掉了做梦的本领,失去星月的夜晚,孤独的仰望显得空蒙而无垠。

许多的密码与某一个人有关,当雨从眸角滴落,至少,某一个人脚下的土壤湿润。一场大雨从想象里漫卷过来,洗去行走的足印。

在泥土味浓郁的歌声里抵达,与某一个人有关的道路,已经离我很近、很近……

苦难的土壤

风敲打风,雨驱逐雨,背井离乡的意蕴,千斤重,压弯一湖的垂柳。

石头风化,成沙砾;沙砾风化,成泥土。泥土上种庄稼,牛羊乌云一般走动,水稻撑起一个家族的生息繁衍。

河流是土壤的血管,草木循水而居,最原始的鱼钩,让一条贪婪的鱼遭遇灭顶之灾。

雪花融化,真实的谎言水落石出,某些冰冻之后的僵硬,瞬间消亡。

潜伏在土壤深处的虫卵,已经不再微不足道。迎风而长的翅膀,有了飞翔的意境后,开始噬食庄稼的容颜。

大风起兮,大雨来兮,豁然辽阔的江南,一些菟丝草般缠绕的痛楚或者忏悔、黯淡或者创意,桃花源外,鱼成了石头,桃树成了土壤的骨头。

土壤起伏,弯曲的地平线,一些生命已置于祭坛之上,一柱檀香接受火焰的暗算,凡人肆虐骚扰神灵,跪跪拜拜,额头撞击土壤,是某一种宗教的敬仰。

此刻,月亮是黑暗唯一的出路。

一壶米酒在火上挣扎,轻而易举让耕耘的父母步履踉跄。每一粒水稻般饱满的汗水,飞上天,就是雷霆万里的闪电;坠于地,就是浩荡千年的冰川。

所有的背叛,无论高高在上的权杖,还是茅草棚里偷情的呻吟,腐烂之后,都能安静地归附于土壤。

夜晚的嗅觉

走入夜晚的疆域,星星是黑暗里的眼睛。

巨大的空茫里,萤火虫飞舞尘埃,逼迫视线封闭。霓虹灯和醉酒的探戈,让夜晚失去了本性,睡梦中的呓语里,光明不应是一种奢望。

寻欢作乐的红酒里,情欲潮起潮落,一种良知岂能自生自灭?

夜的掩护下,老鼠纷纷外出旅行,蝙蝠开始捕猎。一种目光垂直而上,几千光年外的天空,荒芜横陈,陨石里,藏匿天地起源的隐秘。

夜晚是梦的乐土,许多隐秘的嘴唇,磷火一样游动。那支高洁和孱弱的莲,是夜鱼款款无眠的锁链。

凉风孤寂,木雕的佛像温暖夜晚,疲倦的等待里,一场雨,正从这个夜晚聚集,面目狰狞,敲打着无处可逃的黑暗。

夜晚的力量强大,一种迷离纵横城市乡村。墨一般浓的河岸上,水里的月色,疏疏浅浅深深,一抹明亮。

夜晚覆盖小桥陌径、天和地、风和雨,丑陋的欺骗,还有欲望溃疡的视线。一杯浓绿的香茗,或是巨大的陷阱。一个想象小心翼翼躲入虚构的诗歌,发现自己就是夜晚隐匿的阴影。

从夜晚到夜晚,风是一种宁静。雨是一种精神,挣脱黑暗的桎梏,无论高尚或者卑鄙,都能成为月色覆盖下千里浩瀚的乾坤。

一饮而尽是一种过程,行走的情绪纵横捭阖,面对瞬逝的渴望,甘愿做了红酒无怨无悔的囚徒。

守候千年,这个夜晚,我丢弃了自己的背影。

星星按八卦站立,一种情感被水的诱饵暗害,吴刚砍桂,玉兔名利双收。视线之上,花瓣疼痛,星星的风采孑然。

风一遍遍粉碎黑暗,生命蛰伏于死亡之后,一棵小草只弯腰,不低头,钉子一般,森林的苍凉。伸出双手,湿润的雾抱团取暖,一树的叶片流泪。

时间冻结,谁的蜡烛点燃,为星星铺开独舞的蹄印。

通往天堂的路太艰难,直接下到十八层地狱,一样的天高,月淡,风烈,狼嗥,鸟唳,孤独的尘埃隐姓埋名,天上与地下,有着同样的快乐,同样的遗憾。

月下推敲的贾岛,骑一匹毛驴,在两粒深刻的汉字里。

微尘之光（外五章）

◉ 邓 杰

1

某些微尘富有浓烈的腥味。

它到处奔跑着，碰到味蕾起舞时，它就是一盏释放香味的灯，

照亮那些失去味之记忆的人。

2

昨晚有一滴来自泥石流的砂浆溅进我的耳朵，并遍访我的耳膜。

我听见，耳屑在疯狂逃窜，仿佛一种巨大的开幕和结局即将来临，

但是我的周围都是悄无声息的黑暗。

3

春天的花粉是过敏的尘埃，是芬芳的尘埃。

这样的尘埃在悲泣中沦为蜜蜂狂欢后的泪水，

泪水甜蜜。众多欲望的翅膀闻香而来……最终，陶醉改变了花粉的本性。

4

灯草灰的悲剧在于灯草牺牲得太早，以致每粒灯草灰在伤痛袭来的时候，照亮了一条条需要照亮的道路。

灯草最终还是要燃尽的，而灯草灰总是要默默忍受它燃烧时带来的剧痛。

5

玻璃碴徐徐刮蚀着月亮旁边的乌云，直到天边露出鱼肚白。

为什么这些来路不明的玻璃碴总是在风雪交加的时候出现？又为什么在黎明之前消失呢？

害得我们阳光的话题硬夹着玻璃碴的滋味！

6

一粒文字如尘埃掠过一个盲人的眼睛，就像一颗调皮的石子滑过麻木的冰面，溅出些晦涩的音符。

其实,盲人的眼睛是他(她)灵毓的指纹,再多再细碎的往事,他(她)一摸了然。

阳光的味道

一个湘菜大师吹奏菜叶的声音,最早泄露了四季味道的秘密:阳光合成一切美食的初始。

阳光不仅仅只是万物复苏的催生剂,它让所有的厨房释放出湘菜的原味,释放出生命线最底层的光辉……

大师的匠心,是一种美德,它让红丘陵的菜心绽开季节清澈的灵魂,绽开大地不绝如缕的地气!

天籁之音永恒,即使在锅勺的挥动中,也保留着最苍劲的部分。

水,有时丰满地蛰伏于红丘陵地平线下,谦逊地感召着种子,感召着种子那微弱的生命的根须。根须从来钟爱一种滋润,钟爱一种于地气中寂寞伸张,而一旦破土而出,阳光立刻禅封它为时蔬之王,果实之王!

谢谢时蔬之王的鲜嫩,大师用一枚指纹充分安抚了这一阳光的宠儿,接着让它在短暂的爆炒中获得味蕾的赞美。

谢谢果实之王的甜美,思想者和劳作者鲜有相同的癖好,就是面对一碟新鲜的草莓,贪婪的吃相太失君子之雅了。

(人类的贪婪之洞穴,可能成为阳光无法照亮的深坑。)

阳光的味道,是一种比酒更醉人的东西,它让厨艺更加精湛。

阳光的味道,是一种天赋异禀的密码,它开启了一扇快乐大本营的门扉……门外是岁月在飞溅着芬芳的音符,门里是快乐显示在大师舞动的腰部——

因为时蔬的丰收,因为果实的丰满,因为食材的丰富,大师一边从容挥勺,又一边从容起舞,内心的欢歌不断在一枚菜叶的吹奏中,展呈出生命线的璀璨!

辣椒作坊

从嗅到,到品到,中间只有辣;
从舌头,到舌根,中间是一种辐射的光芒。
从味蕾到心尖,中间是一种没有桎梏的精神。
辣的核心,是看不见的中间的氤氲。
而这一部分的氤氲,最终被味道点缀于一片荒原中……辣的植入无须透明,除非整个荒原变成了辣辣的作坊!
躬食它的农人坚持了最初的播种方式,坚持培育原始的辣椒秧子。

以毒辣的方式收回成本，来年依旧不惧第一场突然袭击的霜降。

没有霜降的原野，本身就是一个顶级的辣椒作坊。

大象北漂

对于一群北漂的大象，人们无法以忍让的哲学
射杀它们。

射杀它们的，其实是一把不断走向异常的气象之魔。
魔的心颤抖着，他想伸手去摸那支枪，

结果摸出一声雷鸣！就这样，一颗心黯然陨落，化为灰烬。

可是，大象丝毫没有畏惧，依旧北漂，依旧我行我素于滇北大地，以及各大媒体的头条文字里……

一个演讲家的手势

他一出场，就是掌声，所以他的面孔就是百炼成钢的青铜符。

他的一生没有演讲稿，只有词在心中的忐忑中嬗变成激动的手势。

如果他站在高高的岳麓山上，他的手势会嬗变成一棵忧郁的树，满树伸展的都是颤抖的音符！

一个内心丰富而激烈的人，他常常被一条条弯弯的山坡挡住了去路！

也许是因为手势的密码失灵，一个诗人一样疯狂的演讲家终于因回不了故乡而号啕大哭……

而此刻的台下，响起一片雷鸣般的掌声。

汤 匙

汤匙，是哺育我的味蕾长大的那条小河。

梦中，被树林里肆无忌惮的洪水声惊醒。

可是，当我进入树林后，只看到母亲伫立于她的灶台，久炖着一锅鱼汤……

只看到自己的前半生所钟爱的灶屋之门，那门栓上的味道在曲终人散前，化为一只只五颜六色的蝴蝶……

于是，我的味蕾在母亲久煲的那锅鱼汤里滋润得沉睡，就像我的童年一样，酣睡在母亲的怀抱……

潇湘山水（八章）

◉ 陈惠芳

沱　江

沱江有多美？我真的不知道。我的形容词都沉在江里了。

水清亮清亮的，掬一捧，指缝间滴落一串一串的省略号。水碧绿碧绿的，喝一口，满腹都是甜美的感叹词。

我久久地凝视这一线纯净的水带，异想天开：如果沱江能够变成一条绿丝带，该有多好；如果沱江能够借用一年，又有多好。

我可以将沱江系在臂上，作为春日的萌芽。

我可以将沱江围在脖上，作为夏日的空调。

我可以将沱江包在头上，作为秋日的果实。

我可以将沱江捆在腰上，作为冬日的护卫。

但沱江是沱江，是凤凰的沱江，是沈从文的沱江，是黄永玉的沱江。我只能来去匆匆，我只能流连忘返，我只能洗涤心灵，我只能洗涤目光。

我想问问沈从文，你的笔尖是不是流动着沱江之水？我想问问黄永玉，你的画卷是不是沾染着沱江之气？我想问问沱江养育的子民，你们的血液是不是鼓舞着沱江的智慧？我想问问我自己，你的心是不是被沱江所感染？

沱江，清亮的江，碧绿的江。古老的吊脚楼，将千年的古韵伸进江里。能歌善舞的凤凰人，将沱江当成一面大鼓、一个舞种。

我走过，我就是一段歌声。

我走过，我就是一枚音符。

我走过，我就是一种手势。

我走过，我就是一个眼神。

沱江！念念你的名字，就能念出你清亮的水声。

沱江！摸摸你的容颜，就能摸出你沉静的心跳。

湄　江

城里人向往着山野，向往着静静的山水。涟源有一处好景致。湄江，一个美丽而浪漫的名字。

XINGHE

星河·秋

无须描绘那江水的辽阔与清澈,无须描绘那暗河的幽静与凉爽,无须描绘那瀑布的飞扬与飘逸,无须描绘那山径的曲折与高低。我的眼睛已经被浸泡一百次,我的心灵已经被洗涤一千次,我的想象已经被提升一万次。

大自然的鬼斧神工,又被湄江证实了一次。

"湄"和"江"的第一个拼音字母分别是"M""J"。令人惊叹的是,湄江的山体在蓝天的映衬下,居然出现这两个字母。我仰望着天地之间的"湄江",仰望着神奇的"大写"。心澎湃着。大自然是最伟大的书法家,将最伟大的书法写在了最高的地方。

一路浏览,一路惊奇。

进入一个貌似平淡的山洞。这是一个清凉的世界,一个巨大的冰箱。同行者说:"你转过身来看看。那山洞的形状像啥?"我琢磨了半天,形容不出来。他说:"那不像一个长颈鹿吗?"然后,我伸出手掌,调整好位置,拍出了一张"托举长颈鹿"的照片。

真是太奇妙了。这是大自然的又一杰作——长颈鹿剪纸。

洞外的湄江,洞口的长颈鹿。

我们且行且歌。

飞天山

驻足郴州,必定飞天。

一点一点,接近蓝蓝的天。天在上,人在下。飞翔始终是一个梦想。梦想着飞翔,但没有翅膀。

丹霞地貌,以飞天的名义出现。如果鸟瞰,我们爬在光溜溜的山脊之上,像热锅上的蚂蚁。瞧瞧同伴,一个个大汗淋漓。沟沟壑壑,坚守在一万年的沧桑之中。谁更久远? 谁更厚实?

有那么一把巨大的梳子,将石壁梳成瀑布。凝固,不见声响。飞流直下三千尺,唐诗宋词元曲都化成千年绝唱。细细端详,这一壁一壁的石瀑,又像骨架粗壮的手指。谁在攀登? 谁又在靠近飞天的顶点?

有那么一把巨大的耙子,挖掘悠长的峡谷。曲折,幽深,如同一部长篇小说。正是荷花盛开的时候,细长的石径,穿行在荷花之中。天空可以被石壁编辑成一线天,笑容也可以盛开。抬头,白云绽放得很天真。

船头轻轻地犁开碧波。清风吹拂,两岸的竹子青翠欲滴。咋比清晨的露珠还要新颖呢? 千年悬棺,成为无法企及的惊叹号。

飞天。遥远的敦煌,亦有飞天壁画。飞天的梦想超越时空。人诗意或不诗意地栖息在大地之上,留下看不见或看得见的痕迹。

鸟飞过,人走过。飞天山继续飞天。

矮　寨

苍天在上,大桥在上,公路在上,铜像在上。

我一点一点盘旋,一点一点靠近。

我只能积累着自己的脚印,灌注那些恢宏的历史。

站在观景台上,站在湘西的风景之中,我眺望着飞架峡谷的那种霸气。而在身边的铜像上,我抚摸出了70余年前的血。血很硬,也很冰凉。

矮寨的头顶是桥,矮寨的手心是路。矮寨的背脊是我爬行的轨迹。

如果借给我一个天大的胆子,我可以将大桥当成我的一根指头。那些盘旋上升的路,不过是我从脸上揭下的一些皱纹。

我要抢过筑路工的钢钎,啄穿天空。

茶　峒

沈从文把边城和翠翠留在这里,就走了。

酉水流,碧绿地流。湘渝黔挽着手,站成青山。

老艄公的背影,慢慢地移动。翠翠一动不动。专注的眼光,在空中搭起浮桥,随风飘落。

狗也老了。那一声呼唤,已在一百年之外。

翠翠岛是一个石磨,更是一圈涟漪。

一万年,就等待着那一个华丽的转身。

黄　桑

湘西南。堆绿,将清亮的水声藏起来。

38棵铁杉,我已经观赏38次。每一棵铁杉,都认识我的眼睛。活化石,诱惑远方的脚步。

这一次,我决定错过。我要去看看另外一双眼睛。

大龙潭、小龙潭。一上一下,一高一低,挂在黄桑的脸庞上。流光溢彩的眼神,夹带着清风。

飞溅,沉静,又继续跳跃。又似绸缎,被反复裁剪。

我抓紧一团绿,松开。掌纹,流成了几条小溪。

天台山

莽山,被阳光的手指打开一页。雨雾的天台山压在箱底,奇丽的天台山晒了出来。

昨天的昨天,过去的过去,天台山被云雾紧锁。

今天,天台山晴了。依旧有雾,但不是紧紧追随的那种。依旧有雾,但不是将目光弹射回来的那种。

白雾远远地积蓄着、流动着、升腾着。

积蓄的是华章,在天空,很厚,像历史。

流动的是韵律,在山腰,很滑,像现实。

升腾的是音符,在山谷,很虚,像未来。

石梯盘旋着。亮出底牌,又隐藏身份。石板上,那些被钢钎啄出的小洞,曾保存了雨水,再盛满了光斑。

大汗淋漓。我的脸上,变成了奔腾的小溪。我同时背负着一个湖泊,在爬行。

天真!我模仿着一个造句。天真的好蓝。蓝得让你头晕目眩,蓝得让你舍身而去。

远远近近的山峰,保持着错落有致的身材。丰满的,不用减肥。清瘦的,不用增食。

我很想告诉一线天,将天空盯紧点,别合上眼睛。

我很想拔起那根石柱,当成拐杖,踏遍千山万水。

盘石洲

盘石洲是美的,因为青山绿水。山是野山,水却是大名鼎鼎的水。屈原抱石沉江,杜甫漂泊而行,都在这条水带之上。它的名字叫汨罗江。

被余光中称为"蓝墨水的上游"的汨罗江,静静地环抱着盘石洲。而洲、水又被青山环抱着,一环又一环。

我漫步夕阳之下,在一处一处废墟上停留。盘石洲正在大规模拆迁。一片又一片民居,告别了山野的悠然,变成断壁残垣。不久之后,这里将出现数十栋别墅,现代化的游乐场所与古老的汨罗江对歌对舞。

我无语。我看见一页一页枯黄的书,被翻动。所有的标点符号,漫天飞舞。偶尔还有一两声鸡鸣狗吠,偶尔还出现一两张黝黑的脸,但我的心已被掏空。古老的家园在巨大的外来力量下,失去了最后的颜色。那一架风车,那一个石磨,无声地躺在废墟之上。

我走过,我的目光散乱地飘落。夕阳很红。破败的家园,甚至呈现出特有的凄美。我注视着废墟中的小花。那是一丛金黄色的小花。它坚韧地看守着,摇曳着。

我无语走过。我就是废墟之上一朵移动的小花。

水稻生长在洞阳山下（组章）

◉ 苏启平

湖山之恋

绿色的山体,宛如大地伸出的手掌,一把托住清澈的湖。

洞阳山没有想到,一千年之后是一座湖泊做了伴侣。

水坝在两山之间挺身而出,呈现强健的筋骨

白云悠悠,坝下流水如瀑。水吹着口哨奔走,回到历史深处,故事与遥远的西伯利亚有关。

人不可貌相,一片水域同样不可小觑。不错,这就是20世纪赫赫有名的苏联参建工程。

地球没有了苏联,湖水依然躺在青山大坝围成的摇篮里,温馨甜蜜。

大坝与路相通。马路通向理想,车辆飞驰。山路回归童年,荆棘密布。

无意发现一个规律,来去的路一样弯曲。莫非这是我的现状,只能左右彷徨。

不要责怪我的优柔寡断,谁能面对故乡与远方的抉择不泪流满面?

潮湿的心是溪流的春水,为我唤来感知冷暖的鸭群,白色的羽毛擦伤记忆。

向上,向下,洞阳湖的水都与水稻相连。如同我的想象,故乡始终站立在我并不宽阔的脑海中央。

城市没有水稻,我和我的同事仍以米饭为生。

过了隐真桥,我就回到了家,回到儿时那株高大饱满的水稻下。

不是坝下沟渠旁边的那颗,不是月下拔节生长的那颗。偶尔出现在梦里,像难忘的初恋。

隐真古观

山路,一直走到湖的尾巴,走进一座村庄。

晨钟暮鼓并没有多大的仪式感,像日出日落一样伟大,平常。

隐真观已经融入村子一千多年,或许更久。我们连同山山水水都是古观的亲人。

生我养我的那个地方叫作观前,小洞,鄱官。每一个地名都可修道成仙,包括那片熟悉的水稻。

隋炀帝的敕封,刘长卿的诗歌,路人的足迹,和月亮一样古老。

古老的还有隐真观遗址的墙脚,孙思邈的洗药井,以及等待我的无数个日日夜夜。

隐真大殿上吟诵经文的声音,宛如稻浪。

扬起的拂尘,激起世人心中的涟漪,智慧像稻谷一样珍贵。

沿着弯弯的山路,捎走一粒一粒的水稻,一段一段的故事。

二十四洞天的秀美风光不胫而走,洞天福地的仙灵之气弥漫中华。

青瓦白墙的农舍里,炊烟四起,调皮的孩童敲响碗筷。

故乡水稻的血液,莫非流进了古井的甘甜,从隋唐一直甜到心里。

水稻坚守一座村庄,宛如青山钟情一条河流。

一丘一丘的稻田,整齐地排列在我的心扉,希望满怀。

月亮爬上山坡,春天疯狂地生长。狗发出熟悉的叫声,一千年未曾改变。

静听溪水

溪水蓄势,向天空飞去,摔落在峥嵘的森林。

草木虚怀若谷,张开手臂抱紧河流。

半山腰的花岗岩向天而笑,落叶频频飞过山涧,犹如落红。

阳光洒落大地,田野沸腾。初夏带走村庄遗落的荒芜,秧苗青青。

鸟肩并肩组成最为壮观的交响团,奏响春天的乐章。

初月,黄牛对着流星许愿,蛙声一片。

谦卑的水稻才足以般配秀美的山村,像母亲悄无声息地生活在每一个家庭。

春耕之后,月上柳梢头。水稻萌动的春心,像溪水一样奔涌。

春天是个充满诱惑的季节。粗壮的稻秆渴望成熟,牛羊有了做妈妈的冲动。

把理想安放在小溪,思绪像水流一样波涛汹涌。成功,失败,都只是溪流千百次平凡的心跳。

水稻最好的文学呈现,是无边的稻子一眼望不到边,写在你我小学的作文里。

每一粒稻子是最美的浪花,每一朵浪花是最美的笑脸,村庄是最美的童话。

来吧!沿着跳跃的溪流,我们一起寻找金色的老鼠!

故乡情缘

水稻的祖先与我的祖先一定跪拜过玉皇大帝,歃血为誓,八拜之交。

你在,我在,日月荏苒,青山为证。

表情凝聚成雕塑,历经岁月洗礼毫不模糊。水稻的微笑与父亲布满皱纹的脸有九分相似,剩下的一分留给了阳光。

故乡种植水稻,诗人吟咏月亮,坚持自己的坚持,简单也会繁华。

在寂静的夜晚,心甘情愿地躺下,在一根水稻上休养生息。

我是禾苗上的一只蜗牛,慢慢走进洞阳山漫长的历史,收集路边晶莹剔透的露珠。

歌声绵延,来自隐真观门前的真人。人只有一生,村庄永恒。

你还是不忍心丢下破旧的蓑衣,如同不想放弃一个味同嚼蜡的故事。

雨残忍地击碎江南景色,每一个姑娘都成为最美的情人。

一滴雨滑过斗笠,落在水稻的肩膀。

你迈开的步子向往何方,秋天,还是更远的理想。

一直往前走,乡亲们五彩斑斓的背影,宛如蝴蝶飞舞在百花盛开的世界。

熟悉我的除了父母温暖的怀抱,还有月光下水稻深情的目光。

无论用哪种方式行走,我们都是洞阳山下一起长大的青年。

四季行吟

水稻一生一年,人类一世一生。

热爱春天,像孩子一样,等待布谷鸟的第一声呼喊。

憧憬犁铧下水的激动,想象赤脚踩在泥上的舒适。我们读书写字,缓缓滑进知识的海洋。

在蛙声里深深睡去,一只蜻蜓轻轻地站立在我耳边,每一个梦都发出爽朗的笑声。

水稻在新鲜的空气里大口呼吸,在夏日纳凉的闲谈中放肆生长。每一粒稻子都是洞阳山虔诚的弟子,满腹经纶。

我们商量着一起长大,传宗接代,光耀门楣。所有的话题都与家国相关,微微带着儿女情长。

青年喜欢在秋高气爽的日子畅谈责任,前途未卜。沿着脚下的路行走,或许我们可以走出自己的宿命。

稻谷已经积蓄足够的底气,等待丰收。秋天属于所有播种的人,包括努力的自己。

垂首肃立的稻子让我想起了隐真观里菩萨的沉稳深邃。

山间的巨石之上已经摆好了棋子,谁是不食人间烟火的仙人。

我和我的村庄把粮食收进口袋,藏在老屋深处的粮仓,一藏就是一辈子。

少年,中年,老年,人不知不觉过了一生。

水稻以自己独特的方式经过四季,安度晚年。

传奇一生

水稻是远行的游子,从老屋出发,又回到故乡。

晒谷坪是太上老君施了法术的道场,抒写传奇。

发芽,生根,我们像水稻一样坚强地活在当下,经历喜乐哀痛。

不惧怕突如其来的入侵,一只鸟还是一块刻着仇恨的石头。

朝着自己向往的天地发展,奋斗的孩子自有天助。

在故乡的每一株水稻面前,我相信天道酬勤。移栽的禾苗放肆地生长,背后是人类的唏嘘感叹。

用牙齿咬着嘴唇,重新开始,开始一段感情,开始一份事业,水稻是努力的楷模。

在足够高的地方停下,就像攀登者没有忘记初心。

禾苗停止自己生长的节奏,把全部的营养给了稻穗。谦让不仅仅是人类的智慧,万物皆有一种成就他人的品德。

禾苗亮剑,面对一切肆无忌惮的敌人。

稻谷用低垂的头颅感恩,洞阳山下的孩子多了一份谦卑朴实。

蝉用嘶哑的声音吟唱,丰收引起了一个季节的关注。

粗糙的手,与锋利的镰刀不期而遇,一起收割沉甸甸的喜悦与充实。

水稻用它在霜冻里最后的挣扎,靠近劳作的人们,靠近春天。

窑头岭（组章）

◉ 曾　辉

1

当我离故乡渐远，窑头岭就像一块古老的石碑，上面镌刻的字迹，在时光的浸润下渐渐模糊了。

700多年前，我的先人从遥远的吉安，来到这片湖洲之地落脚生根，带来的也许是一只吉州窑的陶缸，他们把这陶缸里盛着的稻种，播撒在这片湖洲之地上，不光长出了葱茏的岁月，也养育了一大批的曾姓子孙。

这片形似窑头的土地，就成了我的故乡。

2

巨大的黑暗，包裹着整个村庄，人们只能躺在这巨大的虚无里。

狗叫声把黑暗咬开了一个洞，人们就从这洞里醒悟了过来。

点亮灯，黑暗把光罩住了，影子贴到了墙上。

那盏古老的油灯下，聚着许多温馨的记忆。

星星，是点在苍穹的灯，那是逝去了的亲人的眼睛。

大地上隆起的一个又一个的土包，最后都让岁月的风沙磨平了，一代又一代的先人融进了泥土，成了土地的一部分。

当我捧起一把泥土，那就是捧着我的祖先，日子从指缝里长出来，长成了养命的粮食。

我们在这片土地上耕耘、劳作，以命养命，融入这肥沃的泥土。

巨大的虚无，把幽微的光拖进了黑暗的旋涡里。

深夜的狗吠，不过是一阵风，一下子被黑暗吞没了。

苍穹，大锅一样地罩着村庄。

当鸡鸣叫醒了黎明，黑暗潮水般退去，村庄会重新回来。

最早的光明其实是从内心点亮的。

在窑头岭，最先点亮黑暗的不是太阳，而是鸡犬之声，它们举起光明的火把，把黑暗撞开了一个一个的洞，用声音来传递着光明的能量，它们才是大地上的光明之神。

3

日子像草一样，绿了又枯，枯了又绿。

时光像庄稼,收了一茬,季节一到,又可以再收一茬。

我们都是从祖先的树桩上发出来的枝丫,在这窑头岭拔节生长。

布谷鸟叫过,鸪鸡婆叫;落沙婆叫了,知了叫;当麻雀往屋檐下钻,冬天就来了。

北风把一切都收走了,只有光秃秃的树枝挑着那轮冷月,月的白像是纷纷扬扬的雪,将落叶埋葬了,而死亡总是在冬天降临。

季节在时光里行走,岁月的犁铧在土地行走。

死亡在吹打声里行走,那些披着雪花的送葬队伍,让冬天空旷,白雪覆盖的窑头岭苍凉而寂寞。

乡村在旷野行走,那些思念成了羽毛,在故乡的天空行走。

4

雨水唤醒了种子的记忆,种子脱掉它的壳,生命就以一种蓬勃的姿势从沉睡中醒来。

春风唤醒了树枝上的鹅黄,绿色便在春天里恣肆地生长。

鱼儿跃出水面,啪的一声,就有无数的鱼子产出来,鱼子在阳光下孵化,水族的精灵也在蓬勃生长,生命的繁衍热闹了整个春天。

翅膀在风里飞翔,田野在耕耘中翻起波浪,油菜花和豌豆花在阳光下结成了荚。

蝌蚪从晶亮的梦里游了出来,散落在春水里,那是大自然写下的草书。

雨水让竹笋钻出了泥土,拔节生长。

在乡村,土地以饱满的力量向上呈现,展现生命的繁荣与强大。

蛙声鼓噪的夜里,也充满了欣欣向荣的力量,让生命的力度在延伸。

那只叫春的猫,它的叫声,把夜都撕破了,情欲就从夜里冒了出来。

生命的美好就以这样的形式呈现:万紫千红,招蜂引蝶,春色宜人。

繁华过后,那些结合的实体就隐藏在绿叶中了,阳光会催着它们长大。

稻谷喝饱了水就发芽了,长出了剑形的叶子,这小小的叶子会覆盖田野,呈现一片金黄,养活我们的命。

5

把禾苗插进水田里,那就是在写字,文字在大地上生长,一排排的禾苗连成浩瀚的一片,铺在广阔的洞庭湖平原。

它们把自己长成绿色的火把,把广袤的洞庭湖平原都照亮了。

那些绿色的火把,被水托举着,在阳光下奔跑,它们跑成波浪,跑成了绿色的大海。

和阳光一起奔跑的还有云朵与雨水,以及云朵下面的布谷鸟,和翅膀上的梦想,它们都在这个夏天苗壮生长。

乡亲们的草帽下,汗珠盛开,那些快乐的小鸟在歌唱,日子在草帽底下一天天地生长。

夏天的火热催生了渴望和梦想,也催生了生命的激情。

一夜的星光灿烂,蛙叫虫鸣,禾苗便在融融月光下怀孕了。

壮了苞的禾,肥如散子前的鱼腹,在阳光下微笑,它饱满丰腴的身躯泄露了身体的秘密。

当禾衣裹不住喜悦,禾苗就吐穗了,纷纷扬扬的,呈现出一个柔美的世界。洞庭湖平原便开满了细细粉粉的禾花,绵延千里,浩浩荡荡……

是正午热烈的阳光里催生了禾苗的婚典,稻穗才在火热中灌浆低垂。

6

风吹千里稻浪,莲动十里荷香。

七月的洞庭湖平原,岁月把沉甸托举,把金黄泼洒,让日子谦逊低头。这辽阔壮美而热烈,它以光的形式照临在洞庭湖平原广阔的原野上,让丰收以油画般的凝练呈现。

丰收的镰刀紧握手里,汗水如雨滴落,稻子被放倒、脱粒,唰唰唰地就流进了岁月的谷仓。

谷仓是丰收的通道,这通道为我们提供了源源不断的口粮。

阳光的作品布满晒场,汗水经过劳动结成了莹白的米,流进身体,养活了我们的命。

丰收不仅只是阳光的转化,也是汗水的沉淀,汗水在光的作用下沸腾、升华,才凝结成了这养命的稻谷。

丰收也是命的延伸,它结出的果,是人生存下来的因,是生命里阳光的呈现与照耀。

种子的光给了我们命,让我们向前走,去发现与创造更多的光与热。

源自劳动创造的爱,以阳光的形式在传递与传承。

7

从一粒金黄的水稻里长出希望,阳光举起了稻秆,汗水缘着叶脉向上输送,凝集成稻子莹白的心。

日子在岁月中沉淀,沉淀如低垂的稻穗。

风在吹,阳光在照耀,水在滋养,鸟在天空飞翔。

当日子长成一片浩荡的金黄,洞庭湖平原便成了丰收的粮仓,这是我们世世代代生存下来的希望。

低垂的是信念!

感恩的是情怀!

它用卑谦感谢土地,用姿态告诉世人,水稻是用自己的心来养活人类的命。

那些剩下的稻草成了煮饭的燃料,它用火光照亮了自己的一生,烧成灰烬,回归到泥土的怀抱,成为土地的一部分。

8

湖水澄静,云朵沉到了湖底,天空在远处会合。

日子是湖中的水草,历历在目;而岁月是游鱼,转瞬即逝。

挂在枝头的果实,压弯了思绪。

那头啃草的老牛,它无意的一声哞叫,让我记住了父亲的笑脸。

生长在原野田畦边的野菊花,恣肆怒放,迎接着生命最后的辉煌。祖母一到深秋,就会晒很多的野菊花寄给我,菊花在开水里复活,那一个个的笑脸,给我许多的温暖。

日子在岁月中沉匐,聚到心中,里面有痛有爱也有牵挂和无奈。

遍插茱萸,乡愁森森,走进季节的深处,日子在轮回中生出了一个个的年轮。

时间的手在大地上创造了丰收和喜悦,也会让风收走一切。

9

窑头岭随着我亲人一个个的离去,而日渐淡远。

它飘散在老屋的炊烟里,那炊烟里有奶奶黄昏时的呼唤。

它飘散在春天无边的紫云英里,那红霞般的云朵里有老牛的哞叫声。

它飘散在金黄的油菜花里,那些金黄色的梦想被蜜蜂酿成了甜甜的蜂蜜。

我飞离了故乡,憩居在那个叫城市的地方。

这里虽然不是故土,我却把根扎到了这里,把公园当成故乡的田野,看蒲公英凭借一把小伞飞翔。看杨柳飞舞着长发,和河水嬉戏。听蛙声如鼓,唱响春天的交响曲。让萤火虫飞进梦里,去找寻年少的伙伴。

离它空间的距离越来越远,在梦里却越来越近。

当我历尽千辛万苦抵达远方,才发现自己心灵的家园其实就在故乡。我知道窑头岭在等着和我重逢,那是家族血脉里发出来的呼唤和邀请。

当天空浩渺,大雁南飞,天地间会有一个安放心灵的地方,那地方柔软温暖,可以让我放下一切,把疲倦的灵魂安放,这个地方就是我的窑头岭。

到那时,那个久违了的故乡又会重新复活过来,成为心灵的依靠和停泊的港湾。

夏的奏鸣曲（组章）

◉ 田 杰

雷 声

大地的掌声,在天空涌动,是祝福风的爱情? 还是庆贺雨的新婚?

猜想静出佛的高度,我卸下了所有的行囊,用一根发丝磨成念想,划破寂静的黑夜。

走在山峰的影子里,聆听一阵一阵雷鸣,闪电点燃夜空的焰火,悄声无息的忧伤,遮掩了万千星星。

满园鲜花张开秀美的眸子,在盛夏的艳阳中优雅地开放。蝉停止了婉转的歌喉,万物潜伏,只有飞鸟张开锐利的翅膀,在八月的慰藉中高举光芒的力量。

滚滚雷声,赋予思想的复苏,经过历史的洗礼,傲视群芳。

雷声,挥一挥惊世的羽翼,闪亮了整个夏天。

闪 电

雷鸣附和着闪电,闪电在雷声中挥舞雪白的利剑。

乌云聚集,被闪电的利剑刺穿。翻滚的云海,一簇簇拖着黑夜的影子,四散逃逸。

此时的夜,在黝黑的房子里打坐。

季节不适合物理定律,闪电总是突然间不规则出现,雷声是剧幕的前戏,主角的登场像哈姆雷特般闪亮。

孩子对于雷鸣和闪电终归是陌生的,潜意识的惊悚毫无保留地倾泻,母亲恼怒地把闪电关在窗外。似乎天空也变成了孩子,委屈的泪水化作磅礴的雨滴,淋湿了道路、淋湿了屋顶、淋湿了已经熟睡的山坡……

闪电,在天空跳跃,飞舞浩瀚的火焰。

暴　雨

雷电过后,暴雨疾驰而来。

春夏的季节,掏空的思绪有些傲慢,像自由落体的定律,超越时空的想象。这个时节的故事,与大地的裂变无关,也无关尘世之中的渴盼。

窗外,热情的枝条挥一挥手,暴雨冲破黑暗,冲破乌云,冲破冰凉的窥视,冲破层层集聚的黄尘匝地。

暴雨是雷电虔诚的知己,大声喧哗惊醒了整个天空,包含热烈,奔放,新颖的词汇。野外,狂奔的风带着嘶吼,吞噬着茫茫山海。

此刻,我用圣洁的湖水擦亮夜空,在宣纸上渲染原始的欲望。

每一滴雨都是不可缺的,结成流淌的帘子,帘子背后的光芒,蕴藏着万家灯火的故事。

车轮滑过朵朵水花,一片片升起又降落,在眼帘中飘飞。

万物都在颤抖,在暴雨中低眉。

花蕾仰望,妩媚的气息,透过世俗的镜头,穿越雨后彩虹飘浮的人生。

大　风

聚者为风,散者为云。

大风从一个起点到另一个起点。终点停留在奔跑的旅途。

一个人静坐,眼里独有的风景留不住山峦的暮色。在大风的眼里失去了摄人心扉的诱惑。

流浪的旗,在风中独舞。

落叶归根,带着满满乡愁,在雨水中抵达。

藏在石头里的花,被大风刮起,飘逸,散落,飞扬! 在天空放歌!

我站在山谷的风口,被突如其来的大雨淋湿了手心,成为我念念不忘的乡愁。

紧闭的大门和窗户,把大风关在手的背面,正面是母亲的唠叨,别让大风叼走了。

岁月的镰刀

我决定在春天的播种机上,追逐岁月的种子。

用苍穹的星光,打造一把镰刀,准备秋天的收割。

想象如奔走的风,吹开暗藏在血管中的孤影。陈旧的往事,在远去的风铃中,放飞童年。

　　爱情,总是忽远忽近,阳光下的拥抱,

　　是分离的前奏。

　　目光浅藏在日历中,表面的繁花,被冬雪覆盖。

　　爱的影子,留下岁月的痕。

　　也许,离开是遮掩伤痛的创口贴,春天的手术刀,缝合疫情割破的伤口,划过季节的闪电,预言着新的开始。

　　离开或坚守,这道爱情的命题,注定没有满分的答案。

　　冬天来了,岁月的镰刀,将光阴一寸寸割短。

春天：万物与时光写下的隐语 (组章)

◉ 杨孟军

初　雪

最初的寒冷来自内心。

这冬天黯淡的心房，深沉之水，令呼啸而过的风疼痛。

我们的村庄，噙在爱人的唇边，是一朵纯洁的花，灿烂的光芒，照耀我们一生的伤痛。

叶子还在回家的路上流浪，忧伤的道路永远比歌声更远，无法抵达任何人温暖的掌心。

谁的泪水与我更接近？更接近妹妹素洁的衣裳，抑或寒冷、抑或青春薄脆的容颜。

没有人能把贫寒的爱情，在黎明之前悄悄运走，在轻轻的叹息中安度一生。

孤独的盐。明亮的雨水。风中的灯。上升的春天。

谁用消瘦的树林，勾勒一个伤心的背影，让你冰冷的小手，穿透我今生的守候。

那么来吧，爱人。握紧你手中的幸福，别让她如梦一般迅疾地消融。

寻觅的季节离花朵很远，让我们躲进南方的梦乡——梦中蓝色的温柔的雪。用心折千只洁白的纸鹤，探问那遥远的爱情和春天的方向。

接近春天

是谁惊醒我的睡眠？

在三月的叶片上，我是一条嫩蚕，藏于春天的核心，被阳光喂养。

无须凭借想象，我们便很容易放轻脚步，走进三月的意境，走进风中的家园。

花朵，是一座小小的房子，在远方，轻轻歌唱。

那么就凭借歌声，请你将雨水和桃花送来，将种子和炊烟送来，将阳光和道路送来，将露水般的新娘送到我的身旁。

芊芊河边，我们总用饱含泪水的青春为玫瑰和真情歌唱，为一个温暖的春夜献上所有朴素的花期。

接近春天,接近这一生的光芒,花朵将春天的门打开,春天将一些朴素的真理启开,在朴素的真理中我也会悄悄绽开——

如那真实的花朵,那在颂歌中上升的春天。

音乐的春天

一次闪电在内心完成,一条河流在瞬间打开;

白雪渐次消融梦境,清亮的雨水挂在春的眉睫。

谁在黎明前的河边击水而歌?谁把大群的马匹赶回我的心灵?谁将黑夜浓缩为我的眼瞳?谁把阳光涂满我的额角!

让苦难与欢乐一起降临吧。这临界的水,危险的雷声在头顶隐隐走动。

这一刻谁可逃避?民间女子带来的风雨,是整个春天唯一的恩赐。

让这个季节连同寸寸血脉、连同鸟语、连同花香一齐淹没吧。灵魂的五指,根深叶茂,挺拔于血色的土地。

让我在黄昏之时,将泪水偷偷运回家乡,不打湿异乡的衣襟;让狂卷的蹄声奔涌而至,将我踏碎又唤我重生,重续前世未竟的心魂流浪。

河　流

一条河流的走向,是否暗示一种命运,一次轮回或沉溺?

孤独的笛声飘过,河流穿越前世和来生的门槛,水藻和泥沙是它宁静的内心。

没有比沉默更伟大的力量,使河流移动,向蓝色的天空靠近。

沧海桑田,由表象进入内心,河流错综出无数条血脉。

为一条河流终生跋涉,以它的名义为唯一的诗歌命名,这注定一生的苦难和幸福。

静默之水,譬如柔弱的皮肤,可以孕育一场内心的风暴,带来灭顶之灾抑或淋漓尽致的拯救!

一水之隔,天堂就在对岸,遥远的回响,一苇可渡。

眩晕症

我喜欢的春天,有一种暴力之美。

脆嫩的草芽,一夜之间掀开压在坟茔之上布满裂纹的瓦砾;

我喜欢的春天,有一种恍惚之美。

活着的人、死去的人,都可以在流水或花信里传递暗语与香气;

我喜欢的春天,有一种动荡之美。

白云将城郭压低,陌上的桃花,在遥远的村落里一朵朵受孕。

我喜欢的春天,无非就是这样——

一朵花开,一朵花落。艳丽,颓唐。从花阴下走出的鬼魂,走着走着,就化成了人间颜色娇羞的女子。

而我对自己的身世仍一无所知,而我对她们的未来仍无法确定,我在春天里的所有遇见,只能定论为一场突发的眩晕症。

梅溪湖的梅

顾名思义,梅溪湖应该有一座梅园。

梅园足够大。把湖抱在怀中,如抱着一湖宁静而动荡的火焰。虬曲的古意,养在心间,滴落街头;一座城诗意的部分,浸没在一湖潋滟的波光里,等着被翻拍,被误读。

事实也是如此。

梅花在梅溪湖边,如独自穿行闹市的陌生女子,一边簌簌地开,一边簌簌地落。她盛开或凋落的部分,仿佛只是有关阳春白雪的记忆,只是情人心头依稀掠过的最浅淡的忧伤。

在这个城市,我没有一抔合适的泥土可以养活一枝梅,我只能带一颗尚且潮湿的心,赶在花期未过之前去看一次梅。在无数游人拍过照的梅朵前,看一朵梅和自己,转眼失了精致的颜色与魂魄。

杜鹃花

我乐意被派往人间,以不同的身份与你相逢并相认;我乐意出其不意地让你看到,我安静燃烧的模样。

一枚彩蝶,一只野蜂,一坡红艳的杜鹃,镶在四月的相框里,就是整个尘世寂寞或沸腾的深度。

内心的镜子被擦亮,山野蒸腾起雾水,阳光如刀子,明晃晃地别在一夜之间漫过田埂的青草的腰间。

我乐意这样扬起手臂,我乐意再次听从远方的召唤,我乐意让整个春天,在你转身的瞬间——

开成灰烬。

奔跑的河流

◎ 曾继强

1

认识一条河,是从河流的奔跑开始的。

我出生在汝溪河边的一个小村庄里,地图上忽略了这条河流和村庄的名字。

最初认识的河流,有很多种表情,有时欢快,有时低沉,有菩萨心肠,也有慈母心态。

我的童年,坐在汝溪河边的光阴里,与流水对话,聆听一条河流的低语。

一条河流,以低下去的姿态,承载着万物之灵。

2

奔跑的河流,像引领我的神明,如照亮我的神灯。

她承载着我对生活的所有抒情,承载着祖辈的命运。

祖辈们逐水而居,与河流相依为命。在河流两岸,开垦出成片的农田。

静谧的汝溪河,流经我的村庄,流了千年万年,亲证了村庄的简史。

这生养我的河流,有母性的胸怀。

3

祖辈们围绕着河流劳作,从东到西,从黎明到夜晚。夜里,枕着流水的声音入眠。

他们的一天,都离不开河流的怀抱。

在河流的眼里,他们都是孩子,总被河流呵护。

他们取河里的水做饭,引河里的水灌溉农作物;炎热的季节,在河里沐浴;在秋天,用河里的水,酿出芬芳醉人的酒。

河流,滋养着万物,包容着一切。

4

我记得一个干旱的夏季,阳光毒辣,河流裸露出石头,像一位衣衫褴褛的母亲,像一位无助的母亲,更像一位绝望的母亲。

细细流动的水,在石缝里流淌,宛如即将断奶的乳房,失去了奔跑的气势。

　　沿岸的农田,土地龟裂,农作物蔫蔫的样子,没有生机。乡亲们聚集在河里,舀起仅有的一点水,心急如焚。

　　父亲用龟裂的手一担一担地舀起河里的水,挑进稻田里,挽救了部分粮食,最终成为我们一家保证温饱的口粮。

5

　　河流,载着我湿漉漉的灵魂奔跑。

　　我曾坐在河边,向父亲打听河流的去向。

　　她从村庄浩浩荡荡地穿过,势不可挡的气势让我着迷。转过村庄,就隐入了重叠的山峦。

　　我站在河岸,像一粒被淘在岸边的石子。

　　我猜测着河流,她从哪里来,最后流向了哪里。

　　当父亲说出那些遥远的地名,我的内心充满想象。我的身体里,有一万朵浪花奔腾。

　　一颗悸动的心,被一条河流挟持,去了虚拟的远方。

6

　　在我的村庄,沿着河流行走,可以遇到稻子和小麦。

　　河流两岸,尽是四月怀孕的麦子和九月金黄的稻子。那些沉甸甸的粮食,是河流对沿岸人们勤劳的馈赠。

　　如果有更多的时间去亲近河流,会邂逅缤纷的花花草草,那是河流赋予世间最美的颜色。

　　我曾亲证祖父顺着河流弓背前行,在河滩里采回忍冬花、麦冬、夏枯草等草药。

　　在儿时,我顺着河流寻找,沿岸有羊奶子、野葡萄等爽口的野果,那是一生最难忘的零食。

　　沿着河流奔跑,还有再也回不去的欢乐。

　　奔跑的河流,不可回头。

　　如光阴流走,不可回溯。

7

　　在南方,背井离乡的日子里,汝溪河有时候会从雪峰山下跑入我的梦里。

　　那种在黑夜穿越式的奔跑,裹挟了多重的月光? 沾了多少晶莹的露水?

　　汹涌的乡愁,比河水更汹涌,流经身体,就是含着盐的泪花。

　　故乡的河流,梦里的河流,填充着异乡人内心的空白。

桐花开过 (外一章)

◎ 陈哲锋

1

一滴,一滴……一颗,一颗……

雨打芭蕉般焦灼的夜里,通过狰狞的面目,虚弱的脉搏,呻吟也变得慌张无助,你经历一场与病魔的对抗。

对抗本身是局部的,波及的范围却遍布全身。如果对抗一定还要有牵扯,那会是连着串的泪,冷热交织的心,还有梧桐。

梧桐,从窗子挤进来,枝枝叶叶,是你曾经踮脚仰望的静默安稳。那时,你站在它的前面,我一度感觉两面同样颀长的背影。可是,在这场对抗里,你每看我的一眼,都成了一次灼伤;你每对我轻唤一声,都是一次阵痛。

这一切,梧桐可以作证。我把拧干的毛巾敷上你滚烫的额头,坐下来的一刻,整个世界都是沉默的,梧桐也是沉默的。

我知道你不那么喜爱我的沉默,以永驻的笑容示人,多好!但沉默,作为我们对抗中的语言,它无与伦比,凝聚人心,似乎胜过了一切。

2

梧桐开在每一个春天。像我们来时的路,也是从一个春天走进下一个春天,它包含了坚强,勇敢,一往无前的信念。

无论何时,我们都无法摸清未来的模样,无法假设一段不切实际的旅程。但我们依然相信梧桐的盛放,惊喜的来临。静谧的时光从我们指尖流走,那是我们的生命最坚实的拥有。

此刻,新叶已成靓丽的点缀。可你却不见草木般的纯情笑靥,房屋里也少了往日的轻快歌声,床上一双向外打探的眼神,是这个春天最冷冰的一次渴望。

从那时起,我顿觉自己失去了很多东西。

梧桐好似比去年更加繁茂,好几处又徒增新的枝丫。我看着它们有些入迷,终于忍无可忍地摘了一支下来,放在你手中,后来又将你的手握住。

我感受那份细腻,火热,温柔,指尖流走的时光。枝丫像通过你的手心生长出来。但我依然觉得自己失去了很多东西。

3

我为今夜再将一根烟点燃。屋外的嘈杂正渐渐消隐,只听得窗帘轻拂过的飘荡,树叶嗖嗖作响,墙上的时钟随声附和,仿佛分分秒秒走得更慢了。持久的不眠,让我变得如同深夜一般的深邃和深沉,一眼望不见底。

我为今夜再生一炉火。我还是无法确定无眠后的熟睡,无力阻挡脑海里狂流的遐思——失眠与回忆真是一对挚友,循着一条漫长孤寂的路,愈发热烈地向我袭来——被火光照亮的影影绰绰的光景,如同阔大的船舱,载着我们远年近岁的温馨甜蜜。

在寒星棋布的夜空下,摇曳的树影似翻腾的波涛,我们在甲板上思索和等待,极目远望,也做过错误的尝试,只为离一缕绽开的朝阳靠得再近一点。

4

隐藏机体的巨大生命力就是用之不竭的光。

当那些悲痛之夜醒来,雨水退去,阳光穿透,把绿送进窗来,散发出的蓬勃生气传递进来,桐花其实就已经在开了,开在一种带来期盼的抗拒里,开在全心全意的守候里。五月仍旧在开,花瓣散落在地板上,让你觉得落在生活的中央,满屋子的香满屋子的涤荡。

时而,我们也感觉到彼此生命中的那份骄傲,花开的时候,无法停止的自由,这是万物寻求不止的价值;时而,我们比什么都懂得脆弱,流淌的眼泪是写着珍惜的课本,阅读方知幸运。

长河中,木石前盟一直存在。花开有时,当梧桐决绝地收起俏丽的花容,像做出了一生中最难的抉择。

奔跑语录

1

开跑吧! 迎着迷蒙夜色与晨光的交汇、清清爽爽的路面、一眼无尽的香樟树,仿佛我身披梦想的紫金战袍。我对自己的定义是一个战士。但我无法估计我从哪里跑向哪里。

或许,我从沙漠而来,黄沙起卷,远处摇摆的沙棘决定了脚下的风向,我假想比沙棘、比胡杨更远的绿洲遗留下来的神奇奥秘;

或许,我从大海而来,我跑在汹涌的波涛里,跑在一望无际的蓝色里,沉下海底的船上刻着密码,密码的开头写着他们探险的勇敢,和对未来的笃定,密码的最后是一场失利的因果,但我告诉自己不能停下脚步;

或许,我来自崇山峻岭,学会用稳健的步子攀登,快速穿过山腰狭窄的栈道,期间我无数次感觉自己快到山顶,转回头一瞥,我看到,为生活奔劳的人,那些夸夸其谈却始终不敢朝高山迈出一步的人,只能得过且过、虚度光阴的人；

无数次，我感觉只要一伸手就能摸到头顶的云彩，用力一蹦，又能采撷一颗星光。但，我告诉自己，依然不能停下脚步。

2

我像走在格子纸里一样前行。去看看草丛间蓬蒿复杂地开花结果。清澈溪泉蜿蜒流下来，干干净净的声音缓缓传开，如落在山谷里一样的空洞和空旷，如落在空气里一样的清新和清鲜，我在其间如影子一样穿行……

如果给我更多时间，去看看大山里的守候。红领巾上方，纯挚脸颊腼腆地向下倾着，周围的大山遮挡了他们的视野，我奔跑的身影为他们留下短暂的好奇……那些弥留的真理，峡谷中荡漾的呼喊，风过后的情感微波……在这不停地奔途中，我通过自身寻找答案。

面对大自然鬼斧神工下讳莫如深的风景，以及宿命中挣扎着行进的苦难人生，我的心颤抖了。斗转星移，一切都如流云，从我的脚下穿流而逝，我每一向前行走一步，其实都代表着错过。"格子里"填入的自言自语般的感受，不过是不断奔跑中零星的注脚。

3

真正跑进一座城市，我将自己迷失了。

在他日益庞大的容颜下，多少在灯红酒绿中错乱的身影？多少彻夜不眠的路灯下多少彻夜不眠的人？

奔跑，是另一种格格不入。

作为一个习惯在草木间自由生长的人，拥挤的楼宇承载不住我的自卑，片刻不停的只有逃离。

4

只有在奔跑，我才能找到活着的快感。

我甚至以为，我离终点只有一步之遥。奔跑起来，淋漓的汗水顺着我的额头，脸的轮廓，一泻而下，激发出的活力如同黄河之水流进壶口。我十分清楚这种力量意味着什么，我十分感激：如果这力恒常如新，我将义无反顾，告诉他们，我是沿着青春一路奔跑到老的。

那时，我依然渴望奔跑下去，用我可能蹒跚的脚步，摆动着可能并不灵活的双臂。倘若我面朝日出，我就把自己埋进灿烂的阳光；倘若我面对黑夜，我就把自己照进一弯清寂的月色，用我的毅力全力以赴，告诉自己，我的一生也无止息。

火的冰（组章）

◉朱恋淮

梅花的声音

我能想到的,是我正在从深夜某处醒来,梅花落地的声音是一点二十分的时候发出的。

这是一个孤独的零点,它正在缓慢触摸南迦巴瓦峰,好在这只是梅花落下的声音。耳朵里没有听到花鸟的动静,保持均匀呼吸与山间的水流畅快地落地,山上每一粒雪都是饱满的,而你能感觉到梅花在发颤吗?

我打开梅花落地的声音,远来的山鹰用双爪建立起她存在的肉身!

身体向上,而死亡向北;我的爱情向下,而断掌向南。这些都在作为胚胎唤醒,一个幼稚的萌芽,逐渐随梅花落地。

梅花落下的声音,是水做的,是山做的,是梅花落地时做到的,同时也是我在凌晨看到的。

紫　樱

清晰听到脉管呼吸的声音,新长出的怨气如一个孩子,把斧子劈到最后那棵紫樱树上。

轻声地爱上自己的影子,相信车辆碾压下的斑马线,不是斑马。

北方那只尚未发怒的雄狮,夜夜吼到木棉的家,嗓子眼里的鱼刺,幽暗中刺穿龙血。

抱着路边发白的鸡冠花,花猫的绿眼睛和夜一起发亮。

我们都恩爱于自己而羞于说话,不敢接近阳光,但是可以像成年的苔藓一样挺拔自己,像是森林越过草地。

后花园的庄稼比我的城市要高一个脑袋,从网笼似的钢筋水泥中长出鲜艳的根须,报复性地生长一天,既珍爱善良也挽留悲伤!

能清晰听到脉管回音,戴着面具,向着神殿走去,向着生存之地走去,向着内心的两个棱面走去。

所以,某日里第十三个人,手持经幡彩束,沐笔燎香。

他写下第一张犀牛皮,字迹中的一些名字,随着苔藓逐渐分泌孢子,清风中面具和紫樱们一起凋零。

火的冰

说不出口的话,沿着索道一直向下滑去,田野中的蒿草带着已经遗落的寒霜。

远处的铁轨正随着山峦来回跳跃,我已经不知道这是第几乐章,管弦敲打麦穗,随着野草飘动音符,似乎已经陷入大海内部,泪滴……

放风筝的少年,在收完的庄稼地里升起童年的影子,或许他能够在这时剪断风筝不用离开,跌落在草垛中,依偎在父母身边,风雨浇筑,一次回忆,心间暖化。

顺着这眼睛看去,已经融化的又开始蒸发了,多少年以后身旁的翼龙已经成为有趣的乌鸦。

少年依偎在一枚蛋的旁边,一些古老的故事随着火焰的顶端燃烧开来,一些老去的童话正在被蚕食,带着童年时的欣喜割裂回家的记忆,都在山脚下那栋房子里,屋檐下传来麻雀嬉戏的声音。

离开的时候,我们没说上一句话,以为不会做错一个动作。后来,进入电影院看了一部电影,知道生活如此扁平,只剩下一张照片。

有人说:生是一部电影,死亡则是一张照片。

血液低到水的温度。

夜来了,一直没有好好结上一层红冰。

火的冰……

维克多·马尔扎克诗选

◉秦三澍　译

现　在

你榨干我你耗损我的身体你锋利的甜
———你压弯我
今晚山冈上
我喜悦的身体是闭合的

——你就是我的身体我告诉你我爱你
你是我力量的装饰品而现在
我年轻的魂灵
袒露就像

残破
的皮

直到明天

*

我像一场暴风雨凌辱你

清澈的淡紫我的脸
足以将世界的视线
折断那场愤怒
闭塞我双眼钳制我
的想法——

我的想法我能感到它不受控制
甚至无法呼吸

我的胸口崩裂在
你面前
我皮肤上的羽毛
将延期的天空划破。我的脸
呼吸着几乎
所有

这并非我的错
没什么是正当的——没什么
能证明
我淡紫血液里的愤怒是正当的
它干涸在嚎叫声从天际响彻干树皮的
金属板下

*

——我身体的娇嫩柔软的娇嫩
你做了什么让我
嘴唇变成淡紫的像紧贴着
一滴忧郁虑的血，为什么
我的脊椎仍在痛

我身体的娇嫩为何这么硬
你为何去奔跑
我的血沾染天空的内部，它
在我眼里爆炸这并不公正

万物鼓胀
胸口在泛滥
——紫色红色和宝蓝色也许是害怕
风暴倾入我的淡紫色嘴唇

*

梦中我的力量成真当我想到这件事我
的脸就在我那双喝尽我内在沙漠所有沙子
的眼睛里爆炸
　　世界之脸拧紧
　　我朴素的小心脏的阀门我的心撒着无
双的谎

　　因为我
　　承认——我是最残酷的说谎者
　　是机灵的小狐狸里最
　　狡黠的，因为我承认我不常说出真相
　　我怕它径直朝我的脸喷射

　　现在我说出真相我呼吸我重新上路时
打算遗失的一切都朝着世界之脸喷射——
天空环绕我
　　浮现——你撒谎就像你
　　呼吸

　　而现在天空知道我究竟对你
　　撒过多大的谎

　　我不爱你
　　当然从没爱过

*

　　你虚构我你腐蚀我一直深
　　入到我所有静脉里最暴突的那根
　　——紧挨着你我的静脉
　　爆裂。骗子

　　明天我将停止窒息
　　一种可能的景观将爆发在我的双眼
　　我将成为生命本身一旦
　　房间从我脸上消失
　　一旦我的黑眼圈认识那褶子

　　走吧骗子
　　但你也最可敬

*

　　今早我走在我祖辈的
　　脚步里。空气很冷——空气
　　像个大浴池我在里
　　面缩成一团
　　揉搓自己的肩膀

　　今早我没感觉到这世界像你卧室那样
　　让我窒息。我大概一下子走了
　　五万多米
　　我独自一人我刚刚横穿了一座森林
现在
　　它长满了肺
　　甚至有紫的红的绿的阳光在喷泉旁
　　等我

　　喷泉里有我年轻时的弯路
　　和我不得不保留的
　　所有的谨慎

*

　　我赤身潜入喷泉我
　　洗自己我洗我的起源
　　——我要重拾那必需的力量
　　为了再次起跑

　　直到明天

　　我依然想念你
　　曾经你饿你吞噬我
　　房间里你清空
　　我的身体

　　——噢北海里厚重的海，我记得你

现在我从我身上
洗掉你——
现在
在喷泉里在略微刺眼的月光下我不
舒服
我对你微笑

*

在平原面前缓缓的音乐的嘈杂声
和我的太阳穴
都喝
它们激发的风景里每一种颜色
蓝色紫罗兰红色翡翠绿
我的嘴第一次沉默得那么
庄严

今晚我踏着我祖辈的脚步
我把它们扛在肩上
独自像身披一件皮衣而现在

我赤裸我已脱下皮肤来感受
不可战胜的空气挤压我的肺
我拿走我的肺太久了唉我一直没尊重
你们

对不起

面对着平原我高呼以求宽恕,我听到
平原
对我说闭嘴

*

我置身于世界的高处一切都在我面前
点亮
几乎像幸福的白昼——我耳边
响起一层层轻柔又虚幻
的声浪。这不是我的错假如

高处的每一样东西都显得不牢靠

我拿走所有的窗户它们向我致意在城
市雾蒙蒙的黄色教堂陷入的阴影里
我抱着所有的窗户然后挤压
直到快碎了——断裂。我不再抬起
双眼
直到明天

我拿走发情的天空咬它的耳朵
像是咬我自己的耳朵,它掉落在地

我听到一层层声浪
沿我周遭的一切铺开
直到明天

*

现在我城市里的灯光像一个十字路口
在我意识拉缩的盘结里
意识现在是自由的——

我的城市在降温它
一点点熄灭
看到这一切我的视线开始沉思

我的
头颅像一柄有些脆弱的棱镜
晕糊的光——近乎于蓝的黄的红的绿
的紫的圆点
从我的身体穿过

世界在沉思
围绕着我
在发疯在声嘶力竭地唱出让我激动的
东西

直到明天

*

我拿起愤怒将它砸碎在墙上就好像是
我的错

是我的惊骇——我曾

存放它在心脏和动脉之间

它将跟随我

直到明天

我总是拿起快乐将它倒进我意识的
墙里

再稀释

像倒在我瞳孔沾染过的夕照上——

像倒进细腻的丝线织物只消一点点爱
抚它就能更精细

它会一直牢不可破

直到明天

我拿起我的脸用我攥紧的手

扭它

就像在她家门口的广场前那曾属于我
它此刻带给我空荡荡的感觉——

直到明天

*

我

呼吸喘气现在

我感觉很好今天就很好

我不是运动员但

太奇怪了 ——这具身体变得

如此强劲一瞬间我的身体变成

力量和生命本身

我粗暴我能

大步跳越来越

高——带着

我几乎能飞起来，最后降临在

希腊的体育场上

差不多是那儿

我吃

我的过往我吞噬它

它像蛋白质滋养着我

我饱了，我深吸一口气现在

我能

跑步了

*

我所拥有的一切就是这些腿这就
是我的骄傲

奔跑

依然在奔跑在跌倒

——地上有皮肤的残留物

*

——数百公里我穿行在我头脑

的森林我穿行在体育场和沙漠它们注
入我喉咙

最终极的渴

这具身体在奔跑这具身体在呼吸

在看

我的脖子不害怕天空的痒

也不怕花粉的刺痛和挖苦，多么愉
快呵

我的生命 多么愉快

我的奔跑那无毛的胸口

——热量扩张了我的瞳孔 闪电

我依然温热的前额 我吸气

我怎能不

尊重我的身体。无动于衷地

我用手背整理我的长
头发 ——我思考
我呼吸

——我怎能栖息在我的身体旁

*

我现在独自睡觉我的长头发可能
三百米——粉末
撒在我身上
有一点月亮在坠落

我是个武士我有
不朽的温情
我向前走。我醒了
我的生活
我醒了

我恢复了喘息
轻柔地

作者简介：维克多·马尔扎克（Victor Malzac），1997年生于夏特内-马拉布利,现居巴黎和蒙彼利埃。法国青年诗人、译者、诗歌研究者,文学杂志《着陆点》(Point de chute)的联合创始人。现于巴黎高等师范学院、法国高等社科研究学院和巴黎第一大学修习古典文学、现代文学及地缘政治学。凭借第一本诗集《呼吸》(Respire),一举赢得2019年度的"洞窖诗歌奖",是历年最年轻的获奖者之一。曾入围2020年马塞尔·布勒斯丹-布朗歇基金会"使命诗歌奖"和2017年"地中海花卉诗歌大奖赛"的决选名单。其诗歌、小说及批评文章广泛发表于《但是》《刺》《麻醉物·哲学》《特里斯坦·科比埃专刊》《阿尔帕》《侧面过道》《诗歌救援》《异端蟑螂》《气息》等法国和比利时刊物。

译者简介：秦三澍,1991年生。旅法诗人、译者、青年批评家。《飞地》丛刊诗歌编辑。出版诗集《四分之一浪》,译著有《弯曲的船板》《直角之诗》《漫长的星期六》等近十部。作品被译为俄、英、荷、西、挪、法等语言在海外发表。曾获柔刚诗歌奖、人民文学·紫金之星奖、未名诗歌奖、阿尔勒CITL翻译家驻留计划等文学奖助。曾受邀出席挪威卑尔根国际文学节。巴黎高等师范学院(ENS-Ulm)法语文学博士在读,巴黎高师法国当代哲学国际研究中心(CIEPFC)博士研究员。现任教于巴黎国立东方语言与文明学院(INALCO)中国研究系。

愿景与祈祷（组诗）①

◉狄兰·托马斯 著 海 岸 译

1
你
是谁
你究竟
是谁诞生在
隔壁的内室里②
对着我大声地喧哗
我听到子宫正徐徐张开
黑暗弥漫圣灵和降生的儿子
隐匿墙后你瘦小犹如鹪鹩的身骨③?
此处血淋淋出生地一点不为
燃烧而转向的时光所知晓
人心的印迹绝不会
替野孩子洗礼④
黑暗茫茫
独自赐
福于
他。

我
必须
悄悄地
静卧磐石
在鹪鹩身骨旁
墙内听闻母亲呜咽
而伤痛在脑袋留下阴影
产下明日犹如一根小小荆棘⑤
神迹的接生婆为之日日夜夜歌唱
直至混乱而失控的新生为我
点燃他的名和火带翅的墙
毁在炙热的王冠旁

黑暗挺起身子
从耻骨到
无比明
亮的
光。

当
鹪鹩
还在独自
扭动着身骨
那第一缕的曙光
为他的溪流所激怒
一窝蜂地蜂拥而至王国
天堂养蛇男孩和戏水的少女⑥
她生养了他口含一团燃起的篝火
她摇动他仿佛摇起一阵风暴
我一路奔跑突然迷失于
恐惧远离罩中内室
闪耀哭闹失效
他的热吻像
热腾腾的
一口
锅

在
穹顶
炫目的
太阳光下
在他一对翅翼
刮起流沫的飓风下
我对着雨中的君王哭喊

我迷失于他首次狂暴的血流
迷失于对他闪电般的崇敬与爱慕
悲凉而返死寂的感伤和哀痛
我迷失于避难所目瞪口呆
我寻找到一位牧羊人
此刻烈日当空
他的伤封住⑦
我大声哭
喊的
嘴。

我
赤身
裸体地
独自蹲伏
在他那神殿般
炙热而闪耀的胸膛
我将因最后审判日唤醒
那解禁的海床胀开的疯人院
呼呼作响的墓穴像云彩一般爬升
而一再道别的尘土溯流而上
每一粒都燃起他的火焰
哦螺旋般升腾出自
人类清晨所见
秃鹫之瓮
此刻的
大地
和

那
一度
降生的
汹涌大海
不断颂扬太阳
寻找到一位牧羊人
直立的亚当人类的始祖⑧
在起源地颂唱那万物的诞生!
哦展开翅膀演练飞翔的孩子们!
远古的先人们朝向永恒的伤口飞翔
打自层层湮灭的峡谷永葆青春!

跨越天空终究在争斗中消亡!
在此愿景中遇见了圣人!
世界蜿蜒地返回家!
那痛苦的全程
畅快淋漓地
流淌而我
极乐而
亡。

2
以迷失的羔羊之名颂赞他们荣耀
猪一般追逐那地面上的腐肉
群鸟在葬礼上唱着歌谣
何等沉重承受溺亡
和翠绿的尘埃
承受孕育
不灭的
圣灵
源
自于
大地上
黏滑鸟嘴
仿若花粉般的
黑色羽毛我谨在此
向你祷告尽管我并非是
全然同属于哀悼的众弟兄们
却因欢喜已然浸入我心骨的骨髓。

此刻他领悟到圣母阳光般和月光
般的乳汁或许他在双唇花开
般绽放闪耀之前已哑然
回到了鹣鹣的身骨
墙后那血淋淋
诞生之所
而子宫
孕育
为
众生
所爱慕
婴儿之光

或耀眼的监狱
因他即将到来而打
哈欠以荡妇之名迷失在
那未曾获洗礼而得名的山岗
在这黑漆漆的中心我一再恳求他

他让逝者就此安息尽管他们悲叹
他用一双荆棘之手升腾他们
抵达他伤痛世界的圣殿
而那座滴血的花园
容忍园中之石
在黑暗沉睡
深处的
基石
唤
不醒
那心骨
却让其崩裂
在山岗的峰顶
也未曾受阳光光顾
跳动的尘埃终将被吹落
到冥河下沉浮并在地面生根
在黑漆漆的夜幕下永远不断坠落。

永远不断坠落的夜晚是一颗明亮
之星也是众多入眠者的家园
我鸣响他们舌头哀悼主
他淹没的光芒穿越
那海洋和大地
我们终于
知晓了
所有
的
住所
道路及
迷宫走廊
城区以及不尽
坠落的墓穴那制图
入眠的平民拉撒路此刻①
祷告不愿醒来起身因为死亡

所在的国度即为他们内心之思域

迷途者之星即为明亮的眼眸之形。
谨以无父者之名以婴灵之名
以无欲无求的接生婆之
清晨圣手或器械
之名祷告哦
此刻谨以
无名者
之名
或
我即
无名者
在此祷告
愿绯红色太阳
随之纺出一抹墓灰
愿黏土的色泽涂抹他的
殉难处在此深度解读的夜晚
在此以黑暗知名的这片大地阿门。

我翻到了祈祷文一角在太阳突然
升起的祝福声中燃尽了自己
以你那曾被诅咒者之名
我转身跑入隐匿地
而轰鸣的太阳
施洗命名
明亮的
天空
我
终于
不得不
为人发现
哦让主烫伤我
溺我于世界的伤口
主以闪电回应我的呼喊
我的声音在他手心燃烧此刻
我迷失于浑一太阳呼啸结束祷告。
（译自狄兰·托马斯《诗歌合集1934
—1952》,J.M.Dent&Sons Ltd.,1953）

注释:

①完稿于1944年,次年1月发表于《地平线》(Horizon),后收录于诗集《死亡与入场》。原诗由12节17行组成,两组六节玄学派具象诗;一组祭坛型(或称钻石、子宫、泪滴、菱形),另一组圣杯型(或称翅翼、沙漏、梭匣、十字架、斧头、酒壶形)。《愿景与祈祷》(Vision and Prayer)指向《圣经·新约·启示录》最后审判日的祷告与天国的愿景,第一组六节借基督的"胚胎诗"暗喻诗歌/诗人的生生死死,第二组六节则由三篇非正统的祈祷文构成。两组具象诗出现的"son"(圣子)和"sun"(太阳),语义双关,谐音通用,均指向基督,当然也可作非基督教的阐释——诗人大儿子的出生。

②"在隔壁的内室"(In the next room),典出德国诗人里尔克(Rainer Maria Rilke,1875—1926)的诗歌《哦,主啊,我的邻人》(Du, Nachbar Gott),描述"上帝在隔壁的内室诞生",诗中指向三位一体的"上帝""耶稣"和"圣灵"的诞生。

③"鹪鹩的身骨"(wren's bone),狄兰·托马斯笔下的"骨"往往指向性与死亡;而鸟的"身骨"预示下组六节飞翔型"翅翼"。

④"野孩子"(wild child),也可指向诗人或诗篇。

⑤"荆棘"(thorn),指代下方的"王冠"。

⑥"天堂"指向"子宫"。

⑦原文"the high noon",语义双关指向"正午,烈日当空"和"关键时刻"。

⑧原文"upright Adam"(直立的亚当),暗喻"勃起的阴茎"。

⑨拉撒路(Lazarus),《圣经·旧约·约翰福音》里的人物,耶稣让死去的拉撒路复活。

诗章，祭坛型抑或圣杯型

——兼谈狄兰·托马斯与生俱来的宗教观

◉ 海 岸

2020年早春时节，一场突如其来的新冠肺炎疫情流播大地，笔者滞留浙南老家，眼瞅着与人共生的病毒隔离了你和我，日常生活就此停滞，亲朋邻里也暂歇了往来，除了房前屋后飘出鸟语花香，所住小区一片寂静。我就此新译狄兰·托马斯（Dylan Thomas，1914—1953）三首小长诗《薄暮下的祭坛》（*Altarwise by owl-light*，1935）、《秀腿诱饵的歌谣》（*Ballad of the Long-legged Bait*，1941）和《愿景与祈祷》（*Vision and Prayer*，1944）。《秀腿诱饵的歌谣》是"一首混合原型象征、蕴含多层寓意的海钓式猎艳歌谣，一首诗人写得最长、最令人瞩目、耐人解读的诗篇"①，54节"四行诗"构成216行准歌谣展露诗人"跳韵"的技艺，无疑是诗人狄兰·托马斯风流韵事的自我猎艳史，叙述一条渔船出海，仿如人生出港、渐至高潮、退潮落寞回家的故事。另外两首似乎都与基督教相关，完稿于1944年的《愿景与祈祷》由12节17行组成，指向《圣经·新约·启示录》最后审判日的祷告与天国的愿景；两组玄学派具象诗各为六节，一组祭坛型，另一组圣杯型。第一组六节借基督的"胚胎诗"暗喻诗歌/诗人的生生死死，第二组六节则由三篇非正统的祈祷文构成。写于1934—1935年圣诞节前后的《薄暮下的祭坛》里的耶稣缠结狄兰·托马斯自身的传奇，那是诗人笔下一组十节最晦涩的十四行诗。

一

薄暮下的祭坛，中途歇脚的客栈，
士绅憋着怒火朝向墓穴往下躺：
Altarwise by owl-light in the halfway-house
The gentleman lay graveward with his furies:

——（1）

死亡隐喻一切，一段历史之形；
那个足月吃奶的孩子直往上蹿，
Death is all metaphors, shape in one history;
The child that sucketh long is shooting up,

——（2）

耶稣基督面向祭坛十字架降生，创立一种基督教体系；天堂与地狱之间是尘世，也是"子宫"趋向"墓穴"的生死"客栈"。狄兰·托马斯的十节十四行诗是反向的准彼特拉克式，每一节诗前一部分由6行诗组成，后一部分由8行诗组成，而非常见的8行诗+6行诗格式，每行11个音节，大致上前6行押链式韵：abc bac 或 abc cba，后八行押交替韵：abab cdcd，而非常见的抱韵或吻韵，译诗韵式会有所突破，谐韵处理。前（1—2）节叙述耶稣基督的诞生与婴儿期的生死主题；随后回溯与追溯(3)耶稣的前身(4)圣殿里的追问(5)斋戒(6)讲道(7)主祷文(8)耶稣受难(9)埋葬(10)福音书的基督徒之旅；当然也夹杂诗人自传色彩的大力神赫拉克勒斯(Hercules)的传奇故事。1934年10月，狄兰·托马斯曾就《新诗》杂志的"问卷"答道："叙事是必不可少的，当今许多平庸、抽象的诗没有叙事的变化，几乎毫无点滴叙事变化，结果了无生机。每一首诗都必须有一条渐渐发展的走向或主题，一首诗越发主观，叙事线就越发清晰。从广义上讲，叙事必须满足艾略特谈到'意义'时所强调的'读者的一个习惯'，让叙事依照读者的一种逻辑习惯渐渐发展开来，诗的本质就自会对读者起作用。"②

二

狄兰·托马斯出生于英国威尔士基督教新教家庭，小时候母亲常带着他去教堂做礼拜，虽然他并未成长为一位基督教徒，却从小就熟读《圣经》，深受英王詹姆斯"钦定版圣经"(KJV，1611)③风格的影响，也成为他从意象出发构思谋篇、构建音韵节律永不枯竭的源泉。他酷爱在教堂聆听牧师布道的声韵，喜欢把古老《圣经》里的意象写进他的诗篇，尤其喜欢琢磨词语的声音，沉浸于词语的联想，却又不关注词的确切含义，这使得他的诗集既为读者所着迷，又很难为他们所理解；但他写的诗大都可以大声朗读，所以凡是进入耳朵里的每一个词都能激发听众的想象力，这和读者阅读文字去思索诗的确切含义的思维过程截然不同。这些词语是狄兰小时候在教堂里耳濡目染、大一点后从威尔士的歌手和说书人那里听来的。1951年他曾写道："有关挪亚、约拿、罗得、摩西、雅各、大卫、所罗门等一千多个伟人故事，我从小就已知晓；从威尔士布道讲坛滚落的

伟大音韵节律早已打动了我的心，我从《约伯记》读到《传道书》，而《新约》故事早已成为我生命的一部分"④。所以他的诗篇会不时地出现"亚当""夏娃""摩西""亚伦"等《圣经》人物，经文典故信手拈来，这早已渗入他的血液；例如，他的巅峰之作《羊齿山》(1945)开篇出现的"苹果树"是童真的象征，指向伊甸园里的禁果，"苹果树下"典出《圣经·旧约·雅歌》8:5"苹果树下，我把你唤醒"，一种表达男女情爱的委婉语。首句"now as I was"(此刻我重回)更是一种句法的悖论，糅合此刻与往昔的开场白，衔接起纯真年代逍遥、童真的美好，"幸福如青翠的青草"：

> 此刻我重回青春，悠然回到苹果树下
> 　身旁是欢快的小屋，幸福如青翠的青草
> Now as I was young and easy under the apple boughs
> About the lilting house and happy as the grass was green

在《假如我被爱的抚摸撩得心醉》(1934)一诗中，"苹果"更是"青春与情欲"的象征，既是性欲觉醒后带来的无畏欢愉，也是伊甸园"原罪"引发"洪水"惩罚之源以及耶稣基督被钉死在十字架上的救赎：

> 我就不畏苹果，不惧洪水，
> 　更不怕春天里的恩仇。
> I would not fear the apple nor the flood,
> Nor the bad blood of spring.

在《耳朵在塔楼里听见》(Ears in the Turrets Hear，1934)一诗中，"葡萄"与"苹果"几乎是平行互换的，典出《圣经·旧约·雅歌》2:5里的女子相思成病："求你们给我葡萄增补我力，给我苹果畅快我心。"到了

狄兰·托马斯笔下，"是葡萄还是毒药"已引申为"是生还是死"的重大命题。

> 陌生人的手，船只的货舱，
> 你握住的是葡萄还是毒药？
>
> Hands of the stranger and holds of the ships,
>
> Hold you poison or grapes?

在《我看见夏日的男孩》（*I See the Boys of Summer*, 1934）中我们看到的是"满舱的苹果"（the cargoed apples），在《魔鬼化身》（*Incarnate Devil*, 1935）中我们读到的是"蓄胡的苹果"（the bearded apple），更添几重性的诱惑，却在视为不洁的目光下归之"罪恶的形状"。⑤在基督教文化传统中，苹果树常与禁止采摘的智慧树联想在一起，更在某种程度上因拉丁文武加大译本《圣经》中的"malum"（苹果）与"malus"（邪恶）之间存在语源上的联系。"栎树象征死亡，象征基督受难，也象征生命和希望；梨树象征情欲之爱，樱桃树则象征基督的道成肉身这一神迹，甚至连现代诗人狄兰·托马斯也都如此使用"⑥。诗人长大后尽管并未成为一位虔诚的基督徒，但他与生俱来的宗教思想贯穿他一生的创作，尤其基督教神学启示成为他深入思考宇宙万物的开始。

1934年，他在首部诗集《诗十八首》中收录的《最初》（*In the Beginning*）典出《圣经》的首句，那是诗人呼应《圣经旧约·创世记》写下的几节回声：生与死、黑暗与光明、混沌与有序、堕落与拯救，俨然成为一位造物主；而每一诗节里空气、大水、火苗、语言、大脑的起源却似乎阐述上帝"一言生光"的创世；尤其第四节首句"最初是词语，那词语"（In the beginning was the word, and the word）完整出自KJV英译本《圣经新约·约翰福音》首句，和合本译为"太初有道"，实为"太初有言"："太初有言，那言与上帝同在，上帝就是那言"（In the beginning was the Word, and the Word was with God, and the Word was God）。

> 最初是词语，那词语
> 出自光坚实的基座，
> 抽象所有虚空的字母；
> 出自呼吸朦胧的基座，
> 词语涌现，向内心传译
> 生与死最初的字符。
>
> In the beginning was the word, the word
>
> That from the solid bases of the light,
>
> Abstracted all the letters of the void;
>
> And from the cloudy bases of the breath,
>
> The word flowed up, translating to the heart
>
> First characters of birth and death.

"最初是词语，那词语"也是《最初》这首诗的高潮，上帝"那言"要有光，就有了光，那言与上帝同在，那言就是上帝，"抽象所有虚空的字母"，"呼吸"之间吐出"词语"，语言就此诞生；"词语"涌现最初的字符，就像狄兰的诗篇，一唇一音，一呼一吸，"向内心传译/生与死"。

他的诗让读者感知到无所不能的上帝和爱的力量所在，1952年，狄兰·托马斯编定最后意欲留世的《诗集》时，在扉页的注解上标明"这些诗歌，以其全部的粗鲁、怀疑和困惑，热爱人类，赞美上帝"⑦，尤其晚期诗篇有回归上帝的倾向，但也无法逃脱那更可怕的死亡力量，且往往夹杂着非纯粹的基督教观点。例如，在《假如我被爱的抚摸撩得心醉》一诗的前四个诗节里，诗人以讽刺的笔调重复"假如我被撩得心醉，我就不畏/惧……"的句式，主导了生命的四个阶段——胚胎期、婴儿期、青春期、衰老期;然而"假如"的从句采用的是"虚拟语气",与主句间也不存在严密的逻辑联系,故"我"不畏妊娠期先天的原罪、出生后婴儿的口欲,更不怕青春期的性欲挣扎以及随衰老疾病而至的死亡,就显得滑稽乃至悲凉。

> 何谓抚摸?是死亡的羽毛撩动神经?
> 是你的嘴、我的爱亲吻出的蓟花?
> 是我的耶稣基督戴上荆棘的树冠?
> 死亡的话语比他的尸体更干枯,
> 我喋喋不休的伤口印着你的毛发。
> And what's the rub? Death's feather on the nerve?
> Your mouth, my love, the thistle in the kiss?
> My Jack of Christ born thorny on the tree?
> The words of death are dryer than his stiff,
> My wordy wounds are printed with your hair.

此诗的末节先是借用古埃及《亡灵书》(Book of the Dead,公元前1375)里"死亡的羽毛"的典故,描述引导亡灵之神(Anubis)把死者之心同一支鸵鸟的羽毛放到天平两端称重量;心可理解成良心,羽毛是真理与和谐之羽,代表正义和秩序。如果良心重量小于等于羽毛,死者即可进入一个往生乐土,否则就成为旁边蹲着的鳄头狮身怪的口中餐。诗人继而融合圣诞节与复活节的生死及复活典故,"是我的耶稣基督戴上荆棘的树冠?/死亡的话语比他的死尸更干枯";诗人更希望现实中他在伦敦的初恋情人帕梅拉更能撩动他的诗篇,"是你的嘴、我的爱亲吻出的蓟花?/我喋喋不休的伤口印着你的毛发";至此,这一切——死亡、宗教和浪漫的爱情都不能。诗人最终克服了原罪与恐惧,劝诫自己要为人类现实的"隐喻"而写作,期盼写出撩人心醉的"死亡话语":

> 我愿被抚摸撩得心醉,即:
> 男人是我的隐喻。
> I would be tickled by the rub that is:
> Man be my metaphor.

相比首部诗集《诗十八首》而言,第二部诗集《诗二十五首》(1936)采用更多《圣经》里的基督教典故或隐喻,追问自身的宗教信仰及疑惑。例如,在《这块我擘开的饼》(The Bread I Break)里,宗教和自然相互缠结的诗意跃然纸上,虔诚的基督徒自然会联想到圣餐上的"饼与杯"及其文化隐喻。自然生长的"燕麦"和"葡萄",变成圣餐里的"饼"和"酒",成了基督的身体与血,也成了诗人的身体与血,创造与毁灭蕴含悖论式的快乐与忧伤。"人击毁了太阳,摧垮了风","风"既是创造者,也是毁灭者,更是毁灭的受害者;其次,圣餐更具有象征意义,耶稣基督在"最后的晚餐"献上自己的肉身,却颇富悖论地为众生带来一种永生;为了制作"无酵饼",酿出"葡萄酒","燕麦"的果实被"收割","葡萄的欢乐"被"捣毁",基督徒从中看到的是基督教信仰中原罪的苦难和忧伤,期待"一起喝新酒的那一天",最终迎来上帝的救赎与恩典:

> 你擘开的肉质,你放流的血
> 在脉管里忧伤,
> 燕麦和葡萄
> 曾是天生肉感的根茎和液汁;
> 你饮尽我的酒,你擘开我的饼。
> This flesh you break, this blood you let
> Make desolation in the vein,
> Were oat and grape
> Born of the sensual root and sap;

My wine you drink, my bread you snap.

诗集《诗二十五首》(1936)中,《今天,这条虫》(To-day, This Insect)的主题是介于宗教信仰与虚拟故事之间的诗性思索。《魔鬼化身》(Incarnate Devil)的主角既指向毁灭性的撒旦,也指向救赎的耶稣,表达出诗人双重的宗教观。这可能与诗人的"托马斯"家族中一位德高望重的叔公——牧师诗人威廉·托马斯(笔名戈威利姆·马尔勒斯)有关。狄兰的叔公是一位信仰基督教神格一位论派(Unitarianism)的诗人,该派的教义与基督教三位一体教义存在明显的差异,他们只信仰上帝是宇宙间存在的基本力量,不信仰三位一体、原罪、神迹、童贞生子、永堕地狱、预定和《圣经》的绝对真理等教义,也排斥赎罪的教义,那就意味着耶稣不是上帝的儿子,也非神圣的,除非是带有隐喻性的意味;而狄兰·托马斯在诗歌中表现出的反传统习俗观念走得更远,基督教在他眼里就是一种宗教的想象,耶稣象征着潜在的人类,最后的审判代表着人的死亡及再进入大自然的进程。

收录于诗文集《爱的地图》(1939)中的一首《是罪人的尘埃之舌鸣响丧钟》(It is the Sinner's Dust-tongued Bell)是一场宗教的黑色弥撒,交织着水、火、性的创造与毁灭的主题,也可以看出狄兰·托马斯的宗教观显然融入他所推崇的"过程哲学",时而体现"创造与毁灭的力"已赋予了神性,诗句中那些"时光""溪流""霜雪"显然带有某种不可抗拒的宗教色彩。他迷恋信仰,更迷恋对信仰的修辞表达。收录于诗集《死亡与入场》(1946)中的《拒绝哀悼死于伦敦大火中的孩子》(A Refusal to Mourn the Death, by Fire, of a Child in London, 1944)更是一首伟大的葬礼弥撒曲,沿袭双关语、矛盾修辞法、跳韵的诗写风格,起首"never until"引导的长达13行的回旋句法错综复杂,拒绝哀悼一个女孩死于1944年一次空袭所致的伦敦大火,哀悼"这个孩子庄严而壮烈的死亡",似乎要净化二战期间在人们心灵中弥漫的绝望情绪。创世或末世的"黑暗"宣告最后一缕光的"破晓"或"破灭",既是开始,又是结束,苦涩的绝望中蕴含希望的尊严。"锡安天国""犹太教堂"和"披麻蒙灰"等出自犹太教的字眼更带给自然元素的"水珠""玉蜀黍穗"和"种子"神性的圣洁。尽管诗人一再"拒绝哀悼",笔下写出的却是一出神圣的挽歌:

> 泰晤士河无人哀悼的河水
> 悄悄地奔流。
> 第一次死亡之后,死亡从此不再。
> Secret by the unmourning water
> Of the riding Thames.
> After the first death, there is no other.

《处女成婚》(On the Marriage of a Virgin)更是一首融基督教精神与异教徒爱欲为一体的玄学诗,诗人笔下的"sun"(太阳)谐音"Son"(圣子),蕴含"耶稣基督降生"的圣经故事;"饼和鱼"蕴含"五饼二鱼"的圣经故事;加利利——以色列最大的淡水湖,素有耶稣第二故乡之称,留有"五饼二鱼""耶稣在湖面行走"的圣迹;"鸽子"指的是"圣灵",象征天使报喜、爱心与和平:

> 今日的太阳从她大腿间跃上天空
> 童贞古老又神奇,像饼和鱼,
> 瞬间的圣迹虽然只是不灭的闪电
> 留有足迹的加利利船坞掩藏一大群鸽子。
> And this day's sun leapt up the sky out of her thighs
> Was miraculous virginity old as loaves

and fishes,

Though the moment of a miracle is unending lightning

And the shipyards of Galilee's footprints hide a navy of doves.

《愿景与祈祷》(*Vision and Prayer*)是由十二节组成的两组各六节的玄学派具象诗或透过文字本身的字形或排列组合图案的视觉诗。这种带有特殊视觉效果的诗篇,呈现出一幅幅栩栩如生的直观画面,让读者去揣摩,去玩味其中的匠心独运。一组祭坛型诗篇,另一组圣杯型诗篇,指向《圣经·新约·启示录》最后审判日的祈祷与天国的愿景,祭坛型借基督的"胚胎诗"暗喻诗人的诞生,此处引用末节圣杯型则是一篇祈祷文,诗中出现的太阳与圣子音义双关,指向基督:

我翻到了祈祷文一角在太阳突然
升起的祝福声中燃尽了自己
以你那曾被诅咒者之名
我转身跑入隐匿地
而轰鸣的太阳
施洗命名
明亮的
天空
我
终于
不得不
为人发现
哦让主烫伤我
溺我于世界的伤口
主以闪电回应我的呼喊
我的声音在他手心燃烧此刻
我迷失于浑一太阳呼啸结束祷告。

Iturnthecornerofprayerandburn
Inablessingofthesudden
Sun.Inthenameofthedamned
Iwouldturnbackandrun
Tothehiddenland
Buttheloudsun
Christensdown
Thesky.
I
Amfound.
Olethim
Scaldmeanddrown
Meinhisworld'swound.
Hislightninganswersmy
Cry.Myvoiceburnsinhishand.
NowIamlostintheblinding
One.Thesunroarsattheprayer'send.

注释:

①John Goodby, ed. The Collected Poems of Dylan Thomas[M]. London: Weidenfeld & Nicolson, 2014: 336-337.

②Dylan Thomas. Replies to an Enquiry[J]. New Verse, 1934(11): 8-9.

③KJV, 即 King James Version(of the Bible)的缩写,英王詹姆斯"钦定版圣经"(1611)。

④Dylan Thomas. Poetic Manifesto[J]. Texas Quarterly, 1961(4): 45-53.

⑤词条"Apple",见戴维·莱尔·杰弗里主编《英语文学与圣经传统大词典》(上),上海三联书店,2014年,第85页。

⑥词条"Tree",见戴维·莱尔·杰弗里主编《英语文学与圣经传统大词典》(下),上海三联书店,2014年,第1326-1327页。

⑦Dylan Thomas. Note Before The Collected Poems 1934-1952[M]. London: J. M. Dent & Sons Ltd., 1953.

冯至的诗歌审美观

●骆寒超

冯至在文学——特别是诗歌方面的学养相当深厚,他虽然并没有正式撰文谈及自己的诗歌审美观,但写过多篇文章,从不同的角度谈到过自己对新诗,尤其对新诗在创作方面的看法。这些看法既涉及诗本体外部的一些问题,也涉及诗本体内部的一些问题。我们经过一番梳理,概括成四个方面来作一考察,这就是确立面向时代社会的抒情目标、倡导万类同在同一的艺术思路、设定情理交融的审美格局和把住诗体建构的辩证意识。

一、确立面向时代社会的抒情目标

一个诗人诗歌审美观的核心内容,基本上来自他对人生的切身体验,确立面向社会的抒情目标,可说是冯至诗歌审美观的核心内容,也来自他人生的切身体验。1958年8月,冯至为即将出版的第四部诗集《西郊集》写了篇《后记》,谈到自己是怎样开始写新诗的事,有过如下的一段回忆:

远在1921年,我是一个没有满16岁的青年,从一个四年制的中学毕了业,不知道将来要做什么,看不清面前的道路,那时的北京城是一片灰色,街头巷尾,到处是贫苦的形象和悲痛的声音,我们爱说当时青年们口头上的一句话:"没有花,没有光,没有爱。"傍晚时刻,我常在一条又一条的胡同里散步……胡同里家家狭窄黑门都紧紧地关闭着,不知里边隐藏些什么样的生活,只觉得门内门外同样是死一般地沉寂。

一天,我又在散步,对面走来一个邮务员,穿着一身绿色的制服,他的面貌是平静的,和这沉寂的街道一样平静,他手里握着一束信件,有时把信件投入几家紧紧关闭的门缝里。我看着这个景象,脑里起了幻想,我想这个多灾多难的国家,不是天灾,就是兵祸,这些信又给那些收信的人家送来了什么样的不幸的消息呢?这些信会使那些收信的人家起些什么样的变化呢?我当时根据这点空洞的、不切实际的想象写下了我青年时期第一部诗集里的第一首诗。我写诗,是这样开始的。

这段回忆中提及的冯至平生写就的第一首新诗就是《绿衣人》。就以回忆而言,有两点很可注意:一、《绿衣人》中把送信的邮务员塑造成一个命运神的象征形象,而他向紧闭着黑大门的人家分送信件,也似乎是命运神在下达判决词。如此酷烈可怖的象征表现完全出之于主体对朝不保夕的生活几近宿命得绝望的联想;二、这种绝望的联想几近宿命地反映着主体对那个年代的现实怀有极其浓重的阴郁心境。众所周知,诗必须建立于对生活真切而强烈的体验,没有这方面的体验,是难以构成成功的诗歌文本的。有鉴于此,我们不妨把《绿衣人》所反映出来的"绝望的联想"和

星河·秋

XINGHE

"阴郁的心境"结合起来,当可以见出:主体的冯至从他走向新诗创作的第一步起,作为灵感发生的原动力,就是他对社会黑暗敏锐的几近本能使然的感知和深刻的体验。所以冯至这个可以归之于把握诗歌真实世界的认识起点,是十分重要的,在诗人一生的诗歌活动中具有方向定位的意义,也是其灵感得以取之不竭的根本保证,因为社会人生幅度开阔,且丰富多彩,而尤其是社会生态现象具有历史的透视性能,纳入诗歌真实世界的审美价值远超于隔绝社会、遁入内心的梦想之谜。所以冯至从《绿衣人》开始,就把一生的抒情事业追求的目标建立在面向社会,这是十分确切的,只不过这是感性定位,还没有提高到理性。

冯至在《从前和现在——为新诗社四周年作》一文中,理性地提出了诗人须有面向社会的抒情目标。在这篇文章中他提出诗人要走"正路"的话题,认为前代的诗人"从修辞学里去学诗的技巧,把说谎当作艺术,把超脱潇洒视为诗人的风格"已行不通了,"现代社会的腐朽促使我们很自然共同走上了追求真、追求信仰的正路"。由此看来,诗人的"正路"是选择面向社会作为自己的抒情目标。他还说:"诗人写出他的诗句,不只是证明他没有死,还要表示他要合理地去生活。"这个抒情目标不只是外部以物质为标志的社会现象,而意味着还有更博大的以物质与精神一致的、超越于具体而狭窄的社会生态——面向时代来作为抒情目标了。于是,冯至说:"诗是时代的声音!"这个观点他终生未变,直到晚年,有人采访他时,他还多次重提这个观点。如1991年1月的《答〈现代诗报〉编辑部问》中,采访者问到他对青年诗人的期望时,他就说:"写得更深厚一些,能表达出时代的精神。"问到他写诗的座右铭是什么时,他回答:"诗不是文字游戏。诗应该是一个时代的心灵记录和历史见证。"又如回答香港《诗双月刊》问及"作为诗人意味着什么"时,他说了这样一大段话:

> 不管通过什么方式,我总觉得一个诗人离不开他所处的时代。这个时代不是空洞的或抽象的,而是与真实的存在密切相关的。诗人的作品应是一个时代的心灵记录,也是一个时代的历史见证,比写的历史更真切一些。

这段话有两点值得一提:一,"时代"是和"真实的存在"——也就是社会生态"密切相关"的。可见冯至主张写诗要面向时代,其实就是面向社会的提升。作为抒情目标,面向社会和面向时代的确就是一回事。二,面向社会或面向时代的诗既是特定社会或时代的心灵记录、历史见证,也就表明只有这一类诗才有至高的审美价值可言,因为诗歌在这里显示着两大至高类真实——也就是历史真实(它的至高谁也会认同)和心灵真实(它的至高是黑格尔在《美学》中首先认定)的汇通。由此看来,冯至确立面向社会(或时代)的抒情目标,是经过周密思考的。

唯其如此,也才使冯至在评价诗人诗作方面,首先的一个标准就是是否面向时代社会以及反映时代社会所达到的深度。在追念为抗战而献出年轻生命的他的学生缪弘而写的《新的萌芽——读缪弘遗诗》一文中,冯至就从面对时代而抒情这个角度,来评价缪弘遗诗的。他说在读了缪弘遗诗后,"意料不到每一行都闪给我一些微光,一些希望,正如一个萌芽……""每一行都在孕育着一个将来的可能的发展"。为什么评价那么高呢?他这样地继续着说:"在十年前,或二十年前,努力于新诗的青年也许写过比这里的诗更为成功的诗,或是更美的诗句,但内容这样广大,而文字又这样单纯,则恐怕只有这个时代里的青年才能写得出……所以这本诗集的作序者在开端就写了这样的话：'读过这些诗，我们认识了一个人，也认识了这个时代。'"这话是极深沉的，深沉在于：面向时代才成就了这些诗。推而广之，他还从缪弘的创作新诗而论及一代投身于大时代的年轻诗人，认为"他们也更深一层意识到时代所给予他们的幸福与苦难"，因此"他们的声音使那些自命为青年导师的人们无处容身"。这里就进一步表明：面向时代才能成就这批具有"新的萌芽"质素的年轻诗人。于是冯至对诗坛展望了：

从这里，我好像望见了诗的将来；如果我们承认诗是人生的启示，那么我好像看见了——这是梦想吗？——人的，至少是中国人的将来：可是要有一个重要的条件，这些萌芽不受摧残。

字里行间可以感受到他对面向时代而歌唱的诗人和他们的诗怀有多么真挚而又强烈的爱惜之心，殷切期待之情。冯至还为《田间选集》写过一篇"代序"文章《敲鼓与赶车》，称颂田间抗战时期的诗。话题从昆明西南联大期间闻一多评田间抗战初期的诗而写下的《时代的鼓手——读田间诗》一文谈起。闻一多这一评说使西南山城掀起了一股田间热，但闻一多只点出田间那时期的诗特具的奔跃的诗情和跳荡的节奏表现的那种擂鼓式性能，而冯至则把这性能归之于面向时代而感受到一个宏伟壮美战斗境界的产物。所以从昆明掀起一股田间热中，他把握到一个认识："田间给新诗坛增添了一种新的风格，这风格只有在战斗的生活里才能形成。"这个说法是面向时代抒情这一审美目标的发展，从而在该文的最后有了这样结论性的话："鼓声里没有'弦外之音'，却有一个伟大的时代的声音。"

使人特感兴趣的还是冯至对杜甫诗的极高评价。在写于1945年的那篇《杜甫和我们的时代》中，他提出了一个20世纪前半叶杜甫的诗为什么特别被看好的话题，竟然作了如下一大段的发挥：

当国内频年苦于军阀的内战，非战思想最普遍时，《兵车行》一类的诗成为学校中流行的读物；在社会主义思想介绍到中国的初期，"朱门酒肉臭，路有冻死骨"的名句则一再被人引用，引用者甚至有的不知道这两句诗的出处。可是抗战以来，无人不直接或间接地尝到日本侵略者给中国人带来的痛苦，这时再打开杜诗来读，因为亲身的体验，自然更能深一层地认识，杜诗里的字字都是真实：写征役之苦，"三吏""三别"是最被人称道的；写赋敛之繁，《枯棕》《客从南溟来》诸诗最为沉痛；"生还今日事，间道暂时人"，是流亡者的心境；"安得广厦千万间……"谁读到这里不感到杜甫的博大呢；由于贫富过分的悬殊而产生的不平在"无贵贱不悲，无富贫亦足"这两句里写得多么有力；"丧乱死多门"，是一个缺乏组织力的民族在战时所遭逢的必然的命运。这还不够，命运还使杜甫有一次陷入贼中，因此而产生了《悲陈陶》《悲青坂》《春望》诸诗，这正是沦陷区里人民的血泪……由于这些'同'，我们需要杜甫，有如需要一个朋友替我们陈述痛苦一般。

这一大段比较性的发挥意味深长，意味着杜诗能有彪炳千秋的伟大价值，乃在于杜甫是怀着面向时代社会的抒情目标去写的。唯其如此，才使冯至在这篇文章中推出了这么一句结论性的话：杜甫的"这些诗不是用眼看出来的，更不是用心神会出来的，而是用他饥饿的身躯一步一步走出来的"，因此他感慨地说："在中国诗人中更有谁把一个时代整个的图像融汇在像杜甫在天宝之乱前后与夔州以后所写的那样

XINGHE

星河·秋

的长篇巨制里的呢?"这可是把面向时代社会的抒情目标置于审美的至高层次来评说诗了。正由于他持有这个可以认为是首要的审美评价标准,也就使冯至从对杜诗的至高评价转向了对杜甫这个抒情主体的考察,在20世纪50年代写出了一部与当年其他学者思路并不那么一致的杜甫研究著作——《杜甫传》。有关这方面,同样在《冯至传》中有些颇为得体的话值得一提。他认为杜甫的诗"忧时悯乱",达到至高的审美层次,是由于杜甫是"深刻地全面地反映了他所处的时代",而"这在他同时代人中是独一无二的",这使冯至意识到:由于杜甫具有面向社会现实的精神,所以"'我们的时代'需要杜甫"。他也就从20世纪50年代开始投入了杜甫研究。

总之,我们从几个方面的论述中可以总结出:冯至以面向时代社会作为抒情目标——这一诗歌审美观是贯穿他的一生,坚定不移的。

二、倡导万类同在同一的艺术思路

冯至面向社会的抒情目标要想在创作中恰如其分地得以体现,是需要选择一个最佳角度而展开的,他选择置对象于宇宙绝对时空中来展开抒情,也就是说,站在宇宙绝对时空的高度去体验存在于地球相对时空的对象,从而展开抒情。正是这一个角度促成冯至最成功的诗具有这样的特性:怀着宇宙绝对时空的目光去看待存在于地球相对时空中的对象。正是这样的抒情,也就显出超历史而不失其真的旷远和超世俗而不失其实的深邃。于是,他拥有了一条可以串联两类时空的艺术思路:万类同源而同一和存在而存异的辩证统一,我们就简称为万类同一而存异的艺术思路。

这样一条艺术思路在百年新诗中,冯

至是第一个自觉的拥有者,而众生万物息息相通则是拓展这条艺术思路的逻辑起点。

在《我和十四行诗的因缘》一文中,冯至谈到里尔克的组诗《致奥尔弗斯的十四行》在艺术思路上给予自己的影响,这样说:"诗人认为,人通过呼吸与宇宙交流,息息相通,人在宇宙空间,宇宙空间也在人的身内。"这话是里尔克通过经验联想得出来的,极具智慧。今天航天科学技术高度发达,宇航员凭火箭助推飞船穿出大气层进入宇宙轨道,就证实这已不再是一场经验联想的推论,而是宇航员实际经验到的,也是我们从电视屏幕上见到了的事件:人类已真正进入宇宙绝对时空了,也使普天下人对"人在宇宙空间,宇宙空间也在人的身内"有了真切的把握。可不是吗?宇航员在宇宙空间中不仅可以行走,也可以像鱼一样游、兽一样舞、鸟一样飞,就是说人的行动和禽鱼鸟兽彻彻底底一样,这不正意味着在宇宙绝对时空中众生万物是息息相通的吗?在同一篇文章中,冯至又说到里尔克"观看宇宙万物都互相关联而又不断变化"而进一步谈万物在关联中还有变化,却说得有点含混,莫非说既有关联又有不关联吗?其实不是。在采访录《谈诗歌创作》中,他结合歌德的蜕变论和里尔克的十四行诗,对上述话题说得较明确了一点,他这样说:"歌德的蜕变论是他思想中的主要成分,认为宇宙万物无时不在转变、发展;里尔克歌颂的奥尔弗斯用音乐转变万物,他自己也不断在转变。"把"变化"改为"转变、发展",这就对了。这样讲表明众生万物在宇宙绝对时空中还可以向对立面互相转化,在不断作否定之否定中求得发展,因此这里显示着人在宇宙时间,宇宙时间也在人身内,这不进一步证实众生万物的息息相通吗?于是冯至怀着佛家弟子"化身万物,尝遍众生的苦恼一般"的心情,在《里尔克》一文中

为进一步证实万物息息相通,引述了里尔克在《布里格随笔》中的一段话:

　　我们必须观看许多城市,观看人和物,我们必须认识动物,我们必须去感觉鸟是怎样飞翔,知道小小的花朵在早晨开放时的姿态。我们必须能够回想:异乡的路途、不期的相遇、逐渐临近的别离;——回想那还不清楚的童年的岁月……想到儿童的疾病……想到寂静、沉闷的小屋内的白昼和海滨的早晨,想到海的一般,想到许多的海,想到旅途之夜,在这些夜里万籁齐鸣、群星飞舞——可是这还不够,如果这一切都能想得到。我们必须回忆许多爱情的夜,一夜与一夜不同,要记住分娩者痛苦的呼喊,和轻轻睡眠着、翕止了的白衣产妇。但是我们还要陪伴过临死的人,坐在死者的身边,在窗子开着的小屋里有些突如其来的声息……等到它们成为我们身内的血,我们的目光和姿态,无名地和我们自己再也不能区分,那才能以实现,在一个很稀有的时刻,有一行诗的第一个字在它们的中心形成,脱颖而出。

这一大段话的中心意思是诗歌创作的起点是众生万物必须"成为我们身内的血,我们的目光和姿态,无名地和我们自己再也不能区分"——万物化身成我和我化身成万物,以求得主体和万物同进入宇宙绝对时空而达到息息相通的境界。而众生万物息息相通必然导致物即是我我即是物、物我同一以致两忘的,所以万物息息相通也就引出万类同一的话题。

　　但在宇宙绝对时空中万类同一的认识又何以能把握得到呢?这就需要进一步来谈谈冯至当年在海德堡大学时写的博士学位论文《自然与精神的类比——诺瓦利斯的文体原则》了。

　　这篇论文的构成具有逻辑的严谨性,以探讨万类同一为核心话题,向上追溯到万类同一发生的静态存在源头,向下延伸至万类同一导向动态运行轨迹,形成了一个生命宇宙生态的构成体系,并以这样的认识思维为基础,来考察诺瓦利斯独特的、以自然与精神的类比来体现的文体原则。就我们而言,这篇论文更重要的价值还是冯至这个由我们代他归纳出来的、有关生命宇宙生态的构成体系——这涉及他的诗歌审美观中众生万物同一这个艺术思路。这个体系是由七类处于对立面互转中的宇宙生态认识思维逻辑推延而成,这里就把这七类认识思维按顺序分述如下:

一、灵觉而原初类:冯至认为诺瓦利斯在探求众生万物深层奥义中,非常重视对事物原初追溯,亦即追溯到事物的宇宙本原。他还进一步感到这个宇宙本原的追溯绝非现实世界所能办到,而须借重心灵的直觉力量。他这样说:"诺瓦利斯感到,他的使命是构建一个原初的世界,对一切科学都追溯到最终统一性的源头,召唤黄金时代的到来,并建立一个新的宗教。所有这一切皆依凭于他诗意的'心灵'的力量。"二、原初而同在类:凭心灵的直觉触发而追溯到事物"最终统一性的源头",有两层意思:一层是这源头即宇宙,存在于绝对时空中的原初世界;另一层是众生万物在这原初世界中显现为"同在"而能相互关联。冯至这样说:"打开诺瓦利斯的作品,我们处处可以看到:他把万事万物都解释或设定为相互关联的。他的诗歌如同一个世界,在这里一切界线都消失了,所有的距离都相互接近,所有的对立都得到融合。'同在性'是浪漫主义特有的和最常用的表述,它也为诺瓦利斯所信奉。在他看来,自然中没有什么东西'比伟大的同在性更值得注意'的了。"三、同在而同一类:同在一个原初的世界里,众生万物全都是宇宙的物质存在,也就导致一切界线都消失而出现"物即是我,我即是物,物我同一"的情况了。于是冯至这样代诺瓦利斯说:"这种同一都来自一种统一的原初状态;自然被看作一个巨大的有机体,在这里一切都是同一的、亲近的和相似的。"四、同一而相对类:既然同属宇宙物质形态,那么也会出现相对应的存在关系,如有远必有近,有生也必有死,有光明也必有黑暗。于是冯至告诉我们:"诺瓦利斯任其思想广阔地漫游,以致空间和时间也都具有相互对应的关系:'时间和空间同时产生,而且是同一的,正如主体和客体一样。'""对于诺瓦利斯,在空间中,远与近、高与低、有限与无限之间的一切界限皆消失殆尽……""'无限和有限'处在相互交替的关系之中","诺瓦利斯认为:人的一切关系在根本上都是相对的……悲与喜、死与生在一个新的世界里有'最亲密的感应'"。五、相对而包孕类:既然存在着事物的对应性,那么在第三方看来,这种对应也就有相互包孕的意味。站在生命的立场看,生与死是互为包孕的;站在事物的立场看,现象与本质是互为包孕的。谈到诺瓦利斯对自然世界的看法时,冯至这样说:"在这个(已知的、感性的)世界背后,诺瓦利斯发现了一个更高的世界。这第二个未知的、神秘的、无限的世界就是自然的本质……对更高的世界来说,感性世界只有象征的意义。"这就是说站在自然世界的立场看,现象和本质是相对的,却又是互为包孕的。因此冯至进一步说:"诺瓦利斯真挚而迷醉般地体验着神秘的内心,他在这里找到了外在世界与内在世界的伟大同一。外在世界只是影子和假象,它的意义只有在内在世界中才能找到。诺瓦利斯的独特体验在于:他感到自己在这个世界上是陌生的,于是去追求彼岸和内心,一旦达到这个他称之为'故乡'的彼岸或内心之域,他就转过身来,俯视那个他觉得陌生的世界"——这是对相对而包孕极生动的言说。六、包孕而互转类:事物因相对性而发生了包孕关系,而

包孕关系也因了相对的存在而能向对立面作转化。冯至就从种子与有机体相包孕地存在中看出了诺瓦利斯有关事物可以互转的思维特征。他说:"从种子生长出一个有机体,这个有机体以后又结出新的种子,新的生命再次从种子中萌芽。从这个世界中神秘主义者得出结论:生命是死亡的开始,死亡是生命的开始。"这不仅意味着有种子就会有有机体,有生命也就会有死亡;不仅意味着种子包孕着有机体,有机体包孕着种子,生命包孕着死亡,死亡包孕着生命;更意味着由相对推向包孕,由包孕更推向互转。可不是吗?种之是有机体的开始,有机体是种子的开始;生命是死亡的开始,死亡是生命的开始——这样的一场转化早等待着了。七、互转而循环类:在宇宙绝对时空中这种转化既然是相互的,那也必然会导致循环,上述关于"种子"与"有机体"相互转化的持续就形成了循环,生命体的"生"与"死"的互转,持续下去是更大范围的互转。冯至因此认为诺瓦利斯最终是一个用独特的逻辑进行思维的神秘主义者:"神秘主义逻辑的概念不是派生的,是来源于事物循环的生命的基本形式。在这里,以往那些总是彼此对立的概念和阶段,如白昼与黑夜、精神与肉体等都被结合在一起,构成一个圆环,白昼与黑夜、黑夜与白昼相互包孕,一切极端的东西在永恒的循环中都彼此应和,息息相关。"冯至就这样通过环环相扣、连绵而下的七个递进式组合成一体的方面为诺瓦利斯对生命的宇宙生态所作的意悟归纳出了这样一个宏观有机、富于神秘角色的感知体系。

而这一切也全是宇宙绝对时空与地球相对时空的相互包孕,在转化中推出来的生命存在觉识。

于是,冯至这篇博士学位论文,也就为他所倡导的万类同一而存异的艺术思路提供了更完整也更全面的阐释。但这还不

够，他还举出一些诗歌文本来做分析，以对这条艺术思路作深一层的阐释与探求。这就要来谈谈他的两篇诗文本赏鉴文章：《两句诗》和《一首朴素的诗》。

《两句诗》是冯至对贾岛的两句诗"独行潭底影，数息树边身"而发的鉴赏性议论。他对前一句这样议论："中国古人常常提到明心见性"，而"独行潭底影"就体现了这一点："这里这个独行人把影子映在明澈的潭水里，绝不像是对着死板板的镜子端详自己的面貌，而是在活泼泼的水中看见自己的心性。"对后一句的议论更妙："至于自己，把身体靠在树干上，正如蝴蝶落在花上，蝶的生命与花的色香互相融会起来一般，人身和树身好像不能分开了。我们从我们全身血液的循环中感到树是怎样从地下摄取养分，输送到枝枝叶叶，甚至仿佛输送到我们的血液里。"因此，在他看来，"影"和"潭"、"人"和"树"的关系很值得玩味，他认为这是"把自己安排在一个和自然声息相通的处所"，而这可是"道破了自然和人最深的接触的那一点"。这鉴赏得相当高明。

《一首朴素的诗》是对歌德的《漫游者的夜歌》所作的鉴赏，虽然对文本的外在构成方面谈得多了一点，而内在构成的言说并不突出，却十分精当。他这样说《漫游者的夜歌》这类精炼而朴素的诗："这种诗浑然天成，好像自然本身。"这就点出了这首诗的写作是走着一条立足于宇宙绝对时空、显示出大自然中众生万物同一而息息相通的艺术思路的。而在《谈歌德诗的几点体会》中他谈及这首诗就不只是点了一点，要具体得多，这样说：

这首夜歌里没有月亮和星辰，没有一般夜景的描绘，没有明显的或深奥的思想内容，但是它浑然天成，只是一片寂静，从一切峰顶的上空到一切的树梢，直到林中的小鸟，最后诗人自己也要安息，它形成

一个"世界"，这个世界好像将永远存在，诗人也融化在这世界里。

这才把众生万物在宇宙绝对时空中具有同在同一而息息相通的艺术思路在这首《夜歌》中得以充分体现，并使它因此成为一首杰作，这事说得明明白白了。

冯至倡导万类同在同一的艺术思路这一诗歌审美观，旗帜是鲜明的。

三、设定情理交融的审美格局

冯至在1983年9月3日写给茅于美的一封信中，曾结合茅于美的《海贝词》创作说过一句话："过去人们评论诗词，常常谈到情景交融，我却更喜欢情与理交融的作品。"这话十分重要，表明冯至又旗帜鲜明地提出了一个诗歌审美观。情景交融是诗歌创作的老话题，情理交融却十分新鲜，并且完全是自觉地提出来，这使人不禁要问，他这样提，有什么认识背景？

认识背景是有的，首先是他具有特定的个人素质。可以说，冯至本质上是个性情中人，人生行事总以情感为转移。不过他又几近本能地认为：为人处世不能任一己冲动感情用事，须受着理性控制。在《谈诗歌创作》中，他这样回答采访者有关为人处世自己的精神状态："在我年轻时，感情容易激动。"后来也就"用脑子考虑的时候多起来了"。这就表明他的行事既用情又不失理性的特质。有关这些方面我们可以从他给杨晦的信中见出。如1924年9月在居家养病期间给杨晦的信中他这样说："我则小病蝉联，兴趣萧索，情绪纷纭，有若黄叶尘沙矣……行且去矣，家徒四壁，不胜恋恋。连夜怪梦，更虚我心！此等情怀，真无法分剖。年仅二十，来日茫茫，将何以奈此愁病相煎也！"又如同一日致杨晦的另一信中："家居真使人起凄寂之感，

XINGHE

星河·秋

何况又是秋风秋雨愁煞人的时节。"真是多愁善感。特别是与朋友的交往,不仅真挚,而且有付出全部热情的强烈,如1924年8月写给杨晦的信中:"偶瞻日历,忽忽又五日矣! 中元湖滨之夜,弟深感人世之飘蓬。千言万语,不知如何倾吐;所最实切者,此后弟只独处京师,永安孤寂——待我如贤父兄之慧修兄,将难在我身畔矣!"用情之诚之深,感人肺腑。所有这些,都证实着一点:冯至是性情中人,"感情容易激动"是事实。但是,他又天生是个面对复杂世界能保持冷静头脑决不率性而为、感情用事者,这就意味着他为人有个特点:以高度的理性控制自我情感,审时度势,沉着周旋。1928年上半年,面对沉钟社有可能散伙的危险时,还在哈尔滨教书的冯至,就以十分冷静的态度给留在北京的杨晦、陈翔鹤写长信,还这样说:"我们希望翔鹤同M.H.不要净因一点小事而起纷争⋯⋯我们都应当平静一点,健康一点。"在规劝朋友不要计较小事后,提出今后的方向:"大家一起平静地做点工。如果再做山西的梦、南洋的梦、北洋的梦⋯⋯倒还不如大家散伙的好,那样对我们是怎样地不经济,怎样地损失!"然后在定出大方向后又提议应付复杂现状应取的态度。

我们想,如果能够弄出一点真的东西,纵使对人敷衍一点,也未必是耻辱吧!⋯⋯在生活上同他们对付对付未必就是耻辱,只要我们能以做出好东西来。

然后他又结论性地说:

我们都是二三十岁中间的人,前面的道路还很长,如果在这时,就弄得如此决绝,将来的道路将怎样走呢?

这一番话可全是出于冷静的头脑,是面对感情冲动的氛围中泼冷水,让一切以干实事为方向的理性来控制发热的头脑,这里的"敷衍"极重要,是出于理性的人生策略,冯至一生未变更,也使他受用不尽。

而最大的受用是写诗。

正因为冯至写诗时,诗情是受理性控制的,也就使他的诗大都显示为从抒情推向思索,有情中出理的诗美流变趋向,这就使他的抒情活动从不显现为灵感的陶醉、酒神的癫狂。在采访录《谈诗歌创作》中,对于写诗时心情激动不激动的提问,他很干脆地回答说:"我不激动,我平静了。"激动令人忘乎所以,平静才有可能设置令人有意味可品的设施。不妨举一例,写于1934年的《海歌》就没有通常那种激情澎湃地礼赞大海的气势,而是这样写:"在海水的那边,/是些迷路的灵魂;鸟儿没有巢,/船儿没有坞。//在海水的这边,/是些空虚的躯壳:巢里没有鸟,/坞里没有船。"这就把"海"表现得十分平静,也反映着主体一点儿也不激动。其实这首诗虽题名《海歌》,他却并不想写大海,只是借"海"来表达自己对生命生态意味深长的思索。全诗从灵肉存在的相对关系——灵魂没有依附而躯壳没有归属出发,作了一场个体生命在彼岸与此岸都一样是孤独寂寞的感悟表现。全作象征性的构思十分精巧,以"迷路的灵魂"与"空虚的躯壳","鸟儿没有巢"与"巢里没有鸟","船儿没有坞"与"坞里没有船"以及"海水的那边"与"海水的这边"这么四组相对关系显明的意象,来对诗人一场抽象的"思"作意象象征表现。这样的表现是冯至特具的情受理控制的个人素质所决定的,或者说是特定的人生行为方式决定的。

但也得说:冯至这种以情为本、以理控情的诗美格局的确立,出于先天的个人素质固然是重要的一个方面,但后天的文学影响不仅同样重要,甚至某些方面还是更为重要的——先天是基础而后天是保证么！这种文学影响可从三个方面来看：一、对以情为本的影响。这来自冯至在青年时期读了大量的浪漫派文学作品。《谈诗歌创作》中他就说，"最初，我喜欢读郭沫若的《女神》"，还"因为学德语，接触到德国浪漫派的诗歌"。《女神》也好，德国浪漫派作品也好，都重情，影响了也强化了冯至的以情为本可以想象得到。1924年1月，他在给杨晦的信中就提到读歌德的《少年维特之烦恼》，这样说："今早读《维特烦恼》，心又为之战栗了。"这反映着青年冯至对重情的浪漫派作品感应是多么强烈。二、在读晚唐诗、宋词和西方浪漫派富于情调之作的过程中，接受了直接抒情以意境氛围渲染的艺术表现，在《谈诗歌创作》中他还这样说："我也常读晚唐的诗，宋人的词，从那里也受到一些感染。"他还在这篇访谈录中谈到自己译述奥地利诗人莱瑙的《芦苇歌》的事，这样说："1926年我翻译了莱瑙的《芦苇歌》，朋友们读了，说跟我自己创作的一样。"是有"本身的联系"的，他认为这是"艺术气质上的相通"说明白点，这其实反映着冯至接受了西方浪漫派诗歌中情调艺术（亦即晚唐诗、宋词之意境氛围艺术）的影响。三、最重要的一个影响，是他阅读了里尔克的随笔和诗，有了一个大进展，或抒情艺术的大转变，那就是从以情为本深化为以理控情，从而超越了单纯的情性浪漫而转为情中出理的整体象征诗美格局。冯至提出，写诗的人要学会观看，而里尔克是最倾心于观看的。在《谈诗歌创作》中他这样说："里尔克在罗丹那里学会观看。"观看需要有实体存在的对象，这对象进入创作流程中，就必须让观看达到透视的地步，甚至达到在一般人看来已属匪夷所思的深度。那么这是怎么一种深度呢？冯至没有详谈，只是提点了一下："里尔克《致奥尔弗斯的十四行诗》最后一首的最后两行这样说：'向寂静的土地说：我流。/向急速的流

水说：我在。'"这意思是说诗人的观看要看到实体的对象内在的对立共存交替的呈示。这一来也就意味着这场观看乃是超越地球相对时空而发生在宇宙绝对时空中的事儿。而新诗初期写诗须考虑到宇宙绝对时空的观念还是极罕见的，因此冯至对"观看"点了一下后说："当时里尔克的世界对于我这个'五四'时代成长起来的中国青年本来是很生疏的，但是他许多关于诗和生活的言论却像是对症下药，给我以极大的帮助。"帮助些什么呢？冯至在访谈中没有讲，《里尔克》一文中讲了一些：帮助"我"懂得了"经验"对写诗的重要性。他这样说："一般人说，诗需要的是情感，但是里尔克说，情感是我们早已有了的，我们需要的是经验。"这句话中首先以肯定而无须再争议的语气说在诗中"情感是我们早已有了的"，意思无疑是说诗以情为本是早就设定了的诗的基础，现在更需要的是"经验"。这"经验"指什么，里尔克没有说。按一般认为的"经验"，乃是指人投入生活（观看存在实体）所得的体验经验综合概括而提纯出来的事物存在规律，这当然是一种理性认识。由此说来，里尔克是主张诗须以情为本，但更须情中出理。所以对冯至来说，接受里尔克的文学影响是最重要的，使他最终选择并设定了情理交融的诗美格局。

于是冯至正式宣告了自己极重要的一条诗歌审美观：他更喜欢情与理作交融的诗——原话在本节的一开头就引述过了。而在访谈录《山水斜阳》中，他还结合自己的创作实践说："我写诗，情与理融合。"但"交融"也好，"融合"也好，该怎样进行呢？不同方式的融合又会有怎样的不同后果呢？冯至还是有不同程度的说明的。大致说情理交融分两类。如果说这里的"情"指的是对生活具象的感兴及借此而得的体验，"理"指的是对生存意识的概括及借此而得的经验，那么第一类情理交融是：具

象存在发现对应的抽象经验,而凭此对自身作规律提纯。冯至在《我和十四行诗的因缘》中就说过"把主观的生活体验升华为客观的理性"的话,还说人人"观察草木的成长,鸟兽的活动",会使"往日的经验和眼前的感受常常融合在一起,交错在自己的头脑中"。他这些言说表明:这一类情理交融就是一场把感性体验升华为理性经验的事。至于第二类情理交融则是:抽象经验选择对应的具象存在而凭此对自身作形象印证。对此,冯至在访谈录《山水斜阳》中对采访者所提"情和理这两方面"如何在创作中结合时说过这样很有分量的话:"理通过形象表达出来。"还说"《十四行集》中的最后一首就是说明这个道理"。"形象"是实体存在,能激发接受的感兴,获得体验,这句话里实指"情",是说"理"通过"情"表达出来。至于《十四行集》的最后一首,是论诗,其中说"秋风里飘扬的风旗",它把握了一些把不住的事体,指的是把握住了在宇宙绝对时空中万类同在而同一这个抽象理念,而得以能"把握"诗的则是经验联想,使得这面"风旗"中拂过的"风"到处游荡,时刻把游荡中接触到的事物印迹也拂进"旗",使"旗"和它们发生了关联——如诗中所说:"让远方的光,远方的黑夜,/和些远方的草木的荣谢,/还有个奔向远方的心意,//都保留一些在这面旗上……"这正表明"把握不住的事件"——万类同在而同一的理念通过"风旗"的经验联想把握住的一串具象(形象),印证式地把握住了。所以这一类情理交融是一场凭理性经验去选择感性体验的事。值得一提情理交融的这两条路子,其实在冯至一组随笔《谈歌德诗的几点体会》之二《从特殊到一般》说得更明白,只不过在这篇随笔中他以歌德所作的"特殊"定为具象体验感兴而得的"情","一般"是为抽象经验概括而成的"理",并引述了一段歌德在《格言与感想》中谈特殊与一般关系的话,

"诗人究竟是为一般而找特殊,还是在特殊中见出一般,这中间有一个很大的分别。由第一种程序产生出寓意诗,其中特殊只作为一般的例证或典范;但是第二种程序根本就是诗的本质,它表现一种特殊,并不想到或明指到一般。谁若是生动地把握住这个特殊,谁就会同时获得一般,而当时却意识不到,或事后才意识到。"这一段话和冯至所说的情理交融两条路完全一样,所以他评价甚高,认为歌德的说法"既符合中国古代诗歌理论关于'比'和'兴'的传统,也可以纠正诗歌里部分存在的'概念化'和'公式化'"。同时他还结合"特殊"和"一般"关系的话题,做了一场涉及情理交融两条路可能各自都会出现偏差的言说:"从特殊到一般,意味着从个别具体的事物中表示普遍的情理,特殊与一般结合,才有较高的诗的意境,那些概念诗,现实生活中没有实感,语言中没有形象,只讲一般空洞的道理,不会有感人的力量。但若是只写特殊事物,客观地描写风景,叙述事实,体现不出更高的一般意义,也不能说是诗的上品。"这评说有点四平八稳。但把种种言说综合起来,情理交融所走的两条路更明显了,也更凸显了,这就是:理念寻求、具象作类的印证,具象对应理念,作感兴升华。

《从特殊到一般》一文表明:歌德偏爱第一条路。

冯至呢?从一系列言说中可以看出他的情理交融之路,更偏于第一条。在访谈录《谈诗歌创作》中,访问者问到冯至曾说过"诗人讲真话既是美学上的也是伦理上的"该如何解释时,冯至这样回答:

事实上这是法国作家纪德说过的一句话,诗创造新的美学,同时也创造了新的伦理学。我所说的伦理学不是一般的道德,是指人与人的关系。写诗,也不外乎是写人与自然和人与人的关系。

这话很值得玩味。说写诗无非是写人与自然和人与人的关系，这不是一场哲理性的追求，而是对地球相对时空和宇宙绝对时空关系的思索，是对人在这种关系中该如何看待自己的生态环境的沉思，而沉思是在特定心境中一种具有意境氛围渲染的理性变奏追求，所以冯至也就在情理交融的选择上，走了一条理念寻求具象作类比印证之路：进入了沉思的诗的创作。在访谈录《谈诗歌创作》中，当访问者问他写了《十四行集》是否可称为哲理诗人时，他态度坚决地说：

> 我不承认。当时我的《十四行集》刚出版时，有不少人写评论文章，称它为"沉思的诗"。沉思不等于哲学，说是沉思还比较接近……在我的十四行诗中，可以看出在抗战时期一个知识分子怎样对待外界的事物，对待自己钦佩的人物，对自然界、生物的感受。

应该说这种情理交融的诗美格局集中地显示出来的沉思的诗是值得提倡的，《十四行集》中多数的诗之所以一直来有较高评价，乃在于冯至在诗歌观和创作实践上，都显示着情理交融的诗美格局。

四、把住诗体建构的辩证意识

冯至在新诗的形式建设上，说有重大的贡献，多少有点言之过度，不过他提出新诗的这项工程须持辩证的意识去对待，却是具有设计方案方向性定位价值的，作为一条诗歌审美观，值得珍视。

值得首先提出来的是冯至极重视诗的形式。在《诗的呼唤》一文中他这样说："人为了更凝练、更集中、更有感染力地表达自己的思想感情，创造了诗。诗人好像

无时无刻不在呼唤，提出要求，'给我适当的形式'。为了回答这个要求，在诗的历史上随着社会的发展、语言的演变，经过历代诗人的努力，不断产生诗的新形式。汉语诗是这样，世界各民族语言的诗可以说也都是这样。"随之他还结合新诗和赵瑞蕻八行体新诗创作的实况展开来作了发挥：

> 新诗已经有七十多年的历史，新诗的兴起主要是为了摆脱旧体诗形式的束缚，也便于表达新时代人的思想感情。可是它起步不久，它自身内就有一种要求，它呼唤着"给我新的形式"，不少新诗人感受到这迫切的召唤，他们探索钻研，放胆尝试……不少有成就的诗人为此做出贡献。瑞蕻从1985年底至1989年春节创作一百五十首八行诗，这些诗不像狭义的格律诗那样严紧，更不像广义的自由诗那样散漫，把语调自然的诗句纳入比较整齐的八行诗体里，取格律诗与自由诗之所长，自成一体。作者称他的八行新诗为"习作"，他以谦虚的态度响应了诗对于新诗人的呼唤。

从这段话里可以见出冯至对新诗形式建设关心得多么殷切。不仅如此，他还在多种场合重提这个话题。在《〈冯至诗选〉日译本序言》中他就说："新诗从一开始，就有建设新形式的要求，有人运用自由体，有人探索新的格律。"在《新诗的形式问题》中，他说："几十年来虽然产生了不少优秀的诗篇，可是传诵一时、不胫而走的诗篇还是占极少的数目……为什么新诗总是不能被较为广大的群众所接受呢？内容固然有关系，但我认为形式也是一个重要的原因。"他甚至还把形式问题提到这样的高度："文学史上的许多斗争，往往是在形式问题上爆发的。"

冯至说了这么多有关新诗诗体建设重要性的话，那么他是否也提出一些建设方

案来呢？有提出来的,这就是他提出一个必须狠抓语调的方案。这方案他从两个方面展开来谈,第一个方面是为诗歌语言中的语调自然在形式建设中应占的座次作了定位。第二个方面是给语调在诗体内部、诗体间进行调整所起的辩证作用作出价值判断。现在就针对这两个方面冯至所持见解进行考察。

先看第一方面:语调在深入展开新诗诗体建设中所占地位的考察。

在新诗形式建设上,冯至有一个非同一般的认识:语言的作用压倒一切。在《〈冯至诗选〉日译本序言》中,他就说过这样一句话:"诗的形式主要决定于语言的特点。"这意思就是诗歌语言是诗歌形式的基础,而从语言在诗体建设中起手段作用的这个角度看(它不起材料的作用),语调也就凸显了。所以语言是新诗诗体建设的基础,语调则成了新诗诗体建设的逻辑起点。可以这样说:讲究语调会使新诗诗体建设具有形式整体辩证有机的审美和谐格局,冯至在写给日本女学者佐藤晋美子的信中曾说:"我对于新诗,正如我在'琐记'里所说的,主张诗在一定的形式下保持语调的自然。"在《新诗的形式问题》中,他强调地提出新诗形式的两大特征:一是"采用了西方诗歌分行",另一就是"诗句接近自然的语调"。而在《我和十四行诗的因缘》中则说:"我只求诗的语调要保持自然,适当注意形式。"从"主张"语调到"接近"语调,再到"只求"语调,可见他对"语调"的看重是在步步深入。特别是说只求语调适当注意形式的说法,十足反映了——在冯至看来,语调是新诗诗体建设的大事,或者说语调和形式的关系是"水到渠成"的关系,由此也才会有"适当"注意形式这样轻飘飘地补一句对"形式"的照顾。

从以上所引述的话看来,我们不禁要问一句:冯至为什么会如此重视语调这事

儿? 莫不是他认为语调对新诗中自由诗体与格律诗体建设中的体式格局形成能起大作用? 是的,正是这样。

这就要来谈第二方面:语调在辩证地调整新诗诗体中所起作用的考察。

语调在这方面所起的辩证作用特别重大,其辩证作用突出地显示在自由诗体内部关系、格律诗体内部关系的调整上,也显示在自由诗体与格律诗体之间关系的调整上。

其一,先看语调的存在对自由体诗内部调整所起的辩证作用。自由体诗在汉语诗歌中出现,是新事物,新诗中才有的,所以它实属新诗的专利。新诗的始作俑者胡适在《谈新诗》中提出新诗的首要特征有二:一是采用白话,二是诗体的大解放。他对"诗体的大解放"还做了这样的界定:"不拘格律,不拘平仄,不拘长短,有什么题目,做什么诗;诗该怎样做,就怎样做。"这其实是把新诗界定为是一种自由体诗。这样的诗当然是很自由极解放的了,但其流弊之大也就可想而知。所以冯至提出不能无止境的自由。在《〈冯至诗选〉日译本序言》中,他就说:"我认为:自由体不应写得太散漫,像是分行的散文。"在《新诗的形式问题》中,他更把自由体新诗和传统诗比较起来说:

新诗由于现代的语言更复杂更丰富了,打破了五言和七言的限制,更接近语调的自然,这是对的。但是正因为如此,多几个字少几个字没有什么关系,自由是自由了,所谓"一字的推敲"也好像成为不必要的了,这样很容易产生文字的浪费现象。

这段话涉及新诗的语言变革——白话取代文言而带引出一种自由诗体,也因此而发生了两件事:一、诗体不讲规范,一任率性而为,放纵无度;二、使新诗诗体中有语调

表现之可能。前者的极端自由，不是好事，使诗体成了脱缰之马，放纵不羁，会导致新诗散文化；后者值得称颂，它在自由体诗中的存在不仅能使诗情的传达更充分，且还能发挥大作用，对新诗形式自由无度起一种适量约束的调节作用。这二者共存在自由诗的体式中，使得这种自由诗体既具有自由的特性，又因语调的存在具有形式表现的某种斟酌性能：起一种适量节制自由的作用，这就是对立统一带来的好处。冯至虽没有在这段话中推出一个自由诗体内部调整的辩证性结论，但我们可以代他说：他强调语调在自由体诗中的存在价值，就为了新诗的自由体建设须具有自由中显规范的辩证原则。这使我们想起冯至在《读〈中国新诗库〉第三辑》中的一段话："人们有个偏见：以为自由体不注意形式，形式为格律体所专有，其实自由体也自有它的形式美。"这个"形式美"是怎样的呢？他没有说，我们可以代他说：一个语调控制体式自由显示出来的自由中显规范之美，这是辩证地作体式内部调整得来的。

其二，再看语调的存在对格律体诗内部调整所起的辩证作用。

冯至还注意到语调和格律体诗的关系，他也提倡把语调打入进格律诗体中，使格律诗体内部也得以辩证地调整。这同样值得称道。他在多篇文章中说过自己不很赞同闻一多过分严格的格律要求，在《〈冯至诗选〉日译本序言》中也说："格律诗也不要过于严格，给自己又套上新的枷锁。"为了追求格律而又不至于使格律成为表达思想情感的枷锁，冯至又提出求格律须以语调为先。在他看来语调的自然表现存在于诗体内部，可以把格律过严而导致诗性表达显出的呆板的情势得以缓解，甚至冲破某种方面的约束，给格律掺入语调表现的自由活泼而有了生气。这种凭语调掺入而冲破某些格律规范，使格律模式

变奏的经历，冯至自己就有过。在《〈冯至诗选〉日译本序言》中他就这样说过："我曾一度借用西方的十四行体（sonnet），但为了保持语调的自然，我并没有完全遵守十四行严格的诗律。"总之，把语调掺入格律体诗中，使格律诗体内部也有了辩证的调整。说这场调整是辩证的，意思是说这样的调整使格律体新诗显出了规范中求自由。如果说语调在自由体诗中是规范的化身，那么在格律体诗中，语调的身份调了个位置，成为自由的化身了。

其三，语调的存在，使自由诗体与格律诗体之间也显出了辩证的调整，从而产生了一种两种诗体相交融的综合诗体。这是冯至在面对语调与诗体的关系而提出的一个特具辩证意识，也最显创见的主张。这个主张出现在冯至为赵瑞蕻的诗集《诗的随想录》而写的序文《诗的呼唤》中。这本有150首八行体诗组成的诗集，既有格律体的形态，又有自由体的意味，使他特感兴趣，并且于此中发现了一条新诗诗体建设的新途径。序中这样说：

这些诗不像狭义的格律诗那样严谨，更不像广义的自由诗那样散漫，把语调自然的诗句纳入比较整齐的八行诗体里，取格律诗与自由诗之所长，自成一体。

这是一段颇值得玩味的话。冯至的关注点显然是在"把语调自然的诗句纳入比较整齐的八行诗体里"，是这一举措才使这些八行诗成全了自由体与格律体的交融。冯至没有为这种混合的诗体定个名称，不妨称它为兼容体。正是这种兼容体，显示着自由中显规范和规范中求自由的双向交流特色，是辩证意识极典型的体现。

鉴于以上一系列的辩证思考，使冯至也对创作中采用何种诗体为佳作出了自我选择。作为一场诗歌审美观的延伸，倒也值得来议论一番。在《〈冯至诗选〉日译本

序言》中，冯至就对诗体的自我选择明确地说过一段话："我写诗不拘一格，对于自由诗和格律诗都作过一些尝试。我认为，自由体不应写得太散漫，像是分行的散文；格律诗也不应过于严格，给自己又套上新的枷锁。"在1984年12月写给佐藤晋美子的信中也说："我不同意诗的过分的散文化，也不喜欢过于严格的格律诗。我20年代是这样想法，现在也没有多少变化。"这些话表明他对诗体自我选择所抱态度的成分较多。在访谈录《谈诗歌创作》中就谈出了新意，他这样说：

　　我在写的时候，觉得什么词合适就用什么。20年代，闻一多等人提倡格律诗，我不很同意。我认为写新诗就是要从固定的旧格律里解放出来，不必迫不及待地又给自己加上新的枷锁。但我又不同意过分散文化，我始终遵守语调的自然，并给以适当的形式。

这段话的最后两句——"我始终遵守语调的自然，并给以适当的形式"，原来他对新诗诗体的自我选择，只选择守不守语调的自然。讲不讲语调和语调自然不自然，只是诗体建设中的一项原则，说白了，他的诗体自我选择只是选择原则。守住语调自然这个原则，他选择自由体、格律体或者兼用体都可以。

　　在诗体建设中始终守住语调和语调自然，这里有辩证法。

　　冯至的确是一个在诗体建构上能把住辩证意识的人。

　　综上所述，可以说，冯至诗歌审美观涉及的四个方面，都是富于战略性的原则方向，而少见战术性的操作方法。唯其如此，才使他的诗歌境界具有超地球相对时空的神思意味。

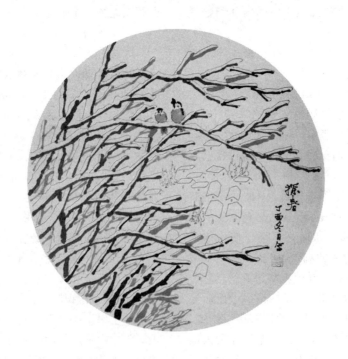

现代性、先锋性与超越性的嵌合

——一份中国当代诗歌创作的样本分析

● 王自亮

一

"现代性就是过渡、短暂、偶然，就是艺术的一半，另一半是永恒和不变。"波德莱尔在1863年发表于《费加罗报》一篇题为《现代生活画家》的文章中，以一种不容置疑的口吻，写下了上述这句话，几乎是为现代性定了调子。

接着他还说："这种过渡的、短暂的、其变化如此频繁的成分，你们没有权利蔑视和忽略。"

在现代性的问题上，马克思走得更远。在分析商品和资本主义特征时，他认为，旧时代"一切坚固的东西都烟消云散了"。可是他并没有指出，一种新的"理性"却应运而生。这种"理性"就像竖立在人类面前一座新的高墙，带着蒺藜和火力防护，还有借尸还魂的僵化传统。马克斯·韦伯对这种理性所给出的隐喻"铁笼"，与福柯笔下形容冷酷权力充斥其间的"环形监狱"，可以互为印证，都是属于描述现代社会组织和机构特性的深度意象。

世界现代艺术和诗歌的主流，就是建立在这种"过渡、短暂、偶然"和它的反面"永恒"这两种基础之上的。这里的"永恒"，是指某种"神性"和超越性，这就构成了现代性所赖以存在的时间意识悖论。进入现代社会之后，"永恒"变得模糊了，而"过渡、短暂和偶然"却那么清晰可感，扑面而来。于是就有了未知、不确定和迷惘，浑朴的时空感出现了裂隙和虚空。在这里，艺术、戏剧与诗歌首当其冲，影响深远。自然，有诸多自我因素开始加入，正如斯蒂芬·斯彭德说的，"现代人的写作是意识到环境活动的观察者观察他们自身感受的艺术"。

艺术、戏剧和诗歌上的先锋派，是在现代性之上发展起来的。没有现代性，就没有现代意义上的"先锋派"。考察一部包括中国在内的世界艺术、戏剧和诗歌史，我们发现，先锋派以现代性作为基础，然后借鉴了它的要素、观念和形式，并予以变形、抽象和分离，取得出人意料的效果。尽管如此，现代性却不等于先锋性。关于这一点，马泰·卡林内斯库说得很确切："没有一种显著而得到充分发展的现代性意识，先锋派是几乎不可想象的；然而，这么说并不意味着可以将先锋派同现代性或现代主义混为一谈"。（《现代性的五副面孔》，马泰·卡林内斯库）。

那么，诗歌上的"先锋精神"意味着什么？

"Make it new!"（日日新），庞德的这一诗歌宣言可以看作是对诗歌先锋精神的最好诠释。自波特莱尔以来的诗歌，先锋派们自觉或不自觉地，都在体验和实践这一重要的主张。诗歌的先锋精神，就是占领

星河·秋

制高点,直面变化,挑战平庸,从而拥有未来。换言之,就是风格上的超前,形式上的实验,和语言上的"炼金术"。这种新,不仅仅是诗歌意蕴上的更新,还在于形式上的实验,甚至不惜走点"极端"。从某种意义上看,"新"就是超越与穿透,"新"就是实验。

先锋诗歌不仅刺穿荒谬,还建构真正的存在。在现时代,固然需要不竭的语言裂变和形式更新,但先锋诗歌最终要确定的,是对现象、存在和人性的建构,以及在此之上的持守。先锋性不惟"破坏",更在"守护"。有时,沉默也是语言,先锋诗人借助于"沉默"这一最高意义上的"语言",向世界进行发问与诘难,所谓"天问"是也。雄辩和沉默,是语言的双重性,也是先锋艺术的双重性。与此同时,先锋诗歌特别关注自我和他者、时间和空间、词和物之间的关系。就主体间性而言,正如拉康所揭示的,无意识的主体是主体性存在的根本维度。作为先锋诗人,总是要在言语主体和欲望主体中,与无意识的创伤性内核相遇,从而尽可能多地获得真相,并赋之以诗的形态。

一言以蔽之,先锋诗歌既揭示,又消解;既呈现,又隐遁。既强调主体间性(intersubjectivity),又引入他在性(alterity)。这就是先锋诗"左右逢源"之处,也是它的怀疑论所在。

"所谓先锋派,就是自由",尤奈斯库如是说。

二

20世纪80年代以来现代汉语诗歌的再出发,既承接中国新诗发轫期以来的"呐喊"与"彷徨",延展20世纪三四十年代穆旦、冯至和艾青等人开辟的现代主义诗歌创作道路,也赓续了《诗经》以来华夏民族"诗教"和韵文创作的伟大传统,在文人诗赋和俗文学中寻求古典的现代性。

更为重要的是,诗人们关注曾与之长期脱节的国际诗坛流变与态势,与金斯伯格、特朗斯特罗姆等直接接触,经受波德莱尔以来西方现代主义诗学观念的洗礼,从象征主义、超现实主义这两个最主要的国际诗歌运动(以及各国的变种,如阿克梅派),再到后现代主义,都有所涉猎。而大量超越于诗歌主要流派的诗人们(如奥登、策兰、弗罗斯特、拉金、沃尔科特、阿米凯、达尔维什等),同样滋育着中国当代诗歌。逐渐地,诗人们与文明世界的当代诗歌接轨,甚或同步发展。无论是诗歌创作实绩,还是诗歌批评、文学活动和社团发展,均为百年新诗史上最有建树,最值得嘉许,最具标杆意义的时期。

20世纪80年代以来,中国诗坛就出现了"先锋诗"。90年代以来,更是形成了一种不可忽视的力量。唐晓渡所使用的"九十年代先锋诗"概念,就将80年代中后期"实验诗"中的一部分作为其源头,将个人写作、综合意识、反讽、叙事性等作为"先锋诗歌"的重要特征。周瓒在其《当代中国先锋诗歌论纲》中,认为中国先锋诗歌是指20世纪80年代中后期以来,少数意识到并仍然坚持一种以个人性的立场写作的诗人的诗歌实践,是那些始终重视和保持纯粹的精神价值关怀的诗人写作。在当代中国文学的发展中,先锋诗歌体现了介入现实生存和把握个体经验相结合的综合意识。

按照桑克的说法,可以将"先锋派"分为"旧先锋派"和"新先锋派",时间上以1990年初期为界。前者以破坏性和突破性为印记("外破诗歌专制之壁垒,内破诗歌语法之累赘"),后者以反对异化、有序实验、提倡建设性为标志。当然,这也只是一种分类方式而已,但从中我们看出中国当代先锋诗歌的一些发展线索和谱系。从中国先锋诗歌流派的实践来看,先锋诗歌的写作，从一开始就呈现了突破和建设并重的气象，并不完全是由初级的先锋进阶到成熟的先锋，旧的先锋演化为新的先锋。

于是，一些先锋诗人群体的出现，带来了一种新的诗歌建设姿态。他们不仅独立而且包容，如浙江的梁晓明、余刚、南野、晏榕、刘翔、伤水，上海的陈东东、王寅，四川的欧阳江河、翟永明，还有张枣、柏桦等人。他们始终是一个动态的先锋群落，一次连续的集结。它所要从事的"建设"是面对新世纪的诗建设。梁晓明在20世纪90年代就拿出了《开篇》这样一部讨论存在与虚无、死亡与新生的杰出作品（更不要说他的充满现代性甚至具备后现代感的《玻璃》和《各人》了）；余刚从20世纪80年代就开始了探索性诗歌写作，而且运用了超现实主义的一些手法，取得了很多成果；刘翔也从那时开始进行了具有前瞻性的诗歌批评和诗歌创作实践。可以说，如梁晓明所言，以"重现和提升人的根本精神"为方向，在众多作品中所发出的声音，更多的是一种希望、一种引领与上升。从美学上分析，他们也是坚持了一种"节制而优美"的品质。

就诗歌翻译而言，在最近几十年中也取得了巨大成绩。最近，阿九重新翻译了艾略特《荒原》，就是一个令人瞩目的行动。起意重新翻译艾略特的《荒原》，事出偶然却又有必然性。他是在网上读到傅浩《荒原六种中译本比较》一文后，才萌生了"第七译本"的念头。他认为《荒原》被经典化之后，对它的解读和批评也越来越学术化，逐渐脱离了对一个诗歌文本应有的审美直观。他在《译后记》中说："我们面对的是一个同时具有整体性和碎片性、一个文化广原和断裂带交错出现的艾略特。全诗有十几个可辨认的声音，兼有不同阶层口语和书面语的表达特点，是一个多声部的叙事，在希腊罗马古典主义、基督教

信仰、印度佛教和小市民文化之间转换。译文如果未能抓住，甚至完全忽视这些语言和风格学特征，都是对翻译使命的背离。"最后阿九说出了重译《荒原》的真正原因："在中文之内重构原文的诗歌品质，才是译者真正的野心。"

三

这些诗人的开放性和活力是非常值得注意的。至今为止，他们中想佼佼者仍然坚持诗歌创作与批评的包容性和建设性，尤其坚持它的出发点：先锋性。正是在这个意义上，诗人自觉地与当下把玩口语、日常生活，标榜反文化的诗歌写作拉开距离，开拓了抒情诗的领域和境界，增加了现代抒情诗对当下生活的感受力。

他们始终警醒的。正如诗人南野一针见血地指出："我认为中国当代先锋诗歌目前的话语症候，在于普遍丧失追寻自由的意愿。内驱力意向的转移，其原因不外乎现实世界规则效应的日益凸显。一切尽由于'自由的代价是高昂的……'。"诗人晏榕则认为，面对着庞大无边、荒谬纷乱的时代景观和文化语境，如何保持高贵和清醒，恪守艺术信条和诗歌理想，绝对是一个原则问题。他还提出了"回归先锋"的概念，事实上就是如何坚持先锋精神，持守当代诗歌创作的实验性、前卫性和交融性，以更好地兑现我们的初衷：包容性和纯粹性的结合，历史感和现代性的结合，南方抒情诗传统与现代多元诗学的结合，诗歌创作与诗学理论建设的结合，以及先锋前卫姿态与对现代诗歌传统之尊崇的结合。

纵观当代中国先锋诗歌创作，我们觉得有必要对先锋性做如下几个方面的思考：

①先锋性究竟意味着断裂还是扬弃？
②先锋性是毁坏还是建设？抑或兼而

有之？

③先锋性是抽离还是在场？有无中间路线？

④有没有"原始主义"的先锋性，或先锋意义上的"原始"？

⑤中国当代先锋诗歌与西方先锋诗歌的异同点如何？

我所罗列的上述问题，应该是非常值得讨论的。就这方面而言，唐晓渡和张清华一次关于先锋精神和先锋派的对话，或许对我们有一定启示性。唐晓渡是这样说的：

> 重要的或许是：放弃那种从一个只能是虚构的"原点"或核心生发开去的一元的、线性的、本质主义的眼光和思路，而尝试一种多元的、交叉复合的，从根本上反"历时性"的眼光和思路，以把人为设定形成的成见及其影响减至尽可能小。……当代先锋诗的谱系如同艾略特所说的"秩序"一样，是一个动态的概念，处在不断的变化和调整之中，其契机是创新，但也包括人们的重新认识，而重新认识往往根源于前在的写作作为范型对后起者所产生的影响、启示，甚至激起的反抗。

四

考察一部现代诗歌史，现代主义崛起本身就熔铸了先锋精神和诗歌"与生俱来"的品质。先锋不是"虚无"，先锋也不仅仅是新的"未来观"。我们也看到，未来主义和达达主义曾经盛极一时，但最后仍丧失其"先锋性"。为何？就因为时间、历史和风尚，只是先锋精神的一个要素，而非唯一要素。

我们坚持认为，尽管先锋性与时代、叛逆性和"未来"有关，但从根本上看，先锋性是人类的批判意识、威权质疑和超越精神的综合。先锋精神是对这个"不完整世界"的弥合，也是对破碎而分裂的世界文化命运的救赎。在一些特定时期，"先锋精神"恰好可以与"启蒙意识"结成"神圣同盟"。而我们这里所说的"启蒙"，与康德所定义的"何为启蒙"密切相关："（启蒙）就是人类脱离自己所加之于自己的不成熟状态。不成熟状态就是不经别人引导，就对运用自己的理智无能为力。"①

中国当代先锋诗歌进入21世纪之后，并没有失去它应有的地位，反而再一次显示了其优越性。诗人们认为，在当下的语境中，我们所秉承的诗歌先锋精神，更有其持守和发展之必要。说到底，当前中国先锋诗歌就是要像史蒂文斯所说的，"重新去审视人的感情尚未触及的世界"，更如同艾略特所坚持的那样，"尝试形成新的整体，而且将不同文化和不同历史时刻融合在一起"，最后完成一个看似不可能完成的使命，"把形式与意义赋予一幅表现无聊与混乱的巨大全景图"，②也包括内心的全景图：绝望、挣扎和梦魇。人，必须一次次重新站立。这种站立，更多是指思想精神的，也是本体诗学的。我们深知，诗歌虽然"没有让任何事情发生"（奥登语），但确实是人的慰藉和精神版图之扩展，哪怕只是"一种临时性的整体意识"③。

几十年的诗歌创作、翻译和批评实践，使我们深刻地意识到，综合与超越是先锋精神的根本，回归与前行是中国当代诗人的命运。作为一个有影响力的诗歌群体，仅仅凭着勇武、刚毅和策略是不够的，更需要智慧、眼光与胸襟。技艺是重要的，语言更具有本体意义，但"道、技、艺"的结合，是诗人成熟的标识和诗歌创作的不二法门。中国新诗诞生百年之际，需要我们以再出发的勇气，与更多的诗人群体一起，共同将汉语诗歌写作和批评、翻译推进到新的境界。

请允许我在这里借用策兰的诗句作结："是石头让自己开花的时候了。是不息的时间有跳动的心脏,/是时间如它所是的时候了。/是时候了。"

注释:

①康德《答复这个问题:什么是启蒙运动》,何兆武译,《理性与启蒙:后现代经典文选》,江怡主编,东方出版社,2004年5月。

②詹姆斯·龙根巴赫《现代诗歌》,《现代主义》,迈克尔·莱文森编,田智译,辽宁教育出版社,2002年10月。

③同上。

坚持"意义写作"传统的现代言说

——《耿林莽四十年精美散文诗选》之概览

● 王志清

耿林莽是我非常尊崇的一位散文诗作家。我撰写的散文诗评论不多,给他至少写过10篇,发表在《光明日报》《新时代文学》《文学报》《星星诗刊》《香港散文诗》与《武陵学刊》《湖州师范学院学报》等报刊上。

我们之间20年的交往,虽然只见过两次面,却心心相印,诗观与人生观也比较一致,常在电话中问候与讨论。2020年3月—4月,我接连收到耿老的两本新书:《落日也辉煌》(河南大学出版社,2020年)与《耿林莽四十年精美散文诗选》(青岛出版社,2020年)。1926年出生的耿林莽,这是怎样的一种生命活力与创造精神啊?!

耿林莽是个奇迹,他30多年来久久为功的坚持,始终关注中国散文诗发展进程中面临的诸多问题,为散文诗赢得合法的生存权利而百折不挠地抗争,提升和引领着当代中国散文诗的创作;耿林莽的散文诗也是个奇迹,他自55岁涉入散文诗写作,耄耋之后而到达创作高峰。

《耿林莽四十年精美散文诗选》,是他的自选本,从他的13本散文诗集千余章散文诗中,精选出百余章来,真可谓精选也。这些散文诗精品,是耿老的代表作,是他自己认定的代表作。选本的百余章散文诗,分为"黎明的风景""冷暖人间""禅思""鼓声遥远""风与原野"等十辑。耿老在这个选本的"自序"里谈其精选原则,主要有四点:一是"以美为首要价值标准";二是"要以抒情的手法叙事"而强化抒情性;三是"重视继承从古典到现代"的传统,特别"重视散文诗的意境美";四是散文诗语言应该有"很强的形象性与情绪性"。这四点,高度概括了他的散文诗观,也概括了他这些散文诗的特点。

笔者不想对他说的这几个特点再饶舌了,而想就这个选本里所体现出的美感谈三点看法:

一、忧郁美

我是耿林莽散文诗的忠实读者,1996年就评论指出:"忧郁的耿林莽在深刻地读懂了生活读懂了时代也读懂了自我的时候,找到了充分表现自我的方位,找到了'个人的音调',为我们提供了具有战栗人心的忧郁美的散文诗文本。"(拙著《心智场景》)这段评语,让耿林莽如遇"知音",他认为:"除去其中过誉的成分,就对我的散文诗美学质量的总体把握来说,我觉得是准确可信的。"在他的多本散文诗集自序中,屡屡提到我的这个评价,他说:"引述于此,或可有助于读者对这本诗集的'进入'。"(耿林莽《草鞋抒情自序》)耿老是以此为"导读",怕读者读不懂他散文诗的忧郁美,怕忽略了他的忧郁美。

爱伦坡在《诗的原理》里说:"忧郁是诗歌里最合理合法的情调。"忧郁美,也成为耿林莽执着而高标的审美坚守,这似乎与他的悲悯情怀有关。耿林莽淡泊名利,深居简出,闭关不出而远离乱世的纷纷扰扰,属于心隐亦身隐的状态。然而,他的散文诗则坚持"意义写作",以强烈的文学责任感和悲天悯人的高尚情怀,亲近和拥抱时代,关注当下,瞩目现实,选本中的《男子光辉》《草鞋抒情》《四月 打工的女孩》《手的档案》《瓦罐空空的》《串场河》等,将诗的触角伸向现实生活,伸向社会的各种层面,以象征性曲笔具有历史纵深感、生活现代感和人类命运感的深刻反思。越到晚年,他的散文诗越是关注生存,关注生存环境与生存状态,他将生活经验的真实转换为诗的真实,变化为忧郁美感的散文诗艺术。

诗歌有一种重要功能,就是提供给人健康的思想,启悟人思想,也给人以思想的广阔空间。耿林莽以"思想者"自居,他说:"我一直认为,无思想的诗不过是一堆文字垃圾。"他认为,思想要融在作品的血液之中,自然流露出来,不是生硬地表述,更不是贴标签似的"贴"上去,而应该让人感到思想的无所不在。他的散文诗,从内容来说是诗人"三观"与审美在诗中的"结晶"过程与结论,而这种过程因为比较讲究,便形成了他的散文诗艺术,诗性的思考被诗与诗之间的演绎而融入具体语境,思想和意象高度融合,以至于我们无法把这两种过程分开,而成为以思想和意象高度融合的真善美的形式,诚如华兹华斯所说:"我看最低微的鲜花都有思想,但深藏在眼泪达不到的地方。"(《不朽的形象》)

耿林莽散文诗40年的创作历程,求新求变,不断新变,然变中有不变,不变中有变,变的是形式、技术、题材、旨趣,不变的是诗中都有一个"忧郁"的内核,是悲悯情怀、深刻思想与适度先锋形式所构筑起来的忧郁美感。

二、刚柔美

我总想找个词语来概括耿林莽的散文诗风格,然而,至今仍然没有找到。从风格上说,耿林莽属于哪一种呢?耿林莽的散文诗似偏于柔性,偏于婉约,偏于冷峻,然亦阳刚雄浑、含蓄委曲,甚至还是旷淡的飘逸的。耿林莽在《散文诗六重奏》(河南文艺出版社,2011年)里写道:"诗评家王志清先生的评说最具代表性了,他说:'其诗的基调和主调均是忧郁冷凝的不变,而只是越到后来,则越是有苍茫感和穿透力,即有一种理性气势,给人以凛肌冽骨的战栗感受。'"这虽然是笔者20年前的评论,但也是耿老对自己诗风一以贯之的自我评价。

如选本里的《红高粱,摇得响的火》,全诗分三节,三个画面,三个意境,似乎散而不相关,然都表现一种"火"。那个"红高粱"意象,很有表现力、也极富启示性。第一节是这样写的:"太阳红,你也红了,/向日葵有种取悦之姿,/而你没有,红高粱,而你没有。/你只默默地站着,站得很直。吮吸/阳光灼热的乳,一点点积攒,凝聚/摇得响的火。"诗中最震撼人心的是摇动的节律,是一个"被燃烧的滋味炙烤着"的灵魂舞蹈。耿林莽笔下的感性的红高粱,给了我们一种诗性的暗示,让我们在破解作品所隐含的意旨中获得审美的愉悦。耿老在这个作品里说:"不需要耳语,喁喁情话,语言是多余的。"因此,对这种没有"言语"的"摇动"之阐释,也是多余的,"原始野性的回归,这已经足够"。

法国美学家杜夫海纳说:"激情即是色彩,色彩即是激情。"耿林莽散文诗中的这种类似"醉神精神"的个体内在情绪抒发,让人直往李白的诗上想。古人说,李白的诗气概挥斥,回飙掣电,且令人缥缈天际。我看耿林莽的《飞瀑》,也是这种感觉,全

章200余字,不妨照录:

> 山终于醒来。猛然抖擞,几千年郁积的悲愤。/那些冻僵的土块活起来,挥动麻木的沟壑。/雨神的诅咒,雷的凌厉奔突,全化为水,滚滚而下,倾注一种痛苦的狂饮。/不再是小草枯萎寒风中抖索,/不再是流放者戴着镣铐的脚步。//横空出世。瀑布乃大山之魂,闪光的弧。/骑士出征,白马飞鬃。大地敲击着铜鼓。千人空谷,万人空巷。/光的舞蹈。裸女人的胸。/骚动的幕,电梯上高悬。//披散李白的白发三千丈,崩溃了积雪,汨罗江把屈原流了两千二百多年的苦泪,一朝喷出。/我在读一页《狂人日记》。

耿林莽凭借瀑布而获得了广袤时空的精神自由,抵达历史的人性深度,这是一种人性的渴望,是一种情感压抑后的爆发,是一种精神主体充分参与的灵魂张扬。诗的最后,复归沉思,也给人深沉的思考。社会的转型,使耿林莽的创作也处在一个转型期,他在形式上不主故常,任由意志主宰,没有律束,往往是大幅度的时空转换,大起落的结体布局,来表现大反差的情感升降,表现饥渴、寒冷、苦涩、皲裂等强烈感受。

从风格上说,耿林莽散文诗是"绕指柔钢"的那种。著名的学者型诗人林庚先生说,真正的精神力量,并不需要叱咤风云,或表现为金刚怒目。这种理性光芒内敛而抵达审美的诗意,具有一种震撼人心的思想力量,一种由忧郁而酿造的强劲的思想穿透力,表现出冷峻飘逸的外在形态与内在张力。耿林莽先生善于制造现代诗的陌生化效果而引发读者更新知觉,也同时增加读者感知的难度。然而,这种既理性又

偏于感性的形象,鲜活的"诗意"与思想的深度,我们还是能够获得思想与审美的启悟。

三、朦胧美

朦胧美,是耿林莽散文诗的重要特点。或者说,耿林莽的散文诗就是朦胧诗。

朦胧诗名声不好,20世纪80年代朦胧诗之后,中国现代诗便处在一路下滑中。不是因为朦胧诗不好,而是因为现代诗包括散文诗追求的已经不是朦胧美,而是"模糊"美,是滥用"通感""转喻"与"伪叙述"所造成的思维与语言混乱的"模糊",这其实只是因为情感苍白、思想匮乏而玩弄的一种遮眼法,算不上"朦胧"美。

朦胧诗的朦胧,不是朦胧在词汇上,而朦胧在意境上,多向度的暗示,给读者提供了广阔的创造想象的空间。耿林莽人老,而其散文诗却非常年轻,非常现代,很讲究技术性,加之其思想的深邃,因此造成了他散文诗含蓄婉曲的朦胧性,亦即古典诗学说的可解而不可解的"镜花水月"美。朱光潜在《中西诗在情趣上的比较》文中说,"诗人对于自然的爱好可分三种":"最粗浅的是'感官主义'",亦即"在诗中尽量铺陈声色臭味";"第二种起于情趣的契合忻合",是"万物静观皆自得"的那种;第三种是在自然里"看出不可思议的妙谛","往往能够见出一种神秘的巨大的力量"。(《朱光潜全集》第3卷)三种情趣,三种境界,高下的三个层次。耿林莽散文诗精选本里的诗,应该是属于第二、三种,是那种已经超越了简单的模拟与写生的层面,而注重意象的生成,注重意境的构建营造的写法。因为是意象与意境的运用,而改变了表述上的直白与浅露,而形成了含蓄的朦胧性,让人读后陷入了一种审美幻觉中,进入了诗人经营的审美境界中。且看他的《听叶子说些什么》:

夜露清凉,轻如月光的一片叶子,将阴影藏在背后。疲惫的树叶,在那里沉睡。/这时候,她是不说话的。/夏天,饥饿的嘴唇捕捉着阳光,树木正突击性疯长。/这时候,叶子过于忙碌,也是不说话的。//秋天,鹅卵石的岸,静静地有一片叶子垂落,又一片叶子垂落。直到腐烂之躯覆盖了地面,叶子们仍默无一言。//冬日,风更暴烈,摇落了树上最后一张叶子。我拾起来。那折断的叶柄,在瑟瑟地抖颤。似乎想说些什么,但为时已晚。

这应该是耿老散文诗的初期作品。作品写一片叶子,通过叶子来"说话"。叶子不说,并不是没有说。叶子不说,我们却知道它要说什么,知道作者要说什么。不说,是耿林莽散文诗中的思考以及思想表现的主要形态。其实,耿老实在是太想说了,有很多很多想要说的,但是,他不说。这是他不明说,不直截了当地说,诗人不说,没有说出来的东西比说出来的东西多得多。这需要我们于其中来寻找到一种感觉,一种诗的暗示,而破解作品所隐含的意旨,而获得与作者心灵世界之间应和的愉悦。

《蓝,一种冷色调》第五节,前三节是铺垫,就像王夫之说王维的五律,前半部分是"养"。这也就是意境经营的一种常见方式。此章的后两节写道:

蓝是一种色调,/像一滴雨,在你眼的深处藏着,便已经足够。/当酒徒们的眼里涌动着鼓胀的红丝,/你的眼里依然蓝着;安静而寒冷的一角。//诗人痖弦说:/"海,蓝给它自己看。"/你

呢?/你眼里那一朵灵魂的灯盏,蓝着,/是蓝给谁看的呢?

前三个自然节,每一节写一种"蓝",篝火欲尽时的那缕烟的蓝,两只蝴蝶中一只寻找另一只时翅膀扇动的那蓝,还有撕裂满天乌云的闪电的那蓝,这些"蓝","蓝色的忧郁,遂成为一种定格"。此章诗的四五两节才出现了"你",出现了"你眼里",出现了"你眼里的蓝",那是一种灵魂的"蓝"啊。这是怎样的一种"蓝"啊!是"蓝给谁看"的"蓝"耶。因为极其省净,省去了几乎所有的背景交代,根本就不交代背景,"你"是谁?不知道,也没有必要知道。只需要知道那"蓝",必须是那眼中有着一点"蓝"的你。那"蓝"是希望之色,是灵魂之色,是人异化之当下而清纯的人性色彩。这"蓝",在"抽象"和"形象"之间而生成了一种神秘性与朦胧美,成为诗人思想意旨的寄托物,成为诗人思辨过程与形象形成过程的"直寻"意象。

选集中如《铜的梦》《崖梦》《瓮的幻想》《水的安魂曲》等等,都是镜花水月的那种,含蓄的,朦胧的,甚至是不可言传的。诗人追求形式,找到了形式与内容的最佳结合点,其散文诗往往作整体象征,以形象化来呈现诗意,思想都浇铸了一些真实可触的意象身上,内在还是饱满的,这与唐诗宋词的表现一脉承传。郑敏先生认为,中国新诗的痼疾在于太实,中国现代诗学与中国新诗实践一开始就选择了西方写实主义的传统,导致了与中国古代诗歌以"虚"为美传统的背离。在《新诗面对的问题》文中说:"诗的艺术在于以'实'暗示'虚',以'虚'打开想象中玄远的空间,使读者读后仍在不停地体会诗中深藏的寓意。"以"虚"为美,虚就是朦胧点,就是含蓄点,就是不要直截了当的。譬如耿林莽《月光恋》里的月光很朦胧:"月光来时,织一件丝质的梦幻之衣。/唯我能看

见,那蛇一样穿过草丛时的幽深和神秘。"无所谓有,也无所谓无;无所谓近,也无所谓远。耿老的散文诗,极其喜欢喻指,而不是直截了当地和盘托出其想要表达的诗旨。康德说过,美应当是不可言传的东西,我们并不总是能够用语言表达我们所想的东西。

我们从这三点来读耿林莽散文诗精选本,未必能够概括全面,但应该是涵盖了他散文诗的最重要特色。耿林莽以九十四五岁的高龄有此精选,是对其一生所作散文诗的总结。因此,《耿林莽四十年精美散文诗选》不仅具有观赏价值,也具有非常重要的文献价值矣。

　　作者简介:王志清,1953 年生。南通大学文学院教授、中国王维研究会副会长、江苏省中华诗学研究会副会长、中国散文诗研究中心学术委员、《香港散文诗》顾问等。在《光明日报》《文学评论》等报刊发表文学评论 200 余篇,出版著作 20 余部,代表作有《纵横论王维》《盛唐生态诗学》《唐诗十家精讲》《散文诗美学》等。

耿林莽的散文诗

醒来的鱼

半坡的鱼,还能游吗?

历史的大波消逝。黄土高原的风,拍硬了冻土。

赤身裸体的先民,是怎样网起一尾一尾鱼的呢?

你是幸运儿。原始艺术家刻你在一只陶罐的外壁。

陶罐中贮满了水,却没有一滴供你去游。

凝固七千年,尾巴也不曾动一动呵。

七千年的梦,其实也短。陶罐上醒来,还是那条黄河。

"我可以自由地游一游了吗? "鱼说。

它终于醒了。

冷　月

冷月流动,而长城凝固。

"我可以流过去吗?"她问。

一泓苍然的水,阴影中起伏。

满园的月,一次次被削成征战之弓,在长城上空高悬。残眉凝结两
千年忧愁。

孟姜女的泪,兵士们孤儿寡妇们的泪,冻成冰凌。

牙齿样咀嚼岁月。

我把长长的发铺在烽火台上,想拂去历史的尘烟。

听不见守城士兵的更鼓声,马蹄踏过山谷的回声。

我和我的影子守着一泓苍然的水。

今夜月圆。

古陶传奇

长安给了我一只古陶碗。

盛着热汤,牛肉拉面加一点辣子,可以驱赶黄土高原峭寒的风。

有一滴眼泪挂在灞桥的柳上,几千年挂在那里。我可以去接过来吗?

蛛网编织老妈妈眼角的鱼尾纹,蜗牛爬上石磨而磨盘再也转不动的时候,古陶碗盛满了冷冰冰的饥饿。

(还要给挖山的老汉送饭,送去这个空空的碗吗?)

古陶碗蛇一样蜕去了一层层皮,当它懂得什么是寂寞的时候,脸上已刻完了一部二十四史。

而今,成为一件珍贵文物,它又有了一点怀乡之思。

(是在想那高原的风吗?)

历史的大船已经驶远……

望 梅

梅开白色的小花,结出的果子却是青的。

青青的梅子,很酸。青青的,小小的颗粒,藏在绿叶丛中,藏得很深。

古时候的少女,望着青青的梅子,想那远恋中的男子,眼神酸酸的,心也酸酸的,望梅而不能止渴。

一直望到梅子黄时,雨落下来了,泪落下来了,而情人,却不见前来。

青色的雨,比梅子还小的颗粒,隐在哪一棵树,哪一片叶子,哪一条枝上?

(那一点点莫须有的爱情的信息。)

"若问闲愁都几许?一川烟草,满城风絮,梅子黄时雨。"

草如烟,雨如烟,愁也如烟,湿漉漉地挂在天际,像一张网,网住了江南,水乡和稻田。

雨还在下着,雨还在下着。

直到池塘里游满了蝌蚪,她们是青青的梅子变的吧?由于耐不住寂寞,终于孵出了一片蛙鸣。

190

鼓声遥远

鼓声遥远。深山幽谷里,鼓,不敲自鸣。

哑然而起的低音之雷,从"黑云压城"的门檐下逃逸私奔的一簇簇影子。

(牛的哞哞哀鸣附着于鼓皮的背面。)

鼓声遥远。它原是一声自悲自叹的独语,不是被谁的槌子敲击出的一声欢呼。

幽谷深山里,唯有雾蒙蒙而远,四处飘散着逃亡者的战栗。

一百年过去,一千年过去。
击鼓人杳无声息,那鼓槌也不知下落。
鼓声还径自响着。在夜半,深山幽谷间——
它在唤谁呢?

石头们听着。
绿色的黑色的不长翅膀的虫们趴在草叶的尖上,
听着,这鼓声。
而人是没有的。
没有人听的鼓声执着而孤独。

不需要前呼后拥,夹道欢呼,
鼓声,在幽谷深山里响着:
一声,两声,却绵延不断。

鼓声遥远。它守住了一种寂寞,犹如,
普罗米修斯守住了他的那一束火。

吹箫人

不是瀑布,不是缓缓而流的山泉,是有人在吹箫。
木筏散了,号子声远。我们的船顺流而下,江声已经睡去。
只有一管箫在吹,吹着,呜呜咽咽。

无语的悲哀,反反复复。抚摸,伤口流着血。
找不到人诉说,沉甸甸的竹叶,滴着露。
屈原、李白、苏东坡,一代代人传下来的那条江,在流。

神女还无恙吗? 她老了。

经不住秋风,发已稀疏。云哦雨哦雾哦,朝朝暮暮,帝王之恋已老化为衰草。

神女峰边,流出来洁白的羊群。
(箫声将它们唤出!)
穿紫衣的牧羊女,在寻觅失踪了的小哥哥。
(骑在水牛背上,溜进了哪一座山谷?)
云哦雨哦雾哦,山脚下的黄昏来了。
羊群咩咩地叫着,寻不着哥哥。

剪不断的箫声,吹了几千年。
不知道神秘的吹箫人,在哪里坐着……

青衫湿·听雨

一切都是轻盈的:露珠,软语,水滴。蜻蜓翅膀,折柳枝的手。

剪烛西窗,池塘水满。《巴山夜雨》的雨珠,一直滴到今日,还没有滴完。

多雨的南方,荷叶杯中,还能品出一点点古典的凉意吗?

寻雨的少年,躺在那块紫色山崖的下面,闭上了眼睛。朦朦胧胧,仿佛已在雨声里行船。

雨打船篷,一滴一滴,水滴石穿。

梦醒!
奇怪的是,一角青衫袖,怎么竟真的湿了?

易　水

风吹着。灰蒙蒙的易水,在流。
眼泪和叹息收藏于隐忍的波涛中。区区小民的眼神,怯怯地张望。
易水,是凉的。

骤然间一抹寒光闪过,
一位壮士和他的剑,舞出了,
惊雷之震。

三杯苦酒咽下,肝胆俱裂。

高渐离叩筑之声幽咽,而你以剑击打着栏杆的铁。
白衣白帽的送行人,泪下如雨,满座无言。
悲歌一曲,震荡了燕赵大地,九州方圆。

一片落叶飘坠到你的胸前来了。
(是枫叶,比血还红一些的叶子,如同誓言。)
于是你立起,躬身一揖,决然地转身,上路。
这是一去不复返的,
决然,知其不可为而为之的,
决然,义无反顾。
道路的尽头,就是那暴君的宝座:金殿。

以卵击石,壮士的鲜血溅在帝王的宝座上了。也许,是仅有的
一滴。
图穷匕见,短兵相接的拼搏,用死亡震撼了王权铸就的铁壁。
漫漫长夜里的一粒萤光,闪过,
竟如此之短暂。

年年秋风,易水依旧冷冷地流。
疼痛的伤口,裂开又弥合。

只有一条鱼

只有一条鱼,游着游着就看不见了。
而湖水是浩荡的,无边无际。淡蓝色水草已化作涟漪,一点点波
动,波动,然后消失。
而湖水是浩荡的,无边无际。当阳光的手指网一样抖动,意欲捞点
什么的时候,已经太晚。
恍恍惚惚的死亡,与水同尽。该有的已全然归于无。剩下来的只
有一条鱼。

白垩纪的　次颠覆,它也被劫入了石之墓窟。

6500万年后的人间,古生物学家以银光闪闪的薄钢片撬开了古老
沉睡的页岩,鳞片似的层层脱落,安然卧于历史的密封中的只有一
条鱼。

纵然有新时代阳光的体贴与温暖,抚慰再三,那尾巴,终不能再动
一动了。

走进迷幻的甲骨文世界

——论布兰臣的诗

◉孙德喜

不少人读了布兰臣的诗都觉得像是进入了迷宫，左探路，右突围，都很难找到其中的路径。确实，我也感到那是一个迷幻的世界，纷繁复杂的意象如浪潮般涌来，而且诗中的那些意象都不同于其他诗人那种凝结着深厚的民族文化的记忆，意义指向比较明确的意象，也不同于许多诗人诗作中的意象与意象之间按照通常的逻辑链接，所以阅读起来颇感艰难。因而，阅读布兰臣的诗不仅需要有足够的耐心，而且还需要转换通常阅读的思维习惯，将阅读的思维切换到他的那个频道上去。通过一段时间的阅读和思考，我渐渐地走进了他那迷幻的诗歌世界，对于他的诗歌有了一定的感受。在我看来，在布兰臣众多的诗作中，《甲骨文》一诗具有非同寻常的意义。在这首诗中，他由新世纪的现实，追忆到他的家乡和童年世界，进而追寻民族历史文化的脉络，从而在中外交错的文化语境中清理民族文化的根，进而观照和审视当下，探寻形成现实世界的严重缺陷的根源。

古今中外的诗歌确有许多怀古之作，也有不少诗作抒写对于过去的回忆。在怀古之作中，诗人们往往借古讽今，或者寄情于古，抒发现实中的失意与失落之情。至于回忆过往岁月，则大多为上了年纪的诗人缅怀已经逝去的青春岁月，试图找回当年激情燃烧的自己以充实当下的荒凉。布兰臣的诗虽然由眼前的现实切入，通连

他的家乡，并且往前回溯，直通遥远的甲骨文时代，根本不同于那些怀旧吊古的诗。他将自己的童年记忆与家族的回忆以及人类的历史作为一种与当今现实遥遥相对的存在，进而将历史与现实乃至未来连通起来，从而构建起人类命运的基本图景。

我们所处的究竟是一个什么样的现实呢？我们先看《指令》。该诗所写的是一个梦。梦者干完了一整天的工作，已经是午夜十二点了——工作非常繁忙也十分辛苦，本该躺在床上好好休息，可是他的精神仍然无法放松，即使在睡梦中仍然接受"公司高层发出的指令"。再看这些"指令"的内容，不是严厉"禁止"，就是"监控"。显然，这是没有自由的人，即便在下班之后在精神上仍然受到严厉控制，因而，人成了工作的机器，成为高度理性的工具，就连"生儿育女"等最基本的生活权利都被剥夺了。人到了这样的境地，还能有思想吗？其精神状态可想而知。在这样的情况下，谁还会记住历史上的"杨广"和"夫差"呢？就连他们生活的朝代也可能搞不清楚。我们再看《床上》，"床上"应该是我们身体与精神放松的地方，但是诗的抒情主体却仍然感到紧张，幻觉中出现的竟然是"子弹击穿了窗台上的两只塑胶杯"，而且感觉到"当中有诡谲地笑、猜忌、恐惧"。这是怎样的现实啊！《触》所表现的是人与人之间的紧张关系："他们用纤

细的触角相互探试/向左，向右，刻在卵石上的/记忆，他们的准则/与身体内部的甜汁和毒液一样。"现代社会是一个开放的社会，人与人之间免不了这样那样的接触，但是现实却充满着各种陷阱，不得不格外地小心谨慎，有时让人感觉如履薄冰。如此提防他人，反映的是非正常的人际关系。《北门桥》里的"仁兄"由于骑着自行车，与三位老朋友"偶遇"，而这三位都不是普通朋友，分别是摄影师、书法家和诗人，然而"大家擦肩而过/感觉我们已经成了杂碎被对方忽略不计"。从这里可以看出，即使那些以艺术家自命的人在大街上都表现得如此势利，居然对比较寒酸的骑车的"仁兄"视而不见。再看这三位艺术家，生活在这样的现实中的他们就同贾平凹《废都》中的庄之蝶一样创作不出什么像样的作品。《逃避》中的那个"导演"隐喻的是人的欲望。由于"导演"的"爱欲"极端膨胀，便觉得"这个世界欠他太多"，于是他大声狂呼"还我一切"，于是他开始"索取、豪夺"，最终就连"绚丽的金黄色"都"化为/瘴气，漫天飞舞"。这里所展现的是人的贪婪，人性的阴暗，而这恰恰构成了现实中人的险恶处境。席云舒在读了长诗《语言之初》①一部分后对这一部分进行了解读。他将该诗的这一部分分了三个层次来论述。他认为该诗的第一层次"表现人的忙碌、快速、刺激、碎片化的生活"②。席云舒的解读表明布兰臣对于现代人的生存状况和社会现实作了准确的描述，让我们看到了现代人的悲哀。

现代人的悲哀，其实并不是布兰臣写作的根本目的，因为这样的描写在许多作家和诗人的作品中都有呈现，而且也都对这样的现实展开了批判，并且表现出深深的忧患和焦虑。布兰臣不过是将这种现实的呈现作为自己诗歌写作的一个出发点，由此向历史掘进。我们看到，在许多诗人那里，历史不过是逃避现实的一个精神庇护所，实际上是没有勇气面对现实，更不敢与现实较量。而布兰臣则是发现我们这个社会出现了问题，进而要通过发掘历史，来为当下的社会把脉，找出症结所在。

布兰臣不是历史学家，也就不会以学术的方式去研究历史，考察历史，历史在历史学家那里往往成为解剖的标本。布兰臣是一个诗人，只能以诗人的方式走进历史，那么历史对于诗人来说是一种可以对话的存在，是可以触摸的对象，是多维时空中可以穿越的世界，是与诗人生命息息相关的所在。所以，布兰臣在诗中常常自由往还于历史和现实之间，就像是科幻之中的人物穿梭往来，不同时段的历史化为不同的空间根据诗人的情绪和艺术运思随时可能出现，从而构成诗歌有机组成部分。在多次阅读《甲骨文》之时，我首先感觉到的是布兰臣在这首诗中建构的三个时间的存在。"一张黑白的照片从识字本里掉出来"，诗歌的叙述从这张照片开始。"黑白的照片"在当今就是一个历史的存在。只有数十年前的人们所拍的照片才是黑白的，而且还是冲洗在相纸上的。这张照片是夹在识字本里，而识字本则是刚刚开始认字的儿童的课本。从其中掉出的黑白照片，看似不经意地出现，却是现今与数十年前过去的一个链接。这就是说，诗人的叙述立足于现今，由一张黑白照片牵引，穿越到他的儿童时代。从现今到诗人的儿童时代，相隔数十年，于是在时间上拉开了距离。如果仅仅在这二者之间穿行，那么诗的叙述仍显得有些单薄（当然比起单纯的现实层面还是要丰富一些）。诗人或许意识到这一点，于是引出了另一维度的时间：甲骨文（尤其值得注意的是，40多年前的儿童和生活在农村的人们很少知道甲骨文为何物，只是当今的诗人了解到的事物，所以当它出现在诗中，则从另一维度暗示着现今的时间的存在）。甲骨文是中国最古老的文字，产生于数千年前的殷商朝代,而这个时候的苏北一带属于攸侯国,其国君为子喜。这数千年前的存在却与诗人隐隐地存在着一种联系,或者说诗人的文化记忆中遥远的祖先攸侯子喜浮现在眼前,这样,数千年前的时间作为第三个时间而出现在诗中。而这三者并非作为一个线性相连,而是以诗人的儿童时代的经验呈现为主,通过意识的飘浮与流动牵出了三四千年前的历史,作为当今而存在的时间其实是一种隐现的存在,其意在于咀嚼和回味历史,更是在审视自身,这不仅是审美的需要,更是反思的需要,或者说是诗人介入历史的一种方式。

儿童时代是一个人的记忆的开始,也是感知生活的开始,因而对于童年之事的记忆往往是深刻的,因而在许多人记忆中,童年的事情总是清晰得历历在目。不过,在许多人那里,童年之事也仅仅是一种记忆而已,也是人到中老年时的回忆而已,很少将其与自己的今天联系起来去重新感知,因而只能算是怀旧的材料。而布兰臣的《甲骨文》则是将童年作为一种历史存在予以重新审视,将个人的历史与民族的历史相融通,将民间的生活与国家的政治相连接。阅读布兰臣的诗作,我们发现他的童年记忆由三部分构成:他的个人史、他的家族史和他的家乡地域史。布兰臣出生于1970年,他的童年也就是20世纪70年代,那是"文化大革命"后期。那个时期,对于一个生长在农村的儿童来说,一方面是物质的匮乏,另一方面则是精神的贫乏。《甲骨文》所叙述的种种情景虽然未必就是布兰臣本人的遭遇,但是那种状况在那个时代的农村很具有普遍性。因而,这里所说的个人史,并不等于布兰臣本人的个人史,而是他童年时代的所熟悉的那些伙伴的个人史,当然也不可避免地映合着他的个人历史记忆。《儿童神学》中的"我"有模有样地"背着手踱着方步,像/一个指挥作战的将军",其时,"父亲在屋后

挖一块树根",而且"那个黄昏到处都是碎泥土",显然,这是一个乡村小孩的建筑在"碎泥土"上面的"将军"梦。给人印象最深刻的还是《甲骨文》中的少年。他因贫困而受人歧视,甚至被诬为小偷,从而形成了他的自卑,说话只能在喉咙眼里发出"像一只蚊子嘤嗡嘤嗡"的声音。这个少年学习成绩不够理想,于是就和他的伙伴们鼓捣起"剥皮抽筋"的把戏,搞些"匣子蜕变成了一只'机器笼'"的玩意儿,不料竟付出了一只眼睛的惨重代价。在诗人的记忆中,"夏"和与之相连的"草木搭建的凉棚"是两个重要的物象。它们都和诗人的命运紧紧相连。"夏",本来是一个时令。这应该是儿童自由玩耍的季节,由于天气炎热,孩子们穿得少,可以放开玩耍,下河游泳,上树捉鸟,非常快乐,同时也是他们最富幻想的季节。然而在诗人的印象中,"暗黑的空间里挤满了躲避灾祸的人"。了解那段历史的读者都知道,1976年夏天,唐山发生了惨烈的大地震。随后全国各地相继防震,于是搭建起防震棚。诗人所说的"草木搭建的凉棚",据我理解,既不是看守农田庄稼的棚子,也不是夏夜纳凉的棚子,应该就是防震棚。这样的空间里不仅阴暗,而且十分拥挤。而且,与"夏"相关联的还有"我"的生日。彼此相联系且意味深长。"我"出生于"释迦得道"的那一天,是个非常吉祥的日子,应该有一个好命运。然而,现实却很严酷,"我"遇到了"文革"这个时代。同时"夏"由季节追溯到汉字及其历史:"夏,是一个人/夏,是一个季节/夏,是一个伟大朝代/夏,是一个神秘彪悍的西部王国",似乎都很辉煌,而出生于这个季节的"我"却与伟大和辉煌无关,生活在那个时代却非常渺小,在"暗黑"的防震棚里与许多"躲避灾祸"的人挤在一起,其反讽的意义十分明显。

与个人史关系密切的是家族史。"我家

族的记忆在苏州阊门外突然中断"，"父亲梦见，在我家周围/一些头扎红巾的武装人员/把或穷或富的街坊们聚集到无数条木船上/驶往长江以北的蛮荒之地"，这是诗人在《黑匣子》中对家族史的叙述。《东沟》中也有涉及。据了解，苏北里下河一带许多人的先祖都是在明朝从苏州阊门外被驱赶迁徙到江都、高邮、宝应和淮安等地。当时被驱赶到苏北的这些移民不只来自苏州，还包括松江、嘉兴、杭州和湖州一带，有数十万之众，其后人之所以对苏州阊门印象深刻，是因为这里紧邻大运河，官府先将这些移民集中到这里，由这里出发再发配到荒凉的苏北。因此，这里是移民们对于江南故土的最后的记忆。这次被迫迁徙造成了许多家族记忆的中断，就使这段历史变得非常模糊，因而在布兰臣的诗中，家族的记忆是极其惨痛的，同时也是十分模糊的。《东沟》中的讲述是这样的："操着老式苏北腔的老将军/讲述着几百年前的'洪武赶散'/苏州阊门外的祖屋/一条'家蛇'在河面上/滑出一丈开外的/'之'形波纹，跌宕起伏的/古老剧情。"家族历史模糊不清，而且到了苏州阊门便再也无法寻其踪迹。因而，这是一部既漫漶又无法再往前追溯的家族史，同时又是充满着屈辱和血泪，而且其中还暗含着重大缺陷：精英文化的缺失与流民文化造成的蒙昧，从而构成了诗中个人不幸历史的重要根源。

布兰臣出生于高邮，也是在高邮长大的。童年的记忆由个人扩大而保存着这一地区的地域记忆。因而，从他的诗作中我们也可以读出里下河地区的地域史。诗集《语言之初》的第二辑《东沟：沟通各种场景的中间地带》比较突出地保留着布兰臣的关于里下河地域的历史记忆。"东沟是布兰臣故乡的一条小河，在它的身上寄托着布兰臣许多童年的幻梦和刻骨铭心的记忆。"③早在六七年前，布兰臣就以"花园克荞"的网名在他的博客上发表了《锣鼓车》。诗中所写的"锣鼓车"本来是行走在民间的一种非常热闹的车载的锣鼓演出形式，主要出现在小城镇街道和乡村的大路上。其实，这还是江苏高邮、宝应一带民间文艺形式，与民歌关系密切。据了解，"锣鼓车"现编现唱，通俗易懂，有插科打诨，也有讲古叙事。作为高邮人的布兰臣不仅深受其熏陶，而且由此深刻地感受到他的父老乡亲的生存方式和深层的精神世界。长期以来，布兰臣的诗歌一直通过某种方式将记忆的触角伸向生育和哺育他的那块热土，展现他历史中的家乡。如果说前面所论及的《锣鼓车》再现的是"东沟"人的精神史，那么从《甲骨文》等诗作中则可以窥见那里人的40多年前的生存史。诗中呈现出两个细节：一个是没有"草木之心"的"塑料制品""育苗棚"；另一个则是作为"画中人"存在的领袖和医生。就前者来说，庄稼被催熟，而且"爱情荒芜"，社会进入了非正常的状态，原生态遭到了破坏，顺其自然的"草木之心"已经丧失；后者则是人们崇拜领袖和医生的精神状态。崇拜领袖是那个时代的政治要求，而崇拜医生则显得比较复杂。医生本来是悬壶济世，救命疗疾，理应受到全社会的尊敬。但是，诗人记忆中的医生一方面是胡乱治疗，手上有刺，只要拔去刺或者挑出刺，再消消毒就没事，可是在这个医生的治疗下，"高锰酸钾在伤口愈合处泛滥成灾"。再看医生所写的病历则是"异常潦草"的文字，根本无法辨认。同样，他们所谓的祖传秘方也都搞得极其神秘，"药书里记载的/大多是些离题万里的/传说故事——/一页页破烂的纸张/破坛子、破罐子"。原来，所谓的医生其实是一帮庸医与江湖骗子，在他们的"治疗"之下，人们"脸部的麻点排泄出历史上的/天花病毒"。面对这样的现实，他终于"突然醒悟"了，原来他所处的是一个充满欺诈的世界："农人抱着他的老母鸡/逢人便讲他那跟穷困有关的典故",试图以编造和夸大的贫困来博得他人的同情,以便多卖点钱。现实中的那份"罪过已不是习以为常的'短斤少两'/集市、旅客、店铺/骗子、歹徒、案犯/预期的收成和预期的好价格",都在为了蝇头小利而欺诈他人。这就是传统文化极度贫困和极左政治共同作用之下的高邮地域的社会历史,而这种并不遥远的历史让人感到某种悲哀,然而又是那么真实,与那些过滤后的浪漫想象的家乡截然不同。

最终布兰臣由个人史、地域史走向了国家和民族史,一直追溯到了甲骨文时代。在布兰臣这里,甲骨文还意味着民族文化的源头,而且还有许多没有破译出来,仍然是历史的谜团,令人困惑,同时也蕴涵着我们民族的生存密码。在《甲骨文》中,诗人由当下的现实追溯到数千年前的历史,诗人发现古老的文明是有问题的,历史上一个奴隶变成了将军,然而这并不意味着他的人格独立和拥有尊严,恰恰相反,"身体的奴性却更强",虽然我们的文字中写满了"仁义礼智信",但是祖先攸侯子喜所要建立的不是自由、平等和博爱的文明社会,而是"在岛上建一所监狱",让天下人都成为他的"行货"(王小波语)。数千年过去了,遗留下的东西确实不少。面对着这些丰富的历史遗迹,一个"先知先觉"的问题在诗人的耳边响起:"从学校到你的家,一共走了多少步?"这个问题也是诗人对数千年历史的追问。这里的学校不只是文化传承的场所,更是现代文明的隐喻,而这里的"家"当然不只是生活中的住所或家宅,而是隐喻着现实的立足点,而其间的距离到底有多少?耐人寻味。"甲骨文"最初出现是在这样的语境中:"草绳恰巧在这个时候打了一个结/甲骨文——你那明暗交错的结构/那些蚊子就是一种声音"。此时的甲骨文指向的可能是最初的文明。从甲骨文到现代的广播

喇叭,数千年过去了,现代的人仍然生活在"贫困"之中。在第三节中,"不妨用/稻草的味蕾,感受一下甲骨文的异趣",颇值得玩味,"稻草的味蕾"可能指的是普通乡下人的感知,以此来感受最古老的文明,显然存在着巨大的偏差和阻隔,其结果可想而知。以"夏"字为例,当今人们心目中这个汉字因天气的"潮湿溽热"而变得"异常恐怖"起来,那么古老的文明经历了几千年,已经断裂或者停滞,令人遗憾地没有得到充分的发展。

布兰臣之所以如此钟情于走进历史,挖掘历史,审视历史,反思历史,是因为历史绝非可有可无的存在,更因为现代的人们已经疏远历史,无论是个人史、家族史,还是地域史、国家史与民族史,不仅不为人们关注和重视,而且已经被碎片化,游戏化,乃至虚无化。《黑匣子》突出地表达了诗人面对这种状况而产生的严重焦虑。"黑匣子",最初意义是指飞机飞行记录仪,记录飞机在飞行过程中的各种数据,人们可以提取其数据对飞机的飞行路线、飞行状态和飞行中的通信联系等进行分析和研究,找出飞机飞行故障和事故产生的原因,以便为后来的飞行提供借鉴。布兰臣以此给诗作命名,则赋予其特定的文化内涵,隐喻人类的记忆。"傍午时分,一架飞机腾上了半空/嗡嗡嗡嗡,我家族的记忆/在苏州阊门外突然中断"。诗作由飞机起飞起笔,寓含着这样的信息:1.诗作的叙述者乘坐飞机旅行,他在飞机的马达"嗡嗡嗡嗡"的声响中渐入半睡眠的状态,某种记忆隐隐而现,若即若离,飘飘忽忽。2.飞机都是有黑匣子的,而我们每个人,每个家族,每个国家也都应有自己的"黑匣子"。3.乘坐飞机暗示着现代人的繁忙和劳碌,以至于很难有时间翻看一下历史。4.正是在这样的旅行途中,叙述者在似睡非睡的状态下进入了意识流,关于家族的记忆浮现在脑海里,然而,家族的记忆却

并不完整，不仅呈现出碎片化的趋势，而且由于某些原因而令人遗憾地断裂了。不仅如此，"在扬州北郊/新建的飞机场里，人们/口耳相传，将史可法的/传说，编辑了十几种/而他的身体、刀枪与护卫队/均已在史册里消失"。家族记忆出现了问题，民族记忆也同样问题不小。首先是关于史可法的记忆众说纷纭，"编辑出十几种"，历史失去了严肃性和庄重性，显得很随意，也很散漫，既没有可靠的史实记载，也没有确凿的证据，更没有人作认真考证。而且，人们隐约记得的只有史可法这个大名鼎鼎的民族英雄，然而对于同样是民族英雄的护卫队，史册里居然没有记载。史可法及其护卫队、所有的抗清官兵对于扬州的意义，作为扬州人理应十分清楚。但是扬州人却如此愧对英雄，如果说"编辑出十几种"仅仅是新建的飞机场里那些人也就罢了，然而作为官方的历史著作却也有许多地方语焉不详，这不能不令人遗憾。在读这一节时，我们还注意到，"新建的飞机场"暗含丰富的信息：一是说明这是现代化的场所，其次是说来这里乘飞机的人大多是社会精英或上层人士。如果我们将其与国家历史的记忆联系起来就会感到其悲凉已悄悄出现。首先是人们忙忙碌碌，可以飞行天下，但是没有人认真对待历史。本来应当尊重的历史，在现代人这里已经沦为谈资，成为某种消遣或者消费的对象；其次是就连社会精英与上层人士都已疏远历史，更何况是社会中下层民众。由此可见，对于民族记忆的态度出了很大的问题。再看，"天宁寺门前/棋盘格里，一匹马/正在杀死对方的老师/它突然挣脱纵横交织的线条/击毙了那几位旁观的棋手"。天宁寺曾经是扬州历史博物馆，后来改为佛教博物馆，应该是承载历史记忆的所在。然而，来这里的人们却对历史毫

无兴趣，正忙着下中国象棋，将历史载体转变为娱乐之地。这种转变反映了普通市民对于历史的态度，对于他们来说，历史存在与否没有什么意义，实际上也就是历史被虚无化。写到这里诗人抑制不住内心的严重焦虑，而且满怀悲愤，于是将一腔悲情化为一匹飞马，并让这匹马"挣脱纵横交织的线条"，冲出棋盘，冲向那些旁观者。当然，这里的旁观者已经不是指生活中的观棋者，而是转向历史的漠视者。在现代工业化、电子化和自媒体化时代，一方面人们忙忙碌碌，生活节奏加快，已经无暇顾及历史，更不可能追寻历史的真迹，探寻历史真相；另一方面在碎片化阅读中，历史不再是一种记忆，与文化基因的传承关系疏远，转化为浅薄的消费，变得与己无关。人不再处于历史之中，而是甩开了历史，脱离了历史，成为冷漠的历史旁观者。对于历史的旁观者，诗人感到他们就是沉睡者，而且无法唤醒，激愤之中，便有了"击毙"。"击毙"的处罚可能太重，但是其中的"哀其不幸，怒其不争"之情还是十分强烈的。

阅读布兰臣的诗，我印象最深的是《甲骨文》《迷宫》和《显影剂》。这些诗作未必是他的诗歌代表作，却颇有意味。"甲骨文"已经不是作为一种文字而存在，而是民族精神的一种隐喻，是诗人设置的一种"迷宫"，必须找到"显影剂"才能看到其迷幻的密码背后的秘密。对于布兰臣的诗，有人读出了表现主义，有人感受到象征主义，有人看到的是超现实主义，当然还有人从现代性角度去认识，而我不想给布兰臣贴上任何标签，只想根据呈现在我们面前的具体文本，走进他所设置的迷幻的"甲骨文"世界，去感受他穿越于不同历史时空的世界，去触摸历史之魂与他的焦虑的情绪。

注释:

①席云舒所论的《语言之初》被收进布兰臣的诗集《语言之初》(江苏凤凰文艺出版社,2019年)时改名为《嗯,人类乃多余之物》。

②席云舒《布兰臣:一个内心充满焦虑的诗人》,《中国当代文学研究》,2019年第1期,第68-85页。

③叶橹《诗性时空:重构和探秘》,《语言之初》,布兰臣著,江苏凤凰文艺出版社,2019年6月,第3页。

作者简介:孙德喜,江苏淮安人,毕业于武汉大学,获文学博士学位。长期从事中国现当代文学教学和研究,业余写诗作文,在海内外期刊发表论文150多篇,出版有《寒山碧作品评论集》《明月文化中的扬州文学》《水的狂欢》等近十部著作。

布兰臣的诗

甲骨文

1.鲁哀公与孔夫子

傍晚,一片灰白条纹的
云,从屋子上空飘过。
我正在将一行行的农谚歇后语
抄录下来,汇编成一本古旧的纪念册——
"黄色的月亮,
晓看湿处,
芳香物质还在散逸。"
"不!那应该是150万年前的景象。"
他固执地相信,那是一片
爱情的净土,鲁哀公的摄提纪。
他为孔子写下了一篇墓志铭:
"茕茕余在疚,呜呼哀哉!
尼父!无自律。"
的确良布料,半透明色,
一件陈旧的藏青色衬衫,
成了电影里的主角。
甲骨文,这是一种怎样的
闪烁,闪烁。
竖排的条纹,间有丝丝缝隙,
仿佛在繁体字的行列里,
掺杂了拉丁字母。
吟诵声从远方飘来,像
一阵风,或者那片灰白云朵。
这是三位一体吗?
镜头在晃动,
夕阳很明亮,人们似乎越来越年轻。

2.老照片与铅笔画

一张黑白照片从识字本里掉出来,
我的笑容生硬,面部的肌肉错愕。
空白处暗示着自己的想象。
"没有!"
那个偷儿的名字叫"没有"。
这是幼稚园老师的课程——
一支铅笔滑入田字格,软体的墨团变粗,
在纸面上刷!这是一种
无法言喻的技能,可勉强记录为
"特效":浓黑一片,绵延的骨骼,
互相侵犯的纹路,一张相片与
一幅画的交织,谓之"互文"。
甲骨文,你那无穷无尽的想象力!
我只偷偷瞄了一眼,"丑陋不堪的……"
我的秘密资料是如何集成的?
一部儿童的卑怯史,但
它仍然专横跋扈,像
一只蚊子,嘤嗡嘤嗡……
我正好奇地打听,一九七〇年,
二月八日那一天下午,发生的
随机事件——
我刚出生,一群旁观者已
编译了我的传记和轶事。

3.广播匣与捕兽笼

一件内衫,透明、暗黄,
那隐隐的破洞,泄露出
整个庭院的机密数据。
它正在晾衣架上晃悠,
一只小猫伏在我的背上,

草绳恰巧在这个时候打了一个结。
甲骨文——你那明暗交错的结构！
那些蚊子就是一种声音，
"广播匣里藏满了蚊子般大小的人。"
金属材质的电线，泛灰色，
逐层地陷入衫衣的经纬里。
——这个世界怎么布置了那么多的线？
攀——这个字的笔画记不清，
"登山攀高峰，行船争上游。"
那匣子蜕变成了一只
"机器笼"，纯木结构，
发明者的左眼被一支猎枪击中，
剥皮抽筋的手艺，在后山的洞穴里
突然绝迹。故事里
少了那只哀怨的小猫，
它额头的伤疤演变成一抹花黄。
"你们、你们不能连窝端！"
一台船载的电动机，嘤嗡嘤嗡……
他的斧锯余温未消，
幸存的右眼闪闪发亮，
他的手指上血迹未干——
事实的真相是，我们的恩仇模糊不清。

4. 三字经与轧米机

小窗洞开，一层纸糊的帘，
土坯圆的轮廓上有泥水匠的手印。
那些草屑呈现富贵的金黄色，
一首批驳《三字经》的儿歌，
在空中飘荡——听不清，
那流水里掺杂着什么样的琴弦？
打谷场上，那些倒影忽长忽短，
每个黄昏都有一阵清香。
白盔帽，一个神秘的中年人，
他踏着一条灰色的水泥船，
电机驱动着那串嘤嗡嘤嗡的声音。
沟头的沙滩上，两位小姐姐
正关注着一场表演，我们玩弄了
那台轧米机：它正处于一个
新石器与铁器时代的中间位置。
甲骨文：你那复杂的雕画工艺！

稻，用簸箕扬糠，舂米的石槽上，
那些米粒有玉石一般的质地。
但我那天却忽略了蚊子的声音，
母亲善意地提醒我——
"窗外有更广阔的视野。"
两个风马牛不相及的事物，
却有着彼此呼应的频率。
我领悟了纸张和泥水的
同一个梦想，那当中，
镶嵌着一盏结满污垢的玻璃灯。

5. 千棵柳与地震棚

村书记说：我曾翻看了上古版的
《竹书纪年》，详细了解到关于
本地的"千棵柳"传说。
但我手头上只有现代版的《辞海》，
怎么也查不到，它们是如何与
甲骨文发生了关系。这时候，
百岁老人赵翰林从西街走过来。
看不清他的脸，一缕夕光披在他的
身后，我们在两棵小楝树上，
分别刻下了标志——
据说这是一种抗衰老的古法。
甲骨文，你那疯长的翅膀！
黄瓜架，豇豆棚，
绿荫下面的一条蜿蜒小道。
韭菜每天都想开一次花。
半透明的塑料薄膜，蒙上了
一层水汽，呈现出银河系一样的白。
鼓胀的麦粒，鹅黄的小嫩芽，
爱情荒芜——这是庄稼催熟的
一种偏方。育苗棚的外形像一座
巨大碉堡，我们从中鱼贯而出。
但人们有时候会迷糊起来，
混淆了育苗棚与地震棚之间的
分歧——它们，一个是
塑料制品，一个是草木之心。
三阳溇沿岸的数千棵杨柳，
已随风飘散。

6.老医师与独木桥

草药,这是一个乡村医疗点,
中堂悬挂着年轻英雄的画像。
医师露出笑眯眯的眼神,他手中有刺,
高锰酸钾在伤口愈合处泛滥成灾。
功劳簿的文字异常潦草,
从西窗射过来的光线,似乎是
一场恶作剧。
鱼腥草的叶子几乎蔫落。
注射器针头尚未拔,病人已出院,
"这个相框里的人是您吗医师?"
我有很多零花钱,买了很多糖果。
风雨飘摇的人生,呈现在
一座独木桥上——
甲骨文,你那一座座隐隐的坟头!
正暗喻着我们父母的乳房——
隐匿在绿茵场中的小沟渠。
老医师的女婿,把蛇毒精华的配方,
带到了县医院:祖辈那
黑色小瓶子的秘密,被全部曝光。
药书里记载的,大多是些离题万里的
传说故事——一页页破烂的纸张、
破坛子、破罐子。
小杂货店的老板,怒视着
前来抢购的人们——
假皇帝! 假太监!
他们脸部的麻点排泄出历史上的
天花病毒:这是上天赐予的礼物,
祖祖辈辈的养育之恩。
嗯,一位是英雄,一位是医生,
他们都是画中人。

7.秧苗地与青铜器

嘤嗡嘤嗡,嘤嗡嘤嗡……
电机架在秧苗地里,
一只蚊子的针管汲取着血液。
河水奔涌,泥沙里浮出一支
混浊的古青铜剑。
那些夷族,随着大海向东方褪去,
他们遗落的贝壳、铜簋、玉帛,

暴露了他们的财富自由、男女平等。
一张大弓拉开,胜负未决。
锄地的人抬头看了看远方:
"从学校到你的家,一共走了多少步?"
这是一个先知先觉的问题,
有人提前将一枚铜币,放在了
观众的口袋里。
那些柳树的倒影,仿佛一根根羊皮弦,
行色匆匆的路人在偶然中发明了文字。
甲骨文,今天还有羌俘和矿石吗?
古老的彩陶纹饰暗示着——
那些青铜器,亦兵亦农,
亦是优良的室内用品。

8.萝卜缨与大食堂

萝卜缨的绿色里有时泛红,
那是一种金属的特征。
土地的使命就是要不断培育,
或者召唤那些不同的植物品种。
白嫩的肉质里有星星点点的光,
舌尖上有轻微的辣味。
植株生长的时候,有时会发出歌唱,
当你走近,听——
"啊,我那高出泥土的部分。"
酸酸的体质,柔嫩而富有光泽,
缨子的表面隐藏着许多的沟壑,
时常暴露出自己硕大的果实。
浅紫色的汤水——
校园大食堂的纪念日,
盐、糖和菜籽油的尖锐冲突。
甲骨文,你那纷繁错乱的谷堆!
"公子,我已许嫁给你了。"
——它们继续唱道。
你透明的篮子已装满了水,
土块从细密的网格里漏出,
越来越轻,越来越妙,
而奔跑的路上,校班主任与
村长同时出现,他们
分别堵住了两种不同方向的通道。
萝卜缨凋零的时候,其他物种

在快速生长。

9.赵鲁讯与邓世昌

对面的亲友们催促我说：
"你笑一笑呀！"
于是，一张皱眉的照片，从
镁粉照相机里掉了出来，
淡蓝色的烟雾。
我龇着牙，脑门上缺了一块毛发。
灰色的阳光。
刚刚用脚步丈量完学校河对岸的
那块花圃。
清新的药香味。
我背着表妹偷偷把剩下的糖果吃完。
百货店员的名字叫"赵鲁迅"，
他抽屉里的纸币里，藏着一本
《新狂人日记》，他的名片上
印满了各种职称和封号，
他的长相酷似电影里的"邓世昌"——
致远舰，那场"唯一"令人沮丧的失败。
甲骨文，你那冰冷而无耻的眼神！
我把那根从种植地里偷采下的
鱼腥草，狠狠地扔进了鱼塘里。
病恹恹的爷爷在木板床上，勉强
抬起了头，那一张苦涩的笑脸：
"今日之事，有死而已！"
李鸿章的梦一下子破碎，
"好吧，我好好练习一下微笑的表情。"

10.广场舞与李清照

"忠"——
枝叶婆娑，
晃动的影子，迁移的舞台，
在无线音响系统的
控制下，他们手拉着手，
一片暮色里的暧昧，
交错的身体，
演绎着一具红色的头像，
木板壁上的余晖。
那对称的结构——

沽名与霸王！
起先，墨迹未干，
冰冷中稍感温馨，
后来，纸的一角在微风中翘起，
泄露出一些关于李清照的故事情节，
江东父老的疑惑，
甲骨文，你是怎样的一枝
幽暗的梅花！
"他才高八斗、力能扛鼎。"
"秦制之得亦以明矣。"
旋转的女高音，
节奏感的拿捏——
私人情感蔓越，
声光混杂的无限可能：
——"忠"。

11.女英雄与正规军

一把木制的日本军刀。
那个乞讨的姑娘叫纯子，
她是我们这次行动的"目标"。
在邻居阿根和蔡明珠家的巷子里，
一支儿童正规军练习着冲杀，
日本首领鼻子下方，那
一撮胡须，像一面旗帜。
我把手中的木质军刀举过头顶——
金黄色的草垛，暖洋洋的午后，
冬季风从楝树梢上滑下来。
紫色的花朵早已经飘散，
我正在杜撰一篇抗日女英雄的
故事——呵，救赎！
甲骨文，你如此地神采飞扬！
那把手中的木质军刀挥向她，
天色黑青。
起初，纯子姑娘一脸的惊恐，
我身后的喽啰一起扑上来：
"打——"
她突然把衣襟掀起，
露出洁白的胸，两只
凶猛、绝望的小乳房。
我后退了一步、两步，

正规军全部溃散——我们的一生，
似乎被浓缩在这一场屈服之战中。

12.珠子灯与婚纱照

"但是，友谊结束了。"
她的嗓音里透着忧伤。
太阳下的叶子变得透明，
树干也亮了，像那盏珠子灯，
跳啊跳，那微暗的火光。
红色的砖墙，像一幅移动的油画，
百货大楼的影子在晃动，
蓝色封面的代数课本，
被丢进了门口的小溪。
香气扑鼻的油条和三丁包呀！
孩子们的欲望被堵塞。
甲骨文，你那弯曲而
温柔的线条！
低调奢华的泥巴墙上，
涂满了方方正正的笔迹，
石灰白的底色、墨汁的字，
像舍罕王的棋盘格里铺满了米粒，
像天上落下来的星星，
它们只是一闪而过，迅速
在脑海里消失——
"他们将要结婚！他们将要分手！"
名字被遗落在家谱的灰尘里，
毫无表情的面孔挂在墙上，
仿佛每时每刻都在提醒自己，
但他们无处可逃——那盏
珠子灯的亮光，
映在了永恒的装饰框里。

13.白玉桥与打谷场

那座白玉桥的颜色已泛黄，
雨水淋湿了梦中出现的
所有枝叶——孩童们的热情，像
灰尘一样被冲刷干净，
他们簇拥着一位老人挤向前去，
扑克牌散乱地铺在草地上，一匹马
跳了进来，游戏里的子弹，

冒着烟雾，嘤嗡嘤嗡……
所有的目标瞬间都被消灭，
我们只剩下手中的最后一个筹码。
红色的线条在纸面上游走，
最后一个格子演变成了
一场新戏剧的开始——
枯涩的词语无法表达那个场面。
甲骨文，你那命运乖舛的一生！
一辆轿车正翻越那座桥向我们驶来，
"三十公里约等于十五分钟"。
高速公路的出口正滑向我们的目的地，
鱼腥草、香肠、哥佬官牛蛙、白米饭，
但厨房里缺失了餐具，
连一根筷子都没有。
星空下，空阔的打谷场，
"红灯子大妈"仍在直播那个苗族故事：
"法师，我是选择上刀山还是下火海？"
啊——这些遥远的传说如此相似，
同样的困境已经离我们越来越近。

14.田字格与偷鸡贼

那天我突然醒悟：
光？流水？或者是语言，
一排弯弯曲曲的数字？
铅粉在田字格上漫延开来，
漏出了纸外，似乎
牵扯到了故事里的那桩案件——
慢条斯理地踱着步，古街
农人抱着他的老母鸡，
逢人便讲他那跟穷困有关的典故，
一个过路的贼恰如其分地出现，
（悲剧有它的必然性。）
这里，用愚者的三段论，
推理出下一个、下一个、
再下一个。无穷无尽的机缘。
嘤嗡嘤嗡、嘤嗡嘤嗡……
罪过已不是习以为常的"短斤少两"，
集市、旅客、店铺，
骗子、歹徒、案犯，
预期的收成和预期的好价格。

甲骨文,你那混乱颠倒的逻辑!
后来,甚至出现了迷恋小媳妇的老和尚,
烛火、古井、小舞台、女诗人,以及
圆桌餐会上的节目——
"旧灯换新衣"。

15.不确定与芦苇叶

"无根性"的说法是值得商榷的,
恰恰说明了那幅画的内容丰富而不确定。
贴在墙面上的古镇? 或者是
一只误读的蚊子,飞呀飞。
那个秀才,也许正是我自己,
悄悄上岸,偷偷叩响那临河的门扉。
铜茶壶在火炉上煮沸,两位老者下棋,
我描了几幅字,开始操练古琴,
那艺妓手把手,纠正着我的动作。
甲骨文,你那奔跑的文字!
画中的古镇开始生长——
仿古的建筑,挂宫灯的
木廊越来越深,几乎在流动。
人们的胸口贴满了窗花、剪纸,
飞檐斗拱的弯曲处现出好多轮月亮。
指尖的墨汁融入了琴弦,
那些芦苇的叶子,几乎在一瞬间,
完成了生老病死的全部过程。

16.草履虫与古城堡

黑暗像花瓣一样,从
阳光的枝头落到地面。
当它从草履虫演化成一只
软体动物,身体的奴性却更强。
这里曾出土了大批结构良好的水井,
绝望的东阁大学士给妻儿留下了一出戏,
露天电影散场,孩子们挤在成年人的
队伍中,睡眼惺忪。
甲骨文,你那伤痕累累的硕果!
嘤嗡嘤嗡,嘤嗡嘤嗡……
倒扣的船舶,形似一座岛屿,
那数以百计的城堡,均属于
同一类,他们的掌纹如此接近。

攸侯子喜带领了十万大军漂洋过海,
他的理想是要在岛上建一所监狱,
以便等待一位天才画家的描摹。

17.甲骨文与夏王国

夏,这个字很唯美。
在草木搭建的一座凉棚里,
我正在学"甩发"。
后来把额头剪宽,假装智慧,
暗黑的空间里挤满了躲避灾祸的人。
一个村干部奉劝各位:不妨用
稻草的味蕾,感受一下甲骨文的异趣。
据说,释迦牟尼得道的那天,
母亲恰巧生养了我,
而那夜晚,一只小兽失踪:
——鲜血表达出花钿的芬芳色泽,同时
也遮蔽了草木灰的废墟特性。
夏,是一个人;
夏,是一个季节;
夏,是一个伟大朝代;
夏,是一个神秘彪悍的西部王国。
而蚊子的叮咛只是一种嘱咐。
甲骨文,切不可忽视它的秘密武器!
那段潮湿溽热的日子——夏;
那个异常恐怖的甲骨文汉字——夏;
(一具被车裂的尸体!)
那些记录已经断了连续性,如同
一册蒙昧的不良篇幅。

18.狂犬病与价值论

灰黄色的沙地,一块绿色的
小塑料牌,跳啊跳,
我的伙伴是一条白色的小母狗。
"公子小白",它的
羽毛里有黑色斑点,
眼神温暖、举止亲昵。
当我从一场露天电影中归来,
它狂奔过来赐我深夜之吻,
它的舌头常常灼伤我的眼睛。
后来,它的身体被注射了一剂

恶毒的狂犬疫苗，
"一百九十八元"，
村委会、兽医站、印刷厂，
人们有一整套行之有效的理财经验。
剩余价值论。
我的英雄啊，你那
无数个一百九十八。
甲骨文——这是怎样的一场童话故事！
但我们每天只能以稀薄的
汤水，来维持
乡村旅游的正常秩序，
正如同那后来失踪的
一张绿色小牌，
它的身份之谜，
白色的骨头。
遗忘吧，狠心地活下去。

指　令

1

结束了一天的工作，午夜十二点
一位约莫七十岁的老者来到我的床前
似乎是要打探什么机密。一瞬间
我周边的空间呈现出两种不同的构成
他说，公司高层发出指令——
a.办公室一律装上女子监控系统
b.严禁女性的头发染成黄色
c.模糊处理她们身份证上的脸，用大数据
　说话
d.禁止年轻女性生儿育女
e.等等等等
他突然停止了暗示，迅速消失
而我想继续追问，悬挂在空中的
巨大铜钟猛地被撞响
一只灰色的人面蜘蛛落在我的笔迹里

2

我们的下一个行动目标是
"一块石头"
无法买卖

对面的航向塔在浮动、绕着弯
两根木桩之间的默契
——水流在涌
而我们实在描不出杨广与夫差的长相

黑匣子

傍午时分，一架飞机腾上了半空
嗡嗡嗡嗡，我家族的记忆
在苏州阊门外突然中断
我的父亲梦见，在我家周围
一些头扎红巾的武装人员
把或穷或富的街坊们聚集到
无数条木船上
驶往长江以北的蛮荒之地
在扬州北郊
新建的飞机场里，人们
口耳相传，将史可法的
传说，编辑了十几种
而他的身体、刀枪与护卫队
均已在史册里消失
一股梅花的气味盘旋在他的衣冠上
天宁寺门前
棋盘格里，一匹马
正在杀死对方的老帅
它突然挣脱纵横交织的线条
击毙了那几位旁观的棋手

显影剂

地面，干涸的裂纹，与
繁茂的枝叶有着相似的移动
我们的行迹，是不断分岔的故事
一把梳子，构成一座屋宇
在空中飘，没有墙壁
雨落下来，像另一把梳子
萎缩的小颗粒，有着
向日葵的味蕾
灰黑色，尖锐的细芽
茅根草的气息，无数支

倾斜的线条,披垂着绿荫
粗糙的枝丫伸展一个三角形的梦
最初的花朵,几乎
消失在那无序的透明玻璃里
从屋顶上剥落了几个毛笔字
"大师求求你,把这个词借给我"
规则被拆散,跌碎的齿轮
太阳仍在滑落
我们每天使用的都是新的词语
同样的叙述方式,进行了
另一种不同的物种分类,哦
不!把议案的审核权交出去
上帝刚死,而我们
突然"复活了"

床　上

子弹击穿了窗台上的两只塑胶杯
当中有诡谲地笑、猜忌、恐慌
两只杯子之间的距离忽略不计
狙击手误以为击中了目标
他在听
并用一种貌似友善的眼神向我暗示
他瘦削的脸庞一片灰暗
一群年老的歹徒悄悄逼近
他们手中握着灰色的鸡毛
向街坊邻居们索要钱财
"每人五百五十五元"
他们持枪朝着巷子深处一阵胡乱扫射
听到惨叫声
一颗心脏隔着另一颗心脏
狙击手通过窗户的亮光和子弹的呼啸做出
　判断
子弹需要穿透人体的腑脏组织
我们成了隐蔽者内部的目标
我朝着对面的三个队友露出微笑

北门桥

北门桥,车流穿息不止

这个时候,超级豪华的阵容
突然演变成了一场儿戏
一位仁兄骑着辆嘎嘎响的自行车
轻飘飘地吹风而过
这种场景,大家心照不宣地彼此遗忘
整个上午,相安无事
下午三点开始
从北门桥,路过汶河十字路口
在街南书屋边
几乎是十分钟内,连续偶遇了
三位老朋友:摄影师、书法家、诗人
大家擦肩而过
感觉我们已经成了杂碎被对方忽略不计
像几粒尘埃,或者
一颗被技术处理过的花椒种子,失去了
发芽的机会,仅剩下一圈
五彩缤纷的皮囊
三十年前走红的那首诗,至今尚无结尾
　段落
不断调换的满墙壁的字画,部分宣纸已经
　起皱
一些空白的相框装满了抽屉
西泠印社的老社员又开始上涨他的刻印价
　格了
而我的艺名至今尚未传播
甚至还没有登记注册
那株珍稀的青檀在移栽中遭遇死亡
桑、竹、麻们,也岌岌可危
浸泡、灰掩、蒸煮、漂白、打浆
还差十八道工序呢
即使我们的艺术作品成形了
我们依然遭到冷遇,甚至
视而不见
"思想"——
在艺术中没有你的独立生存权
那位老画师,生活仍然不能自理
北门桥下,花鸟市场人声鼎沸
"哎呀,我的鱼缸里又死了一条金黄色的
　鱼!"

儿童神学

父亲在屋后挖一块树根
那个黄昏到处都是碎泥土
我背着手踱着方步,像
一个指挥作战的将军
——这是从哪个角度拍下的屋檐和乱草
一颗流星滑过,我赶紧奔向后山
来!我们一起寻找那些宝藏

东 沟

一些奇妙的声音、色块
温软的手感
织成一块帷幕
听到里面传来一阵
雨和风铃的秋意
马车上的筚篥
咿咿,在那些
情节曲折的荒滩传闻里
活蹦乱跳的荚果
关于古老沟渠的支流
十字交叉的河口
祖辈(那些屠城将士)
遗漏下来的杂什
关于那些幸存者以及
他们安逸的茶肆
四合院、石头、花鸟

从火中抢救下来的老酸枝木
码头,绣着锯齿的彩旗
操着老式苏北腔的老将军
讲述着几百年前的"洪武赶散"
苏州阊门外的祖屋
一条"家蛇"在河面上
滑出一丈开外的
"之"形波纹,跌宕起伏的
古老剧情
"现在讲到了多铎将军的扬州十日"
秧歌杂耍、秀才娘子
琵琶岛上阔大的园林
多铎传下命令:明天将拜访
江阴和嘉定城
"那些树均已千疮百孔,它们
刚刚结束了一场历经数年的荒滩行走"
而记忆里那些类似荨麻的植物
已过于杳然,无法弄清它们的名字
咿咿、咿咿
像风声? 不
脑子里的虫鸣

作者简介:布兰臣,原名蔡明勇,1970年出生于江苏高邮。诗人。系江苏省作家协会会员、广陵作家协会副主席。出版有长篇小说《水葫芦花》、诗集《语言之初》,先后在《江苏作家》《诗刊》《诗选刊》《扬子江诗刊》《诗探索》《星河》等杂志上发表诗歌。

扫二维码联系《星河》诗丛